MANHATTAN BLUES

ED McBAIN

MANHATTAN BLUES

FRANCE LOISIRS
123, boulevard de Grenelle, Paris

Titre original :
ANOTHER PART OF THE CITY

Traduit de l'américain par Jacques Martinache

Édition du Club France Loisirs, Paris,
avec l'autorisation des Presses de la Cité

ISBN 2-7242-3961-X

1

Va faire froid, cette nuit, pensa Sally.

Elle ne connaissait pas la date exacte, ne s'intéressait plus à ce genre de détail, maintenant, mais elle savait qu'on était en décembre et qu'on devait approcher de Noël, à cause des vitrines et des rues décorées.

Dans ce quartier, on décorait aussi les rues en automne, comme à Noël, avec des ampoules colorées fixées sur des arches métalliques enjambant la chaussée. C'était pour leur espèce de fête italienne qu'on décorait les rues en octobre, dans ce quartier. Fallait qu'elle quitte son entrée d'immeuble quand c'était la fête, parce qu'il y avait des baraques plein la rue, des loteries et tout ça, et des tas de gens venus de toute la ville. Comme ce n'était pas *sa* fête, elle s'en fichait un peu, sauf qu'elle ne pouvait plus s'installer dans son entrée d'immeuble habituelle.

Noël non plus, ce n'était pas sa fête, maintenant. Noël, c'est quand on offre et qu'on reçoit des cadeaux. Sadie n'avait personne à qui en offrir et personne ne lui en offrait.

L'entrée où elle s'installait hiver comme été, sauf quand il y avait la fête, c'était celle d'une compagnie d'huile d'olive, mais le bonhomme avait fermé boutique (oh, ça devait bien faire deux, trois ans de ça), et personne n'avait repris l'affaire. Sadie y revenait tous les soirs, à peu près à cette heure-ci, avec ses sacs en plastique pleins de restes et autres trucs ramassés dans les poubelles. Avant que le prix du ticket n'augmente tellement, elle prenait le métro pour aller dans le centre mais maintenant, elle faisait sa tournée dans Canal Street, avant d'arriver à Chinatown. Les Chinetoques jetaient jamais rien, ces radins. Des fois, elle montait jusqu'à Centre Street, la rue des grands immeubles où il y avait des tribunaux et tout ça. Là, on trouvait quelquefois de bons trucs dans les poubelles ; les avocats, ça jette plein de bons trucs.

Sadie était contente d'avoir ramassé beaucoup de journaux, aujourd'hui, parce qu'il allait vraiment cailler, elle le sentait, et les journaux, ça tient chaud au corps, mieux qu'une couverture, surtout le *New York Times*. Elle ne lisait jamais les journaux, elle se foutait de ce qui se passait à New York, et ailleurs aussi, elle ramassait juste les journaux pour s'en envelopper quand il faisait froid, comme ce soir.

Elle prépara son nid avec soin, d'abord le carton ondulé, puis les chiffons, bien étalés, des journaux à côté pour s'en recouvrir tout à l'heure. Elle chercha dans un de ses sacs quelque chose à manger et s'installa confortablement dans son entrée, les genoux contre la poitrine, sa longue jupe en coton et son manteau noir entre les jambes. Oui, va faire froid, cette nuit, se dit-elle à nouveau en frissonnant d'avance. Elle porta à sa bouche édentée une croûte de pain qu'elle avait trouvée dans Lafayette Street et se mit à grignoter, blottie dans son coin, regardant la rue, les lumières, les décorations d'une fête qu'elle ne célébrait plus.

Pourvu qu'il neige pas. La neige, c'est dangereux. On se sent au chaud mais on peut mourir de froid en dormant quand on est couvert de neige, songeait-elle en continuant à grignoter sa croûte durcie.

La voiture remonta lentement la rue, une grosse bagnole marron obliquant vers le trottoir à trois ou quatre mètres de l'endroit où Sadie était assise, le dos contre la porte condamnée par des planches. Elle regarda le véhicule, une Mercedes. Des années plus tôt, à Vegas, quand elle était jeune et belle, elle avait roulé dans une Mercedes décapotable, sa longue chevelure blonde flottant dans le vent du désert. Celle-là, elle était pas décapotable. Une grosse conduite intérieure, marron et lisse, avec l'étoile à trois branches sur le capot. Une belle voiture, la Mercedes. Les cheveux flottant au vent, la main de Paul sous sa jupe.

Deux hommes descendirent de l'auto, un de chaque côté. Un troisième demeura assis au volant, le visage dans l'ombre. Les portières claquèrent.

Ils savent qu'il va faire froid cette nuit, pensa Sadie en voyant les cagoules que portaient les deux hommes.

Ils traversèrent la chaussée en diagonale vers le restaurant italien. L'un d'eux ne cessait d'inspecter la rue en tournant la tête à droite, à gauche. Devant la porte de l'établissement, ils glissèrent la main à l'intérieur de leur manteau et Sadie les vit sortir des flingues.

La mandoline est trop forte, pensa Ralph. Il joue toujours trop fort quand ils sont là. Pour les impressionner, pour qu'ils l'invitent à un de leurs grands mariages de gangsters, qu'ils lui demandent de jouer pour eux. J'aimerais mieux qu'ils aillent manger ailleurs, pensa-t-il, je n'ai pas besoin d'eux ici.

A sept heures du soir, le restaurant était bondé, et Ralph craignait que la mandoline ne dérange ses clients, mais personne ne semblait entendre le grattouillage régulier provenant du coin de la salle où le fils de Ralph avait placé un petit arbre de Noël sur une table recouverte d'une nappe blanche. Ralph haussa les épaules : ils étaient peut-être tous sourds, ce soir. Tous sauf les *mafiosi,* assis dans un coin, face à la porte, le dos au mur — ils choisissaient toujours une table d'où on pouvait voir la porte. Un des deux malfrats qui accompagnaient Fortunato claquait des doigts au rythme de la mandoline. Près de la porte de la cuisine, un des serveurs marquait lui aussi la cadence de la tête, sans remarquer le client qui essayait d'attirer son attention. Ralph s'approcha aussitôt du garçon et lui dit en italien :

— Va voir ce qu'ils veulent à la 3.

Puis il traversa la salle d'un pas vif, s'arrêtant çà et là à une table, demandant en anglais si tout allait bien. Avec un sourire radieux, il se dirigea vers le bar, situé juste à côté de la porte, où son fils préparait des cocktails tandis que sa femme calculait une addition sur la caisse enregistreuse. Il allait lui demander si elle ne trouvait pas que la mandoline jouait trop fort quand la porte d'entrée s'ouvrit.

Deux hommes armés de pistolets, le visage masqué par une cagoule, s'avancèrent dans la salle. L'un d'eux referma la porte derrière lui.

— *Madonna mia,* murmura la femme de Ralph derrière sa caisse.

— Silence, on fera de mal à personne, dit l'homme le plus proche du bar.

Il parlait avec un accent que Ralph ne parvint pas à reconnaître. Espagnol ? Non, ça ne ressemblait pas à...

— Non ! cria l'autre homme.

Il s'était vivement tourné vers le fils de Ralph, dont une des mains venait de disparaître sous le bar.

— Les bras en l'air ! ordonna l'homme. En l'air ! répéta-t-il plus fort.

Jusque-là, les clients n'avaient rien remarqué de ce qui se passait près de la porte, mais la voix de l'homme au pistolet couvrit le brouhaha des conversations polies, le cliquetis des couverts contre les assiettes, le tintement des glaçons dans les verres. Tout s'arrêta, même la mandoline.

Le premier homme fit quelques pas en avant, l'arme au poing.

— Tout le monde reste à sa place, dit-il. Pas de bruit.

A nouveau, cet accent curieux. Pas espagnol, quelque chose d'autre, que Ralph ne pouvait identifier. Le deuxième homme détacha son regard du bar, où le fils de Ralph se tenait les mains sur la tête, le dos contre le miroir et les bouteilles de whisky.

Il y eut un moment d'hésitation, de flottement.

Au fond de la salle, les trois clients assis le dos au mur regardaient en silence. L'un d'eux plongea la main sous sa veste, son voisin de droite lui toucha doucement le bras et secoua la tête, presque imperceptiblement.

L'un des hommes à cagoule lança au fils de Ralph :

— Toi, comment tu t'appelles ?

— Mark. Mark D'Annunzio.

Il se tourna vers Ralph.

— Et toi ?

— Ralph D'Annunzio.

— Approche, dit l'homme en agitant son arme.

Ralph s'avança vers le bar. Au même moment, l'homme resté dans l'entrée tendit le bras.

Sadie sursauta en entendant les coups de feu. Quatre détonations brèves déchirant la nuit froide. Elle cligna des yeux, regarda le restaurant, de l'autre côté de la rue.

La porte s'ouvrit brusquement, les deux types portant des cagoules se précipitèrent dehors, coururent vers l'endroit où la Mercedes était garée, moteur ronronnant. A l'intérieur du restaurant, quelqu'un poussa un cri. Les portières de la voiture claquèrent, la Mercedes démarra dans un crissement de pneus. Des gens sortirent du restaurant en criant.

Sadie ramassa ses sacs, abandonna journaux, chiffons, carton ondulé et, sans même jeter un autre coup d'œil au restaurant, décampa rapidement de son entrée. A peine avait-elle tourné le coin de la rue qu'elle se mit à courir.

Dans Chinatown, à moins de deux pâtés de maisons du restaurant, le père Noël sortait d'une boutique de souvenirs de Mott Street. Il portait un sac sur l'épaule et, dans la main gauche, une clochette qu'il agitait en chantant. La rue, flamboyante de néons, était noire de touristes et d'acheteurs en ce lundi soir, dix jours avant Noël. Rond et jovial, le père Noël était vêtu du costume rouge traditionnel, avec bottes et ceinture noires, barbe et moustaches blanches.

« Vive le vent, vive le vent, vive le vent d'hiver », chantait-il joyeusement.

— Un moment, papa Noël, fit une voix derrière lui, légèrement sur sa gauche.

Il se retourna aussitôt, découvrit un homme tenant un pistolet dans la main droite. Trente-sept, trente-huit ans, vêtu d'un pantalon en velours sombre et d'une veste de cuir, un bonnet de marin sur la tête. L'homme avait des cheveux roux, des yeux bleus, et un insigne d'inspecteur de police dans la main gauche. Le père Noël fit demi-tour, se heurta à un autre type armé d'un pistolet.

— T'es pressé, papa Noël ?

Celui-là avait une cinquantaine d'années, des jeans, un manteau écossais bleu et une casquette de base-ball. Sous ses cheveux gris, ses yeux étaient du marron le plus sombre que le père Noël eût jamais vu.

— Ben... quoi ? Qu'est-ce qu'il y a ?

— Ton traîneau est mal garé, répondit le policier aux cheveux gris. Montre voir ce que t'as dans ton sac.

— Mon sac ? fit le père Noël, comme s'il venait de découvrir le bagage dans sa main. Qu'est-ce qui vous prend, les gars ? poursuivit-il avec un pâle sourire. Je fais partie de l'Armée du salut.

— Pose ton sac, ordonna le policier roux.

Papa Noël obtempéra.

— Maintenant, ouvre-le, demanda le rouquin d'un ton plaisant.

Le père Noël s'exécuta. Le jeune inspecteur rengaina son pistolet, remit dans sa poche l'étui de cuir protégeant son insigne, plongea la main dans le sac. La première chose qu'il en tira fut un poste de radio.

— Tiens, tiens.

Le père Noël sourit, le policier fourragea à nouveau dans le sac, en sortit un grille-pain.

— Belle camelote, commenta l'inspecteur aux cheveux gris.

Devant la foule qui commençait à s'agglutiner sur le trottoir, le rouquin extirpa du sac deux éventails chinois, un appareil photo, une veste de femme à paillettes, un bracelet-montre, un stylo, un sucrier et un pot en argent.

— Un peu tôt pour descendre par les cheminées, hein, Papa ? dit le flic le plus âgé. On n'est que le 15.

— Enfin, qu'est-ce qu'il y a, les gars ? Je fais mes achats pour Noël.

— T'entends ça, Bry ? demanda l'homme aux cheveux gris.

— Oui, Chick, répondit son collègue en tendant la main vers les menottes accrochées à sa ceinture. Papa, les emplettes sont terminées.

— Ils embarquent le père Noël ! s'exclama un gosse de huit ans.

— 5e commissariat, fit une voix sortant d'une radio. Voiture 403.

Le père Noël se tourna vers une voiture banalisée garée le long du trottoir, portière ouverte.

— Tes mains, dit le rouquin, et papa Noël mit machinalement les mains derrière le dos.

— 5e commissariat, voiture 403, répéta la radio.

— Je le prends, déclara le policier aux cheveux gris en se dirigeant vers le véhicule.

— Vous commettez une terrible erreur, protesta le père Noël, que le jeune policier entraînait déjà vers la voiture.

Son collègue venait de prendre un talkie-walkie sur la banquette avant.

— 403, annonça-t-il.

— Hoffman ? dit la voix métallique. Vous avez un meurtre au restaurant *Luna Mare,* au coin de Mulberry et Hester. Un homme abattu à coups de revolver.

— Une *terrible* erreur, répéta le père Noël.

La vente aux enchères organisée à la galerie Sotheby, au coin de la 72e Rue et de York Avenue, devait commencer à 19 h 15. Les cloisons mobiles de la grande salle du premier étage avaient été relevées pour accueillir un public qu'on prévoyait plus nombreux que d'habitude, mais malgré cette précaution, des centaines de personnes se bousculaient dans ce qui faisait normalement office de hall d'accueil. Une équipe de télévision avait enfin réussi à installer son matériel en haut de l'escalier s'élevant de l'entrée principale, située au rez-de-chaussée, et Julio Garcia — le reporter itinérant de la chaîne — attendait impatiemment d'interviewer un homme qui, pour l'instant, était entouré de représentants de la presse écrite. Garcia se considérait comme un journaliste d'enquête et râlait, premièrement parce qu'on l'avait mis sur une vente d'objets d'art, deuxièmement parce que ses confrères des journaux étaient parvenus à coincer Robert Sargent Kidd avant lui. L'interview serait enregistrée, il n'y avait pas urgence, mais la question n'était pas là. Garcia estimait les journalistes de la télé supérieurs à tous points de vue à ceux de la presse écrite, et cela l'agaçait de penser que ces types obtenaient peut-être de Kidd des informations qui, plus tard, seraient répétées sur un ton dépourvu de spontanéité.

Il regarda la meute entourant Kidd, nota que son assistant avait finalement réussi à agripper l'homme par le coude et à l'entraîner doucement vers l'escalier. Kidd devait mesurer deux mètres, estima Garcia, et peser une centaine de kilos. C'était une sorte d'armoire d'une trentaine d'années, déguisé en cow-boy et coiffé d'un Stetson blanc. L'assistant poussait quasiment les journalistes sur le côté en conduisant Kidd vers la caméra.

— Ça roule, dit Garcia au cameraman, et il entama son introduction.

Lorsque l'assistant fit entrer Kidd dans le champ de la caméra, le reporter disait :

— ... peut-être la plus belle, la plus riche collection de toiles impressionnistes au monde. Son propriétaire, Robert Sargent Kidd, est ici avec nous, à la galerie Sotheby...

Il fit signe au cameraman, qui tourna légèrement son appareil pour le braquer vers l'endroit où se tenait Kidd.

— Mr Kidd, dit Garcia en le rejoignant, pouvez-vous nous révéler pourquoi vous avez décidé de vendre votre collection ?

Kidd sourit à la caméra. Avec un accent fleurant davantage le Sud que l'Ouest, il répondit d'une voix traînante :

— Oh ! j'en avais assez, c'est tout.

— Je crois savoir qu'on l'évalue à quelque chose

comme une vingtaine de millions de dollars. Que comptez-vous faire de… ?

— En fait, je ne pourrais pas vous dire ce qu'elle vaut, coupa Kidd. Ce sont les enchères qui fixeront le prix.

— Que comptez-vous faire de tout cet argent ?

— Le dépenser, je crois bien, répondit Kidd avec un sourire.

Garcia sourit lui aussi et, se rappelant que son public aimait une petite plaisanterie par-ci par-là, ajouta :

— Eh bien, Mr Kidd, essayez de ne pas tout dépenser d'un coup. (Il se tourna vers la caméra.) Ici Julio Garcia, chez Soth…

Il s'interrompit soudain, quitta la caméra des yeux.

— Miss Kidd ? appela-t-il. Miss Kidd, s'il vous plaît !

Il faillit sortir du champ mais le cameraman, rapide et sûr, parvint à le suivre tandis qu'il fendait la foule en direction d'une grande blonde qui venait d'entrer dans la salle. Elle portait un manteau de vison ouvert sur un tailleur Chanel bleu sombre. La blouse, sous le tailleur, était d'un bleu plus pâle, avec un col cravate. Ses longs cheveux blonds tirés en arrière découvraient des boucles d'oreilles en saphir dont le ton rappelait la couleur de la blouse et le bleu plus profond de ses yeux. Elle avait un visage d'une exquise beauté. Trente-six ou trente-sept ans — d'après ce que Garcia avait lu sur elle —, paraissant beaucoup plus jeune avec sa peau sans défaut ni maquillage, excepté du rouge aux lèvres et une ombre sur les paupières. Elle se tourna vers lui.

— Excusez-moi, Miss Kidd, Julio Garcia, du journal de la 5. Pourriez-vous m'accorder un moment, s'il vous plaît ?

Olivia Kidd haussa un sourcil, baissa les yeux, comme si une créature absolument répugnante remontait le long du revers de son manteau de vison.

— Miss Kidd, poursuivit le reporter, aucunement ébranlé, qu'est-ce que cela vous fait que votre frère vende ses précieux tableaux ?

Devant le restaurant *Luna Mare,* deux voitures radio du 5e commissariat étaient garées en épi à côté d'une ambulance de l'hôpital Beekman et d'un fourgon du laboratoire de la police. Les pancartes ENQUÊTE EN COURS étaient déjà accrochées aux barrières rayées lorsque Reardon et Hoffman arrivèrent dans leur Plymouth noire banalisée. Après avoir confié leur père Noël à des flics en uniforme, dans Mott Street, ils accrochèrent leur insigne à leurs vêtements — Reardon au bas côtelé de sa veste en cuir noir, Hoffman à la poche de son manteau —, et se dirigèrent vers le policier posté à la porte de l'établissement. Reardon avait ôté son bonnet de marin, qu'il avait laissé sur le siège avant de la voiture, et un vent vif ébouriffait ses cheveux roux. Hoffman avait gardé sa casquette à longue visière.

— Le légiste est déjà là ? demanda Reardon.

— Il est arrivé il y a quelques minutes, répondit le policier avec un hochement de tête.

L'homme songeait qu'il allait passer une putain de nuit dehors, devant la porte, et qu'il n'avait pas mis ses caleçons longs.

— Tu sais qui est la victime ? lui demanda Hoffman.

— Le patron de la boîte, un nommé Ralph D'Annunzio. Sa femme et son fils sont là-dedans. Le fils s'appelle Mark, la femme, j'ai pas saisi.

Reardon hocha la tête, poussa la porte.

Le cadavre reposait dans une mare de sang, près du bar. Un chapeau mou et une paire de gants en suède gris étaient posés sur le comptoir. Un homme en pardessus gris, agenouillé près du corps, leva les yeux quand les inspecteurs entrèrent.

— Reardon, du 5, annonça le rouquin.

— Dr Norris, dit l'homme, et il reporta son attention sur le cadavre.

Un technicien du laboratoire de la police et un photographe armé d'un Polaroïd discutaient filles en attendant que le médecin ait terminé son examen. Reardon jeta un coup d'œil dans la salle. Deux flics en uniforme se tenaient entre les tables, avec l'air ahuri qu'ils ont toujours devant un meurtre. Une femme d'une cinquantaine d'années sanglotait, assise sur une chaise ; un homme jeune tentait de la réconforter. La femme et le fils, supposa Reardon. Il adressa un signe de tête à Hoffman, qui y répondit, et les deux inspecteurs passèrent dans la salle.

— Mrs D'Annunzio ? dit Reardon.

Elle leva vers lui un visage inondé de larmes.

— Inspecteur Reardon, du 5e commissariat. Mon collègue, l'inspecteur Hoffman.

Elle se tamponna les yeux avec un mouchoir bordé de dentelle.

— Désolé de devoir vous poser des questions à un moment pareil, mais si vous pouviez nous raconter ce qu'il s'est passé…

Mrs D'Annunzio se remit à sangloter. Son fils

lui tapota la main mais lui aussi paraissait sur le point de fondre en larmes.

— Vous êtes Mark D'Annunzio ? lui demanda Reardon.

Il acquiesça. C'était un homme d'un peu moins de trente ans, estima l'inspecteur, grand, le teint basané, avec des cheveux noirs bouclés et des yeux marron foncé, un long nez à propos duquel on avait dû souvent le taquiner.

— Mr D'Annunzio, poursuivit le policier, pouvez-vous nous dire ce qui est arrivé ?

— Ils sont entrés avec des pistolets.

— Combien étaient-ils ?

— Deux.

— Quand était-ce ?

— Il y a une demi-heure.

— A quoi ressemblaient-ils ? Ils étaient blancs, noirs... ?

— Ils portaient des cagoules.

— Et leurs mains ? intervint Hoffman.

— Leurs mains ?

— Elles étaient blanches ou noires ?

— Je n'ai pas remarqué, répondit D'Annunzio. Tout s'est passé si vite.

— Ils ont dit quelque chose ? reprit Reardon.

— Ils ont dit qu'ils feraient de mal à personne si on se taisait. Ils m'ont demandé mon... Non, attendez. D'abord ils nous ont dit de lever les mains et ensuite ils m'ont demandé comment...

— Excusez-moi, fit une voix derrière Reardon.

Il se retourna, découvrit Norris, le légiste, une petite sacoche noire dans la main gauche, les gants en suède gris dans la droite.

— Vous avez une minute ?

Reardon suivit le médecin dans l'entrée, où le photographe s'affairait déjà avec son appareil, tandis que le technicien examinait les mains du cadavre.

— On est débordés à la morgue en ce moment, dit Norris. Tous les cafards sortent des plinthes pour Noël. Vous n'aurez peut-être pas votre rapport d'autopsie avant quelques jours. En attendant, la cause de la mort est évidente. Vous pouvez mettre blessures par balles.

— D'accord, merci.

Norris parut sur le point d'ajouter quelque chose puis enfila simplement ses gants et sortit. Un vent froid s'engouffra dans la pièce avant qu'il ne referme la porte derrière lui. Reardon regagna la salle, où Mrs D'Annunzio pleurait dans son mouchoir.

— Qu'est-ce qu'il y a ? voulut savoir Hoffman.

— Le rapport d'autopsie. On l'aura peut-être pas avant…

— Comment ça, *autopsie* ? protesta le fils de la victime. Qui vous a donné l'autorisation de… ?

— Désolé, Mr D'Annunzio, mais c'est obligatoire en cas de mort violente.

— Je ne veux pas qu'on charcute mon père, déclara Mark D'Annunzio. (Il regarda Reardon, puis Hoffman.) Qui est responsable ?

— Je sais ce que vous ressentez, dit Reardon, mais…

— Vous savez de quoi il est mort, non ? Pourquoi le charcuter ?

— Désolé, répéta Reardon.

Leurs regards se croisèrent. D'Annunzio retenait ses larmes. Doucement, brièvement, le policier lui toucha l'épaule.

— Désolé, murmura-t-il une troisième fois.

D'Annunzio hocha la tête, se retourna pour cacher ses larmes. Dans le silence gêné qui suivit, Hoffman s'éclaircit la gorge.

— Mr D'Annunzio, pouvez-vous nous dire comment ces hommes s'exprimaient ?

— Comment... ?

— Ils parlaient anglais ?

— Oui, ils parlaient anglais. Oui.

— Avec un accent quelconque ?

— Oui, mais... je ne pourrais pas vous dire lequel.

— *Latino ?*

— Je ne crois pas. Non, pas *latino.*

— Chinois ?

— Je... je ne sais pas. Tout s'est passé si vite.

— Chinois, peut-être ?

— Peut-être. Non, je ne pense pas. Franchement, je n'en sais rien. Ils...

— Qu'est-ce que vous faites ? s'écria Mrs D'Annunzio.

Les yeux écarquillés, elle regardait en direction de l'entrée, derrière Reardon. Il se retourna aussitôt. Agenouillé près du cadavre, le technicien tenait d'une main un tampon encreur, de l'autre un morceau de bois en forme de cuillère.

— Laissez-le tranquille ! cria la veuve. (Elle se leva de sa chaise, se précipita dans l'entrée, saisit le technicien par l'épaule et faillit le faire tomber.) Laissez-le !

L'homme accroupi agita les bras pour recouvrer l'équilibre, Reardon accourut. Le technicien se tourna vers lui, l'inspecteur chargé de l'enquête.

— Je voulais seulement..., commença-t-il.

— Laisse tomber, dit Reardon.

— Il faut que je prenne ses empreintes, insista le technicien. C'est un meurtre.

— Oui, mais laisse tomber, répéta Reardon avec douceur.

L'homme du labo haussa les épaules.

— D'accord, mon pote. C'est toi qui expliqueras ça plus tard.

— Je l'expliquerai, promit l'inspecteur.

Mrs D'Annunzio éclata à nouveau en sanglots, détourna les yeux du corps de son mari. Maladroitement, Reardon lui passa un bras autour des épaules et jeta un coup d'œil à Hoffman, qui acquiesça d'un signe de tête.

— *Signora,* nous reviendrons une autre fois, proposa le jeune policier. Rentrez chez vous, maintenant. Mr D'Annunzio, vous pourriez raccompagner votre mère, s'il vous plaît ? Nous vous parlerons plus tard, d'accord ?

D'Annunzio le regarda fixement, comme s'il se demandait s'il pouvait le laisser avec le cadavre de son père.

— D'accord ? répéta Reardon.

Mark D'Annunzio hocha la tête affirmativement.

2

Les meurtres étaient rares sur le territoire du 5ᵉ. Reardon avait calculé qu'il n'y en avait eu que dix-huit cette année, et la moyenne annuelle tournait autour de vingt. Ce qui lui convenait tout à fait. Il aimait travailler au 5ᵉ. S'il avait été muté dans une maison de fous comme le 41ᵉ, dans le Bronx, ou au 9ᵉ, juste à côté, dans Manhattan South, il aurait peut-être démissionné de la police. Le 5ᵉ n'était vraiment pas un secteur à forte criminalité. Cette année, il y avait eu un peu plus de cent cambriolages, quatre-vingt-cinq vols simples et quarante-six arrestations pour vol qualifié. En fait, les bandes de jeunes Chinois pratiquant l'extorsion et l'agression délictuelle constituaient la principale menace criminelle sur le territoire. Elles avaient toutes de drôles de noms, ces bandes : les Ombres fantômes, les Dragons volants, les Aigles — tous des voyous, selon Reardon. Mais elles limitaient leurs activités à Chinatown, donc à une petite partie seulement du territoire du 5ᵉ.

Pourtant, la plupart des autres flics parlaient de l'équipe des inspecteurs du 5ᵉ comme de la « Brigade de Chinatown ». Il fallait s'y attendre puisque le bâtiment du commissariat se trouvait au cœur de la ville chinoise, dans Elizabeth Street, entre un restaurant chinois appelé l'Y.S. et un magasin à prix uniques. Mais le secteur du 5e était bordé à l'est par Allen Street, à l'ouest par Broadway, au sud par l'East River, au nord par Houston Street, et le bouillon ethnique y était changeant. De Pearl à Canal, vous aviez des Chinois ; de la Bowery à Allen, c'étaient surtout des *Latinos* et des Noirs ; de Spring à Houston, les rues grouillaient de Dominicains, de Cubains et de Portoricains. La Bowery accueillait des clochards de toutes sortes et de toutes couleurs. Et dans la Petite Italie, qui s'étendait de Canal à Houston, le propriétaire d'un restaurant italien avait été abattu à 19 h 30 dans le secteur d'un commissariat où les meurtres étaient rares.

Les inspecteurs du 5e formaient quand même la « Brigade de Chinatown » et portaient tous une carte imprimée en anglais et en chinois.

Il était près de 10 heures du soir quand ils réintégrèrent le commissariat. Lorsqu'ils avaient pris leur service, à 4 heures de l'après-midi, ils s'attendaient au lot habituel d'incidents plus ou moins importants mais à rien d'aussi grave qu'un meurtre. On en avait déjà eu dix-huit cette année, non ? Bon, maintenant, ça faisait dix-neuf. En montant les marches du perron du commissariat, les deux hommes pensaient qu'ils n'avaient vraiment pas besoin de ça.

Le nombre 1881 en bois noir — indiquant la date à laquelle le commissariat avait été achevé et ouvert — était fixé au fronton en arc surmontant la porte. Le 5e avait célébré son centenaire cinq ans plus tôt et les inspecteurs avaient débouché une bouteille de champagne (interdit par le règlement, mais bof !) dans le foyer du second étage de la vieille bâtisse. Le lieutenant Farmer n'avait pas été avisé de la petite fête, les inspecteurs essayaient de cacher le plus de choses possible au lieutenant. Sous le fronton arqué, un panneau en bois portait l'inscription « 5e COMMISSARIAT », avec en dessous une autre date : 1921. Reardon présumait que c'était l'année où on avait repeint les lieux pour la dernière fois. Au-dessus de la porte même, une pancarte marron aux lettres jaunes lançait cet appel :

FAITES PARTIE DES TYPES BIEN
ENTREZ DANS LA POLICE AUXILIAIRE
DU 5e

La porte avait un panneau vitré, curieux pour un commissariat, mais personne ne s'attendait à ce qu'on essaie d'y entrer par effraction. Dans la partie inférieure du panneau de verre, une inscription stipulait : IL EST OBLIGATOIRE DE PASSER AU BUREAU D'ACCUEIL. En dessous, la même injonction était répétée en chinois et en espagnol.

Reardon poussa la porte.

La salle était froide. Le 5e possédait encore une chaudière à charbon au sous-sol, avantage qu'il était peut-être le seul commissariat de la ville à conserver. Il était impossible de chauffer le bâtiment en hiver. En été, l'absence d'air conditionné le rendait étouffant.

Le sergent McLaughlin était assis derrière le haut bureau d'accueil, à droite, le téléphone collé à l'oreille, un grand drapeau américain accroché au mur derrière lui. Il était en manches de chemise. Accusant cent vingt-cinq kilos sur la balance, il était probablement le seul flic du commissariat à se plaindre constamment qu'il y fît trop chaud.

— Une seconde, Mike, dit-il dans l'appareil.

Puis il lança à Reardon et Hoffman, qui se dirigeaient vers l'escalier du fond :

— Votre père Noël fait du grabuge, là-bas !

« Là-bas », c'était ce que les flics appelaient la salle 124, abritant le secrétariat, l'ordinateur et le bureau des arrestations, à présent quasiment défunt, avec sa petite cage de détention et sa table de prise d'empreintes. Aujourd'hui, la plupart des personnes appréhendées étaient conduites au commissariat central, à moins de six cents mètres du 5ᵉ. Mais pour les affaires de vol ou de cambriolage, les délinquants passaient d'abord au 5ᵉ — où on rédigeait toute la paperasse — avant d'être emmenés au central pour l'arrestation officielle. Il n'y avait pas de cellules au 5ᵉ, rien que la cage de la salle 124, dans laquelle se trouvait présentement un père Noël qui réclamait en hurlant le respect de ses droits.

— Envoie-le au pôle Nord, proposa Hoffman.

— Vous l'emmenez quand? demanda McLaughlin.

— Plus tard, répondit Reardon. On est sur un meurtre.

Dans la salle 124, le flic assurant le secrétariat était assis devant l'ordinateur et se livrait au rituel nécessaire pour faire marcher l'engin. Papa Noël continuait à brailler mais le secrétaire ne levait pas le nez du clavier. F.A.T.N., telle était l'appellation officielle et honorable de l'ordinateur — Reardon ignorait ce que ce sigle signifiait —, mais tous les policiers du 5ᵉ le surnommaient Fat Nellie, la Grosse Nellie. On l'utilisait pour les mandats d'amener, les numéros d'immatriculation des voitures, etc., et il avait en mémoire des informations provenant de tous les commissariats de la ville. Trois hommes seulement au 5e savaient s'en servir.

— Je veux un avocat, bordel ! beugla le père Noël dans sa cage.

— Comment ça va là-bas, Mike ? demanda McLaughlin au téléphone du bureau d'accueil.

Hoffman et Reardon commencèrent à monter l'escalier métallique conduisant au premier étage. Derrière eux, le père Noël continuait à vociférer, couvrant le bruit de leurs pas sur les marches.

Le couloir du premier menait presque immédiatement à une longue cloison basse derrière laquelle s'étendait une petite pièce meublée de classeurs, de bureaux et de chaises métalliques. Au mur du fond pendait un drapeau américain plus petit que celui d'en bas. Dessous, une armoire en bois aux portes vitrées contenant des livres et les trophées du 5e. A 10 heures du soir, par une froide nuit de décembre, la pièce était vide. Une pancarte joliment calligraphiée indiquait en anglais puis en chinois :

PROJET CHINATOWN

Le projet Chinatown avait été lancé à l'origine pour venir en aide aux citoyens de langue chinoise voulant déposer plainte. Des interprètes étaient disponibles vingt-quatre heures sur vingt-quatre, mais ils semblaient aider les habitants de Chinatown à régler *tous* leurs problèmes, y compris la photocopie de documents divers. Une autre inscription accrochée à la cloison basse précisait :

PHOTOCOPIE
du lun. au vend.

Reardon et Hoffman tournèrent à droite — comme ils le faisaient tous deux depuis pas mal d'années —, vers un encadrement de porte surmonté d'une pancarte marquée INSPECTEURS, avec une flèche pointant vers la gauche. Ils tournèrent à gauche.

La salle de permanence était semblable à celles de tous les commissariats de la ville : peinture vert pomme écaillée ; grillages aux fenêtres ; carreaux incrustés d'une crasse qui, dans le cas du 5e, était plus que centenaire ; tableaux d'affichage avec des avis de recherche ; classeurs métalliques (NE SORTIR AUCUN DOSSIER SANS AUTORISATION) ; pendule électrique reliée à une prise par un fil pendant le long du mur ; ampoules nues suspendues au plafond. Trois équipes d'inspecteurs s'y relayaient jour et nuit. Quatre hommes par équipe, vingt-quatre heures sur vingt-quatre. Dans la salle de permanence, l'activité ne s'arrêtait jamais. Elle était le foyer de Hoffman, de Reardon et de dix autres inspecteurs. Au total, la brigade du 5e comptait quinze hommes : un lieutenant, deux sergents à plaque dorée, un inspecteur de 1re classe, un inspecteur de 2e classe et dix de 3e classe.

L'inspecteur Gianelli était au téléphone quand Hoffman et Reardon entrèrent dans la pièce. A un autre bureau, l'inspecteur Ruiz lisait. Gianelli avait quarante ans, une chevelure noire bouclée, le teint méditerranéen et des moustaches en guidon de bicyclette. Ruiz avait vingt-huit ans, la peau claire, un corps mince de torero. Ni l'un ni l'autre ne saluèrent les nouveaux venus.

— Qu'est-ce que ça veut dire ? grommela Gianelli dans l'appareil.

— Des coups de fil pour moi ? demanda Reardon à Ruiz.

Sans lever le nez de son livre, Ruiz répondit :

— T'attends un coup de fil de qui ? Du directeur de la police ?

— Je veux pas entendre parler de spires, de rainures et d'intervalles, s'énervait Gianelli. J'y comprends rien à ces trucs.

— Impossible d'avoir une réponse directe de ce mec, dit Reardon à Hoffman. Alors, Alex, oui ou non ?

— Non, Votre Honneur, répondit Ruiz.

— Tout ce que je veux savoir, c'est avec quel genre de flingue on a tiré les balles, dit Gianelli. C'est tout ce que je demande. (Il écouta.) Bon, alors, accouchez, grogna-t-il en prenant un crayon. Ouais, fit-il en griffonnant. Ouais. Ouais. D'accord, merci. (Il raccrocha.) Ces types du service de balistique me jouent la sérénade chaque fois que je les appelle, dit-il à personne en particulier.

— Ils doivent savoir que tu es musicien, suggéra Hoffman.

— Je leur envoie des balles, ils me parlent de microscopes.

— Va leur jouer de la trompette, Gabriel, dit Hoffman.

— Qui s'est fait refroidir ? demanda Gianelli. Et ne m'appelle pas Gabriel.

— Un nommé Ralph D'Annunzio, répondit Reardon. Le proprio du *Luna Mare.*

— Dans Mulberry ? fit Ruiz, interrompant sa lecture.

— Ouais.

— Je m'appelle Arthur, dit Gianelli. Ma mère m'appelle Arthur, mon père m'appelle Arthur, tout le monde m'appelle Arthur. Y a qu'ici, dans cette foutue baraque, qu'on m'appelle Gabriel.

— Pardon, Gabe, s'excusa Hoffman avec un clin d'œil à Reardon.

— Il avait ouvert son restau il y a quelques semaines, révéla Ruiz. Vers *Thanksgiving*.

— Tu le connaissais ? dit Reardon.

— J'ai mangé une fois dans sa boîte, répondit Ruiz, et il se remit à lire son manuel de droit.

— Seize ans à jouer de la trompette dans la fanfare de la police et personne m'a jamais appelé Gabriel, marmonna Gianelli. Y a que dans cette taule...

— Tu n'aurais pas dû te conduire en héros, Gabe, dit Hoffman.

— Je m'étais arrêté pour faire le plein ! explosa Gianelli.

— Ah ! tu n'aurais pas dû.

— Comment je pouvais savoir qu'on était en train de braquer la station-service ? Ce voyou à la con m'a pété la lèvre et a foutu ma carrière en l'air.

— Mais tu l'as arrêté, c'est le principal.

— J'avais bien besoin de ça ! J'avais bien besoin de devenir inspecteur ! J'étais heureux à jouer de la trompette. Et maintenant, je suis dans cette foutue baraque où une équipe de rigolos m'appelle Gabriel.

— Ça vaut mieux que le South Bronx, intervint Ruiz. Comment il s'est fait descendre, ton type ? demanda-t-il à Reardon.

— Par deux mecs à cagoules. Le lieutenant est là ?

— Il téléphone au central. Grande-Plume-Blanche

n'aime pas avoir des meurtres sur son territoire. T'aurais pas dû lui en rapporter un, Bry.

— C'est le père Noël que j'ai vu, là, en bas? interrogea Gianelli.

— C'est Andy Bertuzzi, répondit Hoffman. Un de tes « pays ». Le meilleur de toute la ville pour le vol à la détourne.

— S'il est le meilleur, pourquoi il s'est fait piquer?

— Si tu veux lire, va à la bibliothèque, dit Hoffman à Ruiz. J'ai besoin de cette machine à écrire.

— Moi j'ai besoin d'un diplôme de droit.

— Je vous présente le nouveau gouverneur de l'Etat, dit Hoffman en désignant Ruiz à ses collègues.

— Encore quatre semestres à tirer, soupira Ruiz.

Il alla s'asseoir sur une chaise, de l'autre côté de la pièce, tandis que Hoffman s'installait derrière la machine à écrire.

— C'est quoi, ton plan de carrière, Alex? Avocat puis assistant du procureur...

— Tu viens de répondre : je serai le premier gouverneur portoricain de l'Etat.

— Tu es sûr que j'ai pas eu de coup de fil? insista Reardon.

— Certain, Votre Honneur.

— Je me farcirai la paperasse, proposa Hoffman en se mettant à taper. Passe donc la voir, Bry.

— Je veux d'abord mettre le lieutenant au courant.

— Ah! *finalmente!* s'exclama Gianelli en ouvrant les bras.

Un petit Chinois d'une dizaine d'années se tenait sur le seuil, souriant, les bras chargés de sacs en papier brun. Il portait un jean, des mocassins et au moins trois chandails, l'un sur l'autre, tous de couleur différente.

— Pourquoi t'as mis si longtemps, Tommy? demanda Gianelli.

— Beaucoup de travail, ce soir, capitaine, expliqua l'enfant.

— Bon Dieu, je la crève, annonça Hoffman en se levant.

— Eh là, doucement, protesta Gianelli. J'ai pas commandé pour vous deux.

— Tu as rapporté des baguettes?

— J'ai oublié, avoua Tommy.

— J'ai pas commandé de baguettes, dit Gianelli. Vous êtes censés enquêter sur un *meurtre,* en ce moment...

— On est rentrés, coupa Hoffman. Allez, on partage, Gabriel.

— Ecoutez, vous deux...

Ruiz fourrageait déjà dans un des sacs.

— Où il est, le riz au poulet?

— *Arroz con pollo* pour monsieur! s'exclama Hoffman.

— Tommy, tu sais qui c'est, ce type? demanda Gianelli.

— Bien sûr. C'est l'inspecteur Hoffman.

— C'est bien, Tommy, dit Hoffman en ébouriffant les cheveux de l'enfant. Mais la prochaine fois, oublie pas les baguettes.

— C'est l'inspecteur de première classe...

— *Première* classe, Tommy, souligna Ruiz.

— ... *Charles* Hoffman, poursuivit Gianelli, qui a résolu il y a neuf ans la plus grosse affaire de braquage que la ville ait jamait connue.

— C'est vrai, m'sieur Hoffman? dit Tommy, les yeux écarquillés.

— *Inspecteur* Hoffman, corrigea Gianelli.

— Inspecteur de *première* classe, précisa Ruiz.

— Arrêtez vos conneries, grogna le vieux policier.

— Un braquage de trois cent cinquante mille dollars, reprit Gianelli.

— Oulà ! fit Tommy.

— En billets usagés, ajouta Ruiz.

— Et tu sais quoi, petit ? dit Gianelli. Le fric a disparu.

— Disparu en fumée, renchérit Ruiz.

— Le jour où l'inspecteur Hoffman prendra sa retraite, tous les flics de la ville se mettront à le suivre, prédit Gianelli.

— Pour retrouver le magot, acheva le policier portoricain.

— Où tu les as planqués, les billets ? lança Reardon avec un grand sourire.

— Ouais, ouais, maugréa Hoffman.

— L'homme le plus riche de New York, dit Reardon.

— Passe-moi les côtelettes, réclama Gianelli.

La porte du bureau du lieutenant s'ouvrit.

L'inspecteur Michael Thomas Farmer, lieutenant de la brigade, cinquante-deux ans, cheveux gris clairsemés sur le devant, manches de chemise remontées sur les biceps, yeux bleus étincelants, une expression renfrognée sur son visage tanné, apparut dans l'encadrement de la porte.

— Venez, Reardon, dit-il. C'est quoi, ici, un restaurant ? lança-t-il aux flics en train de manger. Si vous voulez bouffer, montez au foyer. Et toi, file, ordonna-t-il à Tommy. Va jouer au mah-jong.

Il fit brusquement demi-tour, retourna dans son bureau en boitant, claqua la porte derrière lui.

— Grande-Plume-Blanche sur le sentier de la guerre, murmura Ruiz.

— Formez le cercle avec les chariots, dit Gianelli en sortant son portefeuille. Combien on te doit, Tommy ?

Reardon avait déjà la main sur le bouton de la porte du bureau de Farmer quand Gianelli le rappela :

— Bry ? Je te dirai combien ça fait pour toi.

Dans le bureau du lieutenant, une grande carte du territoire du 5ᵉ couvrait presque tout un mur. La pièce n'était en fait qu'une sorte de grande guérite, avec une fenêtre grillagée à gauche de l'unique table de travail, un réfrigérateur jaunissant dans un coin. Farmer en sortait une bouteille de lait quand Reardon entra. Le lieutenant se servit un grand verre, à ras bord, et retourna derrière son bureau, sans inviter Reardon à s'asseoir. Il poussa des papiers sur le côté pour pouvoir poser le verre et déclara sans préambule :

— Je viens d'avoir un coup de téléphone du capitaine Healy, du labo. Il paraîtrait qu'un certain inspecteur Bryan Reardon, de cette brigade, aurait empêché un technicien de prendre les empreintes d'une personne assassinée. (Il but une gorgée, fit la grimace.) J'ai horreur du lait. C'est vrai, Reardon ?

— Oui, lieutenant.

— Selon le règlement, on doit prendre les empreintes de toute victime d'un meurtre.

— Oui, lieutenant, mais sa femme et son fils étaient là. Comme ils avaient l'air bouleversés, j'ai pensé…

— Je n'aime pas que les capitaines me téléphonent.

— L'homme avait été tué devant eux, lieutenant...
— Je n'aime pas qu'un supérieur m'accuse de ne pas diriger ma brigade selon le règlement.
— Oui, lieutenant.
— Vous savez pourquoi je boite ? Vous voulez savoir comment j'ai récolté ma patte folle ?
— Je crois le savoir, lieutenant, répondit Reardon.
— Eh bien, je vais vous le dire, reprit Farmer, comme s'il n'avait pas entendu son subordonné. Parce qu'un crétin n'a pas respecté le règlement.
— Oui, lieutenant.
— Il aurait dû indiquer sur le tableau d'affichage la couleur du jour. Bleu, c'était.
— Oui, lieutenant.
— Et j'aurais dû passer une plume *bleue* sous le ruban de mon chapeau pour éviter qu'un abruti de flic me prenne pour un petit voyou. Seulement, ce crétin a affiché la couleur *blanche,* et j'ai mis une plume *blanche* à mon chapeau, et un abruti de flic m'a tiré dessus.
— Oui, lieutenant.
— Vous comprenez, Reardon ?
— Oui, lieutenant.
— Vous avez déjà entendu cette histoire ?
— Je crois bien, lieutenant.
— Alors vous savez aussi pourquoi on m'a refilé un travail de bureau ? *A cause* de ma patte folle.
— Oui, lieutenant.
— Vous croyez que ça me plaît, ce boulot ?
— Non, lieutenant.
— Vous croyez que c'est agréable, un ulcère ? Vous croyez que j'aime le lait ?
— Non, lieutenant.
— Si le règlement exige qu'on prenne les

empreintes d'une personne assassinée, vous le faites, bon Dieu ! Sinon, vous vous retrouverez à faire une putain de ronde à Staten Island ! Vous avez saisi, Reardon ?

— Oui, lieutenant, j'ai saisi.

— Alors, faites prendre les empreintes de ce cadavre et soumettez-moi votre rapport dès qu'il sera tapé.

— Chick bosse dessus en ce moment, lieutenant.

— Dites-lui que je ne veux pas de meurtres non élucidés dans mon secteur.

— Personne n'en veut, lieutenant.

— Dites-le-lui, répéta Farmer en guise de congédiement.

— Oui, lieutenant, acquiesça Reardon, qui se dirigea vers la porte.

Lorsqu'il réintégra la salle de permanence, Hoffman leva les yeux.

— Il veut qu'on prenne les empreintes du cadavre, dit Reardon. Tu peux téléphoner à la morgue ?

— Je m'en charge. Allez, file.

— Et papa Noël ?

— Je m'en occupe aussi.

— Tu me dois seux sacs et demi, annonça Gianelli.

Reardon sortit son portefeuille et demanda à son coéquipier :

— Tu es sûr que tu peux te débrouiller seul ?

— *File,* je te dis.

Reardon monta au deuxième étage, se lava les mains et le visage dans les toilettes, puis alla se changer aux vestiaires, installés derrière un foyer-salle de gym équipé d'un billard, d'une table de ping-pong, d'un râtelier d'haltères et d'un énorme poste de télé — destiné à passer des films éducatifs maison mais branché pour le moment sur l'une des chaînes locales. Un policier en uniforme jouait au billard en solitaire quand Reardon traversa la pièce.

A la télévision, un présentateur disait :

« ... filmé hier soir à la galerie Sotheby. Julio ? »

Un autre homme apparut sur l'écran.

« Nous sommes dans York Avenue, où l'on va mettre aux enchères ce qui est peut-être la plus belle, la plus riche collection de toiles impressionnistes au monde. Son propriétaire, Robert Sargent Kidd, est ici avec nous, à la galerie Sotheby... »

La caméra se braqua sur un homme vêtu à la mode de l'Ouest et coiffé d'un Stetson blanc. Au moment où le reporter le rejoignait, une incrustation barra le bas de l'écran :

ROBERT SARGENT KIDD

« Mr Kidd, pouvez-vous nous révéler pourquoi vous avez décidé de vendre votre collection ? »

« Oh ! j'en avais assez, c'est tout. »

— La 8 dans la blouse du milieu, annonça pour lui-même le flic jouant au billard. (Il frappa la boule blanche.) Joli, Tony. Maintenant, la 10 dans le coin. (Il donna un nouveau coup de queue.) Excellent, Tony. (Il releva la tête.) Regarde celle-là, Bry. La 6 dans le coin, après avoir touché la 3. (Il rata son coup.) Merde.

La télé montrait maintenant une jolie blonde.

« Miss Kidd, qu'est-ce que cela vous fait que votre frère vende ses précieux tableaux ? »

Une autre incrustation apparut sur l'écran :

MISS OLIVIA KIDD

Le cameraman fit un gros plan sur le visage de la blonde, qui répondit :

« Cela le regarde. C'est sa collection, il en fait ce qu'il veut. »

— Arrête ce truc, tu veux bien, Bry ? Ça m'empêche de me concentrer, dit le flic.

Reardon s'approcha du poste.

« Quand comptez-vous rentrer à Phoenix, Miss Kid ? » demanda le journaliste.

« Je n'en ai aucune idée », répondit la blonde juste avant que l'inspecteur n'arrête le poste.

Reardon connaissait bien cet hôpital.

Saint-Vincent. Entre la Septième Avenue et la 11e Rue. Au cœur du secteur du 6e commissariat, qui s'étendait du nord au sud de la 14e Ouest à Houston, et d'est en ouest de Broadway à l'Hudson — côtoyant le 5e à son extrémité nord-ouest. Il y avait attendu sa femme bien souvent, par des nuits d'hiver froides comme celle-ci, quand la circulation elle-même semblait gelée ; par des soirs d'été étouffants, quand les pompes à incendie arrosaient la rue et que des gosses en maillot de bain s'ébattaient sous le jet. Des soirs d'automne aussi, lorsqu'on avait envie d'embrasser le ciel noyé d'étoiles. Et au printemps — les odeurs de cette ville au printemps, l'odeur de Kathy. Il l'attendait pour la raccompagner chez elle, lui offrir un *cappuccino* ou une bière dans le Village. Il attendait qu'elle sorte du bâtiment gris-blanc — qui faisait maintenant partie des Urgences mais avait été le bâtiment principal, le seul, en fait, avant qu'on ne construise des annexes en brique rouge — Kathy en uniforme d'infirmière, penchant sa tête blonde en descendant les marches, des cernes de fatigue autour de ses yeux bleus. Le cœur de Reardon bondissait chaque fois qu'il la voyait. Elle avait des horaires de flic : 8 heures-16 heures, 16 heures-minuit, minuit-8 heures — et il avait l'habitude de l'attendre, comme il le faisait en ce moment, attendre de lui prendre la main, d'effacer d'un baiser la lassitude de ses yeux. Il se demandait parfois si ce n'était pas plus dur de s'occuper de malades que de criminels. Toute cette souffrance. Le travail usait les infirmières autant que les policiers, il en était sûr.

Si elle avait été relevée à l'heure — à moins le quart, comme les flics —, elle franchirait les portes d'un moment à l'...

Voilà.

Kathy.

La tête inclinée, comme à son habitude, une expression pensive sur son visage d'Irlandaise semé de taches de rousseur, le petit bonnet blanc d'infirmière un peu de travers, la cape noire flottant autour de l'uniforme blanc et, dessous, des jambes minces et galbées chaussées de souliers blancs à talon plat. Le cœur de Reardon bondit.

— Kathy ? appela-t-il.

Elle descendait les marches et était presque arrivée au trottoir. Au coin de la rue, le feu changea, teintant de rouge le bonnet blanc. Elle cligna des yeux, surprise.

— Bonsoir, Bryan, dit-elle sans chaleur.

Il lui emboîta le pas.

— Je t'ai appelée toute la journée, fit-il. On ne t'a pas remis mes messages ?

— Si, j'ai eu tes messages. Et j'aimerais que tu arrêtes de...

— Nous sommes encore mariés, répliqua-t-il. Tu pourrais au moins...

Elle s'arrêta brusquement au milieu du trottoir.

— Nos avocats ne veulent pas de contacts personnels entre nous. Ils...

— Qu'ils aillent se faire foutre !

— D'accord, qu'ils aillent se faire foutre. Mais moi non plus, je ne veux pas de contacts personnels entre nous. Je pensais te l'avoir fait comprendre.

Elle ponctua sa phrase d'un bref hochement de tête, lui lança un regard de défi. Tu as compris ? C'est clair, maintenant ? disaient ses yeux. Elle se remit à marcher, tourna dans la Septième Avenue, en direction du nord de Manhattan. La nuit était glaciale ; un vent mordant les gifla dès qu'ils eurent franchi le coin de la rue. Ils avançaient côte à côte en silence, les épaules voûtées.

— Où est Elizabeth ? demanda-t-il.

— Je n'ai pas à te répondre.

— Si. C'est ma fille. Où est-elle ? J'ai téléphoné à l'appartement, ça ne répond pas.

— Adresse-toi à mon avocat, dit Kathy d'une voix blanche.

— C'est à toi que je m'adresse. Où est ma fille ?

Elle garda le silence.

— Kathy, qu'est-ce que tu as fait d'elle ?

— Bon, elle est dans le New Jersey, soupira-t-elle.

— Où ? Chez tes parents ?

— Oui.

— Qu'est-ce qu'elle fiche là-bas ?

— J'ai repris le travail. Tu le sais, non ? Je n'arrive pas à trouver de baby-sitter qui accepte les horaires que je suis obligée de...

— Tu aurais pu m'en parler.

— Pourquoi ? Tu as des collègues qui se font un petit supplément comme garde d'enfant ?

— J'ai le droit de savoir ce que tu fais de ma fille.

— De *notre* fille. Et je ne suis pas sûre que tu aies ce droit.

Ils approchaient de la 14e Rue, de la bouche de métro avec ses globes orange, au coin de la rue, et de la Chemical Bank, derrière. L'arrêt d'autobus se trouvait dans la 14e même. Kathy y prendrait le M-14, qui l'emmènerait à travers la ville jusqu'à la Première Avenue — *si* elle rentrait chez elle. Il lui prit le bras.

— Kathy, on ne pourrait pas… ?

Elle se dégagea aussitôt, comme si son contact l'avait brûlée.

— Je suis désolé, dit-il.

Elle ne répondit pas.

— Où vas-tu ? demanda-t-il.

— Qu'est-ce que tu crois ? Je rentre.

— Laisse-moi t'accompagner.

— Non.

— Kathy… qu'est-ce qu'il se passe ? Peux-tu m'expliquer, s'il te plaît, ce…

— Nous divorçons, rétorqua-t-elle. Je te croyais au courant.

— Et c'est une raison pour nous déchirer avec cette hargne ?

— Ils se tenaient face à face, s'affrontant du regard, tandis que la foule sortant du métro passait autour d'eux. Finalement, elle poussa un soupir et dit :

— Je suis navrée, Bry. C'est aussi dur pour moi que pour toi.

— Non, je ne le pense pas.

— Crois-moi.

— Alors, arrête.
— Non.
— Faisons comme si c'était il y a huit ans. Comme si tu sortais juste de l'école d'infirmières de Bellevue, comme si j'étais un jeune flic enquêtant...
— Non, Bry, je t'en prie.
— Tu te souviens de ce jour ?
D'une voix douce, elle répondit :
— Je m'en souviens.
— « Inspecteur Bryan Reardon, mademoiselle, récita-t-il. Si je comprends bien, vous vous trouviez dans la boutique au... »
— Je t'en prie.
— ... « moment du vol », acheva-t-il dans un murmure. (Il la regarda dans les yeux.) Nous aurions pu ne jamais nous rencontrer. C'est un pur hasard que...
— Je regrette de t'avoir rencontré.
— Tu ne penses pas ce que tu dis.
— Si.
— Kathy, je ne veux pas de ce divorce.
— Moi si, répliqua-t-elle, et elle fit mine de partir.
— Non, attends. S'il te plaît.
Elle hésita.
— Regarde-moi, dit-il.
Elle évitait de croiser son regard. Tête baissée, elle fixait l'avenue par-dessus son épaule.
— Regarde-moi et dis-moi que tu ne m'aimes plus.
Elle releva la tête. Une rafale de vent faillit emporter le bonnet d'infirmière épinglé sur ses cheveux blonds. Elle leva la main pour le rattraper, il remarqua qu'elle ne portait plus son alliance.
— Je ne t'aime plus, déclara-t-elle.
— Kathy... Chérie...

— Je ne t'aime plus, Bry, répéta-t-elle, plus fermement cette fois. (Elle se tourna à nouveau pour partir.) Bonne nuit.

Il la saisit aussitôt par les épaules.

— Ne me touche pas ! s'écria-t-elle en se dégageant si violemment qu'elle perdit presque l'équilibre.

Il recula, les bras ballants. Elle le regarda un moment, le visage tendu — sa jolie frimousse d'Irlandaise —, puis se retourna et disparut au coin de la rue.

Les mains dans les poches, il s'en alla.

3

Dans cette bon Dieu de ville, les flics passaient plus de temps au tribunal, à essayer d'obtenir une inculpation, que dans la rue, à procéder aux arrestations. Neuf fois sur dix, le type concluait un marché avec le procureur, s'en tirait avec une condamnation ridicule et sortait de taule quelques années plus tard pour remettre ça aussitôt. Reardon avait parfois l'impression que les tribunaux avaient plus de sympathie pour les malfrats que pour ceux qui s'efforçaient de les épingler.

Ce matin, il avait pris le métro jusqu'à Chambers Street, il avait traversé City Hall Park puis était passé devant le bâtiment du Tribunal du Comté, où les mots UNE VRAIE JUSTICE EST LE PLUS FERME PILIER D'UN BON GOUVERNEMENT étaient gravés sur le péristyle de la façade (des salades, avait-il pensé), et s'était dirigé vers le bâtiment du tribunal correctionnel de Center Street, où une autre devise gravée dans la pierre semblait ridiculiser plus encore les efforts des fonctionnaires chargés de l'application de la loi : LÀ OU LA LOI S'ARRÊTE, LA TYRANNIE COMMENCE. Grande nouvelle ! Et comment appeler ce qui se passait à présent dans les rues si ce n'est de la tyrannie ? Quelquefois Reardon pensait qu'il s'était trompé de boulot.

Assis dans une salle d'audience lambrissée où la lumière argentée de l'hiver tombait des hautes fenêtres en rayons obliques, les bancs du jury à sa gauche, le juge dans sa robe solennelle à sa droite, il répondait pour la deuxième fois à l'avocat de la défense, parce que celui-ci avait répété la question :

— C'est exact, j'ai procédé à l'arrestation.

Barrows, l'avocat de Jurgens, était un petit homme rondouillard vêtu d'un costume marron et d'une chemise crème. Ses cheveux, comme sa cravate, étaient d'un brun grisâtre. Il portait des lunettes qu'il ôtait souvent pour souligner une phrase en les agitant devant le visage du témoin.

— En vous appuyant sur son identification par la fille, dit-il.

— C'est une question ? demanda le policier.

— C'en est une. Avez-vous arrêté Harold Jurgens en vous fondant sur son identification par Frances Monoghan ?

— Sur cette identification, et sur d'autres preuves. Les empreintes de Jurgens étaient sur le sac de la fille. Avant de la violer, il...

— Votre Honneur, je demande que ces derniers mots soient rayés du procès-verbal, intervint Barrows. Nous sommes ici *précisément* pour établir si oui ou non...

— Accordé, répondit le juge Abrahams.

— Puis-je répondre à la question en ce qui concerne les preuves ? sollicita Reardon.

— Je vous en prie, dit Abrahams.

— Le sac était en cuir et nous avons relevé dessus des empreintes très nettes. Les services de l'Identité judiciaire ont déclaré qu'elles appartenaient à Harold

Jurgens, personnage déjà convaincu de viol et ayant fait trois ans de prison à Attica. Sur cette base, j'ai demandé un mandat d'amener, avec autorisation de ne pas frapper à la porte du suspect...

— Pourquoi ? demanda Abrahams.

Reardon se tourna vers la table de la défense où l'accusé, Harold Jurgens, homme d'une trentaine d'années au teint jaunâtre, écoutait attentivement.

— Parce que je le savais armé et dangereux, répondit l'inspecteur. Votre Honneur, quand il l'a violée, il a...

— Votre Honneur, intervint Barrows, l'air chagriné.

— Accordé, dit le juge. Supprimez cette phrase.

— Mr Reardon, reprit l'avocat, n'avez-vous pas demandé cette autorisation pour avoir un certain avantage sur Mr Jurgens ?

— C'est exact. L'individu qui a violé Frances Monoghan...

— Votre Honneur...

— Laissez-le finir, décida le juge.

— Merci, dit Reardon. Cet individu était armé d'un couteau à cran d'arrêt avec lequel il lui a tailladé le visage, la défigurant pour la vie. Oui, je voulais avoir sur lui un certain avantage.

Il se tourna vers les bancs du jury. Le juré numéro 5, jolie femme approchant la trentaine, était penchée en avant et paraissait aussi attentive que l'accusé.

— Et vous avez pleinement profité de cet avantage, n'est-ce pas ? insinua Barrows.

— Je ne comprends pas ce que cela signifie, répliqua Reardon. Quelle est votre question ?

L'avocat retourna à la table de la défense, jeta un

coup d'œil à son client, prit une photographie posée près de sa serviette.

— Votre Honneur, je demande que cette photo soit retenue comme pièce à conviction.

— Qu'est-ce que c'est ?

— Une photo de Harold Jurgens prise deux semaines avant l'arrestation. C'est une photo d'identité que nous avons fait agrandir. J'aimerais que le jury la voie.

— Laissez-moi d'abord y jeter un coup d'œil, dit le juge.

Barrows tendit la photo à Abrahams ; celui-ci l'examina puis se tourna vers l'adjoint du procureur.

— Mr Koenig ?

— Pas d'objection, déclara Koenig.

— Inscrivez-la comme pièce à conviction numéro 1 pour la défense, demanda le juge au greffier.

— Merci, dit Barrows.

Reardon la regarda s'approcher des bancs du jury, remettre la photo à la matrone qui en était la présidente.

— Voici comment était Harold Jurgens deux semaines avant son arrestation, lui dit l'avocat. Voulez-vous l'examiner et la faire passer ?

Il revint à sa table, prit une autre photo.

— Votre Honneur, j'aimerais que cette deuxième photographie soit également retenue comme pièce à conviction. C'est un agrandissement de la photo d'identité prise au commissariat central peu après l'arrestation de Mr Jurgens.

Barrows retourna près du perchoir, donna la photo au juge.

— Mr Koenig ? demanda Abrahams.

— Pas d'objection.

— C'est donc la pièce à conviction numéro 2.

L'avocat retourna aux bancs du jury, tendit la seconde photo à la matrone. Celle-ci la prit en regardant Reardon, comme pour le jauger. La pièce à conviction passa de main en main et le juré numéro 5, après l'avoir examinée, regarda l'inspecteur droit dans les yeux.

— Voici comment était Harold Jurgens peu après son arrestation, reprit Barrows. Vous remarquerez l'œil gauche décoloré, la lèvre bleue et enflée, les écorchures sur tout le visage.

Il se tourna vers Reardon ; le policier se tourna vers Koenig, qui griffonnait sur son bloc.

— Mr Reardon, dit l'avocat en s'approchant du banc des témoins, avez-vous vu ces photos ?

— J'ai vu le cliché pris au central.

— Alors, avec votre permission... (Barrows retourna à la table de la défense, ouvrit sa serviette.) Votre Honneur, puis-je lui montrer des copies de ces photos ?

— Oui, oui, acquiesça Abrahams avec impatience.

Barrows revint près de l'inspecteur, lui tendit les copies. Celui-ci leur jeta un coup d'œil, se tourna vers les bancs du jury, où le juré numéro 5 le fixait plus attentivement encore.

— Une remarquable différence, vous ne trouvez pas ? commenta l'avocat.

Le policier garda le silence.

— Mr Reardon, vous voyez bien une différence, non ?

— Oui.

— Et comment l'expliquez-vous ?

— Je ne l'explique pas.

— Le visage de Mr Jurgens était-il marqué,

écorché lorsque vous avez forcé la porte de son appartement à...

— Je n'ai pas *forcé* sa porte. J'avais un mandat.

— Son visage portait-il des marques ? insista Barrows. (Il ôta ses lunettes, les agita devant le témoin.) Son œil était-il décoloré ? Sa lèvre tuméfiée ?

— Non.

— Mais la seconde photo prouve que ces traces de violences existaient *après* que Harold Jurgens eut été interrogé au 5e commissariat.

— Si vous suggérez...

— Je souligne un *fait,* Mr Reardon : on a arraché des aveux à l'accusé par la force.

— C'est un mensonge ! Je ne l'ai pas touché !

— N'avez-vous pas déclaré devant l'agent Anthony Aiello que la prison c'était trop bon pour Mr Jurgens ?

— Je l'ai dit, oui.

— N'avez-vous pas déclaré, toujours en présence de l'agent Aiello, qu'on devrait faire traîner Mr Jurgens par des chevaux sauvages ?

— Je l'ai dit aussi.

— Et lorsque vous étiez seul avec Mr Jurgens, prétendument pour l'*interroger,* n'avez-vous pas décidé de faire justice vous-même ?

— Non, répondit Reardon d'une voix tendue.

— N'avez-vous pas utilisé pour cet *interrogatoire* une technique d'arrière-salle, une technique de la matraque interdite par ces lois mêmes que vous avez juré de défendre ?

— Non.

— Alors comment expliquez-vous la différence entre les deux photos ?

— On ne l'a pas photographié au 5e, mais au

central. Il s'est retrouvé là-bas avec un tas d'autres criminels qui, pour la plupart, n'apprécient ni les violeurs ni les molesteurs d'enfants. Je ne sais comment il a eu ces marques, mais il est tout à fait possible que...

— Pas d'autres questions, monsieur le juge, coupa Barrows.

Aussitôt, Koenig se leva et dit :

— Pas de question.

Reardon descendit du banc des témoins, sous le regard du juré numéro 5. Il s'assit à côté de l'adjoint du procureur et murmura :

— Vous auriez pu soulever une objection.

— Pourquoi ? dit Koenig en souriant. Il m'a convaincu.

Non loin de la cabine téléphonique où Reardon se plaignait au lieutenant Farmer de ce que Koenig avait laissé l'affaire partir en eau de boudin, deux hommes étaient assis dans un bureau d'une firme de courtage de l'Equitable Building, dans Broadway, presque en face de l'énorme bâtisse noire du Merryl Lynch, au 1, Liberty Plaza.

A trente-huit ans, Lowell Rothstein était une sorte de beau ténébreux avec des cheveux bruns ondulés et des yeux sombres qu'il se plaisait à juger expressifs. Il portait un costume sur mesure de chez Chipp's et fumait une cigarette Dunhill qu'il venait d'allumer avec un briquet en or de la même marque. Une montre en or Rolex égrenait les minutes à son poignet délicat. Son associé, Joseph Phelps, d'un an son aîné, était un homme d'aspect quelconque dont l'arrière du crâne se déplumait. Portant un costume en flanelle grise fripé et des chaussures noires qui avaient besoin d'un coup de brosse, il semblait extrêmement inquiet.

— Pourquoi veut-elle nous voir ? demanda-t-il en secouant la tête. Elle serait venue de l'Arizona rien que pour ça ? Son frère est ici pour vendre des tableaux, non ? Tu crois que c'est une simple visite de politesse ?

— Les Kidd ne font pas de visites de politesse, répondit Rothstein.

Phelps jeta un coup d'œil à la pendulette posée sur le bureau de son associé.

— Quelle heure elle a dit, déjà !

— Onze heures. Détends-toi.

— Les gens très riches me rendent nerveux, avoua Phelps.

— Moi ce sont les gens très pauvres, dit Rothstein. Ou du moins ceux qui n'arrivent pas à oublier qu'ils l'ont été.

— J'ai été très pauvre, oui.

— Tu ne l'es plus, maintenant.

— Je ne suis pas riche non plus. Je continue à regarder la partie droite du menu, tu sais.

— Quoi ?

— Là où il y a les prix. Mon souhait le plus cher, c'est pouvoir entrer un jour dans un restaurant et commander tout ce dont j'ai envie — sans regarder d'abord ce que ça coûte.

— Tu n'es pas pauvre à ce point.

— L'odeur de la misère colle à la peau, dit Phelps. J'habite Sutton Place, j'ai une villa dans les Hamptons mais je sens encore la puanteur de Sheepshead Bay. L'argent me fait peur, Lowell. Parce qu'il peut disparaître en fumée d'un moment à l'autre.

— Tu as mal choisi ton métier, fit observer Rothstein.

— A quelle heure le rendez-vous, tu disais ?
— Onze heures.
— Elle a déjà dix minutes de retard.
— C'est le privilège des très riches, fit Rothstein en haussant les épaules.
L'interphone de son bureau bourdonna. Il tendit la main, appuya sur un bouton.
— Oui ?
— Miss Kidd vient d'arriver, annonça la secrétaire.
— Faites-la entrer tout de suite, Jenny, dit Rothstein. Détends-toi, murmura-t-il à son associé.
La porte s'ouvrit un instant plus tard. Olivia Kidd, manteau de vison ouvert sur un tailleur Chanel vert sombre, entra dans le bureau, la main tendue.
— Lowell... Joe. Désolée de ce retard, la circulation est épouvantable, en période de fête.
Elle jeta son vison sur l'un des fauteuils en cuir, ouvrit son porte-documents sans préambule, en sortit deux feuilles de papier. Elle en tendit une à Rothstein et dit :
— Vous avez déjà jeté un coup d'œil là-dessus mais vous souhaitez peut-être l'examiner plus à loisir, maintenant. (Elle remit l'autre feuille à Phelps, qui lança à son associé un regard intrigué.) Joe, lisez ça attentivement, voulez-vous ?
Elle s'assit dans le fauteuil, sur son vison, croisa les jambes, pêcha une cigarette dans son sac. Rothstein s'empressa de lui donner du feu avec son Dunhill en or. Phelps regardait la feuille qu'il tenait à la main et qui portait comme titre :
PROGRAMME D'ACHATS A TERME DE KIDD : CMX VIA ROTHSTEIN-PHELPS, N.Y.C.

En dessous, échelonnés sur toute la largeur de la page, les têtes de colonne suivantes :

DATE ACH. ACC. LOTS TOTAL ONC. MOIS LIVR.

Dans la pièce silencieuse, les deux hommes continuèrent à lire.

— Qu'en pensez-vous ? finit par demander Olivia Kidd.

— Je ne comprends pas, répondit Phelps, relevant la tête.

— Qu'est-ce que vous ne comprenez pas, Joe ?

— C'est ce que vous voulez ? Ce que vous voulez vraiment ?

— Bien sûr. Sinon, pourquoi aurais-je... ?

— Six cents achats en moyenne par jour ? D'ici Noël ?

— C'est exact.

— Cela nous laisse sept jours ouvrables. Vous envisagez quatre mille deux cents lots.

— Oui.

— Vingt et un millions d'onces.

— Oui.

— Divisés en trois comptes.

— Des comptes de *société,* précisa la jeune femme.

— De société ou pas, il y a des règles, Olivia. La Comex et la C.C.M.T...

— Oui, Joe, je connais les règles.

— La position avouable de la Comex est de deux cent cinquante lots...

— Je sais.

— Et la C.C.M.T. demande que nous remplissions un formulaire 01 pour tout ce qui dépasse *cent* lots.

— Alors où est le problème, Joe, dites-le-moi ? Quatorze cents lots pour chaque compte, c'est bien en dessous de la limite globale de six mille pour chaque donneur d'ordre. Nous ne faisons rien d'illégal, tout se passe au grand jour.

— Il faudra quand même finir par révéler l'identité des donneurs d'ordre. La Comex y tiendra.

— Nous les révélerons quand on nous demandera de le faire. Il y a Jessica, il y a Serge, il y a moi. Je ne vois pas le problème. Nous ne dépassons absolument pas la limite des six mille.

Phelps demeura un long moment silencieux puis finit par lâcher :

— Je suppose qu'il y a une raison à tout ça.

— Il y a une raison pour tout, non ? dit Olivia.

— Pouvons-nous la connaître ?

— Nous sentons une tendance à la hausse, répondit la jeune femme avec un sourire.

— Vous vous rendez compte de la somme d'argent que cela représente, pour les dépôts de couverture ?

— Nous disposons déjà de cette somme.

— Cela fait trois mille par contrat, aujourd'hui.

— Plus ou moins, acquiesça Olivia.

— Soit quelque chose comme douze ou treize millions de dollars.

— Je sais.

— Vous avez l'intention de prendre livraison ?

— Non.

— Dieu soit loué, dit Phelps. Mais ça ne me plaît pas quand même. Si nous envoyons notre homme dans la fosse pour acheter autant de contrats par jour, il y aura des petits malins pour regarder par-dessus son épaule.

— Qu'ils regardent, dit Olivia.

— Lowell ? Tu n'es pas de mon avis ? demanda Phelps.

— Je voudrais quand même savoir *pourquoi*, dit

Rothstein. Est-ce un coup auquel Joe et moi aimerions participer à titre personnel ?

— Comment pourrais-je répondre à cette question, Lowell ?

— Euh... quand vous dites que *vous* sentez une tendance à la hausse, cela inclut le *Capitaine* ?

— Absolument.

— Alors, cela mérite peut-être un coup d'œil, hein, Joe ?

— Je n'aime pas jouer, répondit Phelps.

— Nous étudierons la question, assura Rothstein.

— Messieurs, dit Olivia Kidd en consultant sa montre, je crois que vous feriez bien de vous mettre au travail.

— Puis-je vous poser une autre question ? sollicita Rothstein.

— Certainement.

— Vous achèterez uniquement à travers Comex, ici à New York, ou vous utiliserez aussi les Bourses étrangères ?

— Pourquoi voulez-vous savoir ça, Lowell ?

— Parce que cela pourrait changer complètement la nature de cette affaire.

— De quelle manière ?

— D'une manière qui pourrait nous inciter, Joe et moi, à nous engager personnellement.

— Comme Mr Dodge ?

Le regard intrigué de Phelps passa de son associé à la jeune femme.

— Laissez-moi vous dire une chose, reprit Olivia Kidd. Quelles Bourses nous utiliserons, cela ne vous regarde pas. Mais comme Kidd International détient douze pour cent de Rothstein-Phelps et que vous nous avez exceptionnellement bien servis par le passé, disons que vous auriez peut-être intérêt à risquer le coup. (Elle sourit.) Si le prix montait à quarante dollars l'once en décembre prochain, par exemple, vous seriez en position de vous faire beaucoup d'argent pour un investissement à *six* dollars l'once. (Nouveau sourire.) A vous de juger, messieurs.

Rothstein se tourna vers Phelps.

— Mais soyez discrets, n'est-ce pas ? ajouta-t-elle.

Rothstein sourit, Phelps fronça les sourcils.

— Tout est clair, donc ? conclut Olivia. Vous avez le programme, je veux qu'il soit appliqué avant la clôture, le jour du réveillon. Lowell ? Joe ? Bonne journée, messieurs.

Le restaurant de Pell Street semblait plutôt sinistre comparé aux établissements festonnés de néon qui le flanquaient. La vitrine, couverte de buée et ornée de rideaux en perles, portait en lettres noires l'inscription : *Le Bol de riz.* A droite se trouvait la porte d'entrée, semblablement emperlée, un menu collé au ruban adhésif contre l'intérieur du panneau de verre. La rue, à midi moins vingt, commençait à accueillir les gens sortis déjeuner.

Une clochette sonna au-dessus de la porte quand Reardon entra, mais ni les serveurs ni les clients ne lui accordèrent un coup d'œil lorsqu'il referma la porte derrière lui, coupant le vent fort qui avait soufflé un instant dans la petite salle. Une douzaine de tables environ, toutes dépourvues de nappe ; odeur envahissante d'excellentes choses en train de frire, brouhaha chantant de voix — la plupart des clients et tous les serveurs étaient chinois. Reardon se dirigea immédiatement vers le comptoir, sur la gauche, où un jeune

Chinois à l'air exténué calculait une addition — sur un abaque, nota Reardon — pour une serveuse qui, adossée au comptoir, regardait la salle. Le policier attendit que l'homme eût terminé ses calculs et remit la note à la serveuse pour demander :

— Benny Wong.

Le jeune homme lança quelques mots en chinois à la serveuse qui s'éloignait. Elle hocha la tête. Il se tourna à nouveau vers Reardon et demanda, dans un anglais saccadé :

— Vous êtes qui, s'il vous plaît ?

— Inspecteur Reardon.

— Mr Wong connaît vous ?

— Il me connaît.

Il décrocha un téléphone, fit un seul chiffre, parla en chinois dans l'appareil, écouta, parla à nouveau. Reardon entendit son nom dans un flot de mots inintelligibles.

— O.K., dit-il en anglais avant de raccrocher. Quelqu'un venir, vous attendez.

Le policier acquiesça, prit dans sa poche un paquet de cigarettes et s'apprêtait à en allumer une quand le jeune Chinois déclara :

— Pas fumer, s'il vous plaît. Mr Wong pas fumer.

Reardon jeta la cigarette non allumée dans un saladier posé sur le comptoir. Une porte s'ouvrit au fond de la salle, à droite de la cuisine ; un Chinois de petite taille portant un pantalon sombre et une tunique noire s'approcha de l'inspecteur.

— Mr Reardon ? dit-il dans un anglais quasiment sans accent. Je m'appelle Gilbert Chan. Par ici, je vous prie.

Reardon le suivit vers le fond du restaurant. Il n'avait rien mangé depuis le petit déjeuner et en humant les odeurs savoureuses s'échappant de la cuisine, plus proche, maintenant, il se rendit soudain compte qu'il avait très faim. Chan rouvrit la porte par laquelle il était venu, laissa l'inspecteur le précéder dans une antichambre sans meubles, dont le mur du fond était percé d'une autre porte. Chan l'ouvrit également et, avec une petite courbette, murmura :

— Je vous en prie.

La pièce qui se trouvait derrière aurait surpris quiconque n'y aurait jamais mis les pieds. Elle était meublée dans ce que Reardon aurait qualifié de style Barreau anglais : murs tapissés de livres, bureau recouvert de cuir, fauteuils en cuir également, l'un derrière le bureau, l'autre devant. Assis dans le premier, Benny Wong invita le visiteur à prendre place dans le second et congédia Chan d'un geste fluide de la main droite. Agé de près de soixante-dix ans, Wong paraissait beaucoup plus jeune — comme de nombreux riches Chinois. Il portait un costume bleu sombre d'homme d'affaires, des boutons de manchettes en or brillant à ses poignets. Moustaches noires, légère calvitie, pas de sourire. Sinistre comme un cobra.

Il attendit que Chan eût refermé la porte derrière lui et lança à Reardon :

— Ne dites rien, laissez-moi deviner. (Il avait la voix légèrement chantante mais parlait un anglais correct — pas de *pidgin* pour un homme vivant en Amérique depuis 1926.) Le restaurant de Mulberry, c'est ça ? Hier soir ?

— Exact, répondit le policier.

— Alors, bien sûr, vous pensez à 1982.

— Bien sûr.

— *L'Etoile d'or,* 51 Broadway Est, 2, 3 heures du

matin. Les types entrent avec des cagoules, des bas, des sacs en papier sur la figure ; ils tuent trois personnes, en blessent huit autres, dont un très bon ami à moi. (Wong fit claquer sa langue.) Ce n'est pas la même chose, Reardon.

— Non, hein ?

— Absolument pas. En 82, c'était de la bagarre de bandes. Il y avait des Francs-Maçons et des Tigres blancs dans le bar.

— Et *maintenant* ? Une des bandes n'aurait pas essayé de faire cracher Ralph D'Annunzio ?

— Comment le saurais-je ?

— Je pense que vous le sauriez.

Il y avait deux principales *tongs* à Chinatown. Descendant des sociétés secrètes de la province de Guangdong, elles se donnaient maintenant l'appellation d'« associations d'hommes d'affaires », mais Reardon savait que l'*An Liang Shang Tsung Bui* et la *Hip Sing T'ang* se partageaient le contrôle de toutes les salles de jeu du secteur. Les bandes de jeunes, comme les poissons pilotes accrochés au ventre d'un requin, protégeaient les tripots de ceux qui pourraient un beau soir décider de les braquer. De plus, les gangs rackettaient les honnêtes marchands de la ville chinoise — Mott Street pour les Ombres fantômes, Pell pour les Dragons volants —, leur extorquant une somme évaluée entre cinq et dix mille dollars par semaine. Si l'une des bandes avait décidé de déborder sur Mulberry Street...

— Vous vous trompez, assura Wong. Croyez-moi, vous vous trompez. Pas de Chinois dans ce coup-là.

— Posez des questions autour de vous, suggéra Reardon.

— Je vous dois quelque chose ? demanda Wong, l'air sincèrement surpris.

— Non, mais rendez-moi ce service, Benny.

— Je me renseignerai, promit Wong. Mais je connais déjà la réponse : ce ne sont pas des Chinois.

Robert Sargent Kidd ne s'éveilla pas avant midi ce mardi-là. Le garçon du *Park Lane Hotel* qui lui apporta son petit déjeuner l'informa que la température extérieure était de 5 °C puis lui souhaita une bonne journée. Un titre de l'exemplaire du *New York Times* posé sur le plateau attira aussitôt l'attention de Kidd : :

TRENTE MILLIONS DE DOLLARS
POUR UNE COLLECTION DE TABLEAUX IMPRESSIONNISTES

Il lut l'article en sirotant son café.

Cent une toiles en tout avaient été adjugées la veille chez Sotheby à des prix allant de cinquante-cinq mille dollars, pour un Monet certes mineur, à quatre millions six cent mille pour un Manet véritablement superbe. Une collection qu'il avait mis des années à rassembler, dispersée en ce qui paraissait maintenant un instant, bien que, la veille, dans la galerie bondée, la vente eût duré une douloureuse éternité.

« Sarge, il faut que tu te sépares de ces tableaux, avait dit son père. J'ai besoin de l'argent qu'ils rapporteront. »

Andrew Kidd, qu'on appelait le Capitaine, et qui avait donné un ordre à son sargent — son *sergent,* pour parler de façon plus appropriée. Pas une requête, un *ordre.* Et quand le Capitaine aboyait un ordre, on se grouillait d'obéir, sinon on le payait cher.

Tous vendus, pour du fric. Pour gagner encore plus de fric si la combine du Capitaine marchait. Elle marcherait, bien sûr, ses combines marchaient toujours. Et les Kidd seraient plus riches encore, beaucoup plus riches. Tous les Kidd sauf Sarge, qui se sentirait à jamais misérable maintenant que les précieux tableaux n'étaient plus en sa possession.

Il but une gorgée de café, regarda par la fenêtre les branches dénudées des arbres de Central Park. « Un jour, pensa-t-il, j'aimerais... » Il ne savait pas ce qu'il aimerait faire un jour. Il savait seulement qu'il avait perdu ses tableaux.

Les D'Annunzio habitaient Brome Street, dans un immeuble en brique rouge, à côté de la pharmacie Arfi & Mazzola. Juste en face, l'église du Très-Saint-Crucifix annonçait sur une pancarte, à gauche de l'entrée, qu'on disait la messe en anglais et en espagnol. A droite de l'église, la compagnie de produits alimentaires Chia Sheung avait ouvert boutique. Pour Reardon, le brassage ethnique dans cette seule courte rue illustrait ce qui se passait dans tout le secteur du 5e.

Il monta les marches deux par deux — une habitude de son adolescence —, descendit l'étroit couloir du deuxième étage, frappa à la porte de l'appartement 31. Mark D'Annunzio ouvrit.

— Désolé de vous déranger, fit Reardon. Le lieutenant Farmer m'a dit que vous avez téléphoné...

— Oui, entrez.

La porte s'ouvrait sur une petite cuisine. Cuisinière et réfrigérateur dans le fond ; fenêtre bordée de givre, ornée de rideaux, au-dessus de l'évier ; table ronde nichée dans un coin, couverte d'une toile cirée ; poussières montant dans un puits de lumière hivernale. L'endroit semblait désert et silencieux.

— La raison pour laquelle j'ai appelé..., commença D'Annunzio. Asseyez-vous. Vous voulez du café ?

— Merci.

Il alla à la cuisinière, où un pot à café chauffait sur la flamme basse d'un brûleur, prit deux tasses dans le placard, les remplit et les posa sur la table.

— Lait, sucre ?

— Noir.

D'Annunzio s'assit en face de l'inspecteur. Les deux hommes burent lentement leur café tandis que les atomes de poussière poursuivaient leur inlassable ascension dans la maison silencieuse. Quelque part, une horloge égrenait son tic-tac.

— Je voulais savoir combien de temps il leur faudra encore, reprit D'Annunzio. Nous devons prendre des dispositions pour les funérailles...

— Je comprends, assura Reardon.

— Je sais que c'est la loi, que l'autopsie est obligatoire, mais vous ne pouvez pas imaginer à quel point ma mère a été bouleversée.

— J'ai téléphoné au bureau du médecin légiste avant de passer ici. Le rapport sera terminé aujourd'hui. Vous pouvez prendre toutes les dispositions que vous jugerez utiles, Mr D'Annunzio. Je ferai le nécessaire pour que le cad... pour que votre père... Avez-vous choisi un établissement de pompes funèbres ?

— Riverside, répondit D'Annunzio en hochant tristement la tête. Dans Canal Street.

— Je leur demanderai de prendre contact avec la morgue. Ne vous inquiétez pas, je m'en charge.

— Les parents n'arrêtent pas de téléphoner, vous comprenez, ils veulent savoir quand...

— Dites-leur : demain.

— Et les amis — il avait beaucoup d'amis, mon père...

Reardon écouta le tic-tac de l'horloge avant de demander :

— Des ennemis aussi ? Je sais que c'était un vol : apparemment, nous avons affaire à un vol, mais les apparences sont parfois trompeuses. Et je ne cesse de penser à ce que vous m'avez dit : l'un d'eux vous a demandé votre nom.

— Celui de mon père aussi.

— Ils lui ont demandé son nom également ?

— Oui. Ensuite, ils lui ont ordonné de s'approcher du bar et comme il s'avançait, ils... ils lui ont tiré dans le dos.

— Savez-vous si votre père avait reçu des menaces par lettre ou par téléphone ?

— Non, rien de ce genre.

— Des ennuis avec les serveurs ? Ou d'autres membres du personnel ? Personne qui aurait pu lui en vouloir ?

— Non.

— Il devait de l'argent ?

— Il réglait toujours les factures au centime près. Les fournisseurs, le blanchisseur...

— Qui était son blanchisseur, vous le savez ?

— Pourquoi ? Vous pensez aux gangsters ?

— J'essaie d'envisager toutes les possibilités.

— Non, je ne crois pas que c'était quelque chose de ce genre, répondit D'Annunzio. Les malfrats venaient tout le temps manger chez nous, depuis l'ouverture. Ils n'avaient aucune raison d'en vouloir à mon père.

— Mr D'Annunzio, une question que je dois vous poser, je m'en excuse.

— Laquelle ?

— Votre père et votre mère formaient-ils un couple heureux ? Y avait-il un autre homme, une autre femme… ?

— Ils étaient mariés depuis près de quarante ans. Mon père n'a plus jamais regardé une autre femme du jour où il a rencontré ma mère.

D'Annunzio secoua la tête, prit sa tasse de café, fit mine de la porter à ses lèvres puis la reposa sur la table.

— C'est à n'y rien comprendre, reprit-il. Rien. Apparemment, comme vous dites, ces deux types étaient venus nous voler. Mais alors, pourquoi n'ont-ils rien pris ? Et pourquoi l'ont-ils tué ? C'est moi qui ai essayé de prendre le fusil sous le bar…

— Vous aviez une arme ?

— Un fusil, que je garde sous le comptoir. Quand j'ai tendu le bras pour le prendre, un des types a dit simplement : « Non. » Mais quand mon père s'est approché du bar, ils l'ont abattu. Ça ne tient pas debout, non ?

— Je retourne jeter un œil au restaurant, annonça-t-il.

A 2 heures, en ce mardi après-midi, la neige tombait dru et les lampes de la salle de séjour, au rez-de-chaussée de la maison cossue de la 71e Rue, étaient allumées tant il faisait sombre. La femme qui arpentait le boukhara portait des sandales à talon haut, un pyjama en satin dont le rouge rappelait les tons du tapis. Elle était furieuse et agitait sa longue chevelure noire à chacun de ses pas. La colère déformait son visage, d'ordinaire d'une éclatante beauté, et rendait sa voix stridente.

— Je me fous de ce que tu veux ! cria-t-elle.

Olivia ne semblait pas surprise par la fureur de sa demi-sœur. Bien qu'âgée de vingt-quatre ans, Jessica se conduisait souvent comme une gamine. Assise dans un fauteuil à oreillettes, près de la cheminée où le feu crépitait, Olivia la regardait calmement sans rien dire.

— La suite est réservée pour le 17 ! poursuivit Jessica. C'est-à-dire demain, et c'est demain que je m'en vais !

— Reporte la date, proposa Olivia.

— Non, je ne la reporterai pas ! Mon avion décolle de Kennedy à 8 heures, je serai à Zurich demain soir et sur les pentes de Saint-Moritz jeudi — comme chaque année !

— Pas cette année, chérie.

— Si ! Cette année, et l'année prochaine, et chaque fois que ça me chantera !

Les mains sur les hanches, la lèvres inférieure avançant dans une moue de défi, Jessica se campa devant le fauteuil de sa demi-sœur.

— Comment as-tu pu devenir une telle enfant gâtée ? soupira Olivia en secouant la tête.

— C'est dans le sang.

— Du côté de ta mère, alors.

— C'est vrai que la tienne tapinait dans les bars ? rétorqua Jessica.

— Ne pousse pas trop, Jessie. Nous avons beau avoir le même père...

— Vas-y, appelle-le. Dis-lui que tu essaies de me

forcer à reporter mes vacances. Tu verras ce qu'il répondra.

— C'est sur ses instructions que je suis ici, répliqua Olivia.

— Il veut que je reporte mes vacances ?

— Ou que tu les annules, tu as le choix.

— Je ne te crois pas. Tu mens.

— Je te permettrais de lui téléphoner si tu ne risquais pas d'interrompre sa sieste. Tu devras te contenter de ma parole.

— Ta parole ! s'exclama Jessica en levant les yeux au ciel. Tu m'avais donné ta parole que cette maison était *à moi.*

— Elle l'est.

— « Une ravissante maison dans un quartier chic », fit Jessica, essayant d'imiter la voix profonde de sa demi-sœur. « Trois étages rien que pour toi, voilà la clef, Jessica. Et laisse-nous tranquilles à Phoenix. »

— Ça, je ne l'ai jamais dit.

— C'est ce que tu pensais. Et je ne considère pas cette maison à moi si toi et Sarge en avez la clef, si vous pouvez y entrer quand ça vous chante, même si j'ai de la compagnie. Cette maison n'est pas à moi, c'est juste un morceau de ce putain d'empire Kidd !

— Je vais à l'hôtel chaque fois que je monte à New York, tu le sais, dit Olivia. Et je n'ai jamais...

— Aujourd'hui, tu as débarqué ici, non ?

— J'ai frappé d'abord. Ta vie privée est sacro-sainte, Jessie, n'aie aucune crainte. Tu peux recevoir...

— Seuls mes amis m'appellent Jessie.

— *Jessica,* alors. Tu peux recevoir ici autant d'adolescents attardés que tu veux ; à condition que ça ne fasse pas de vagues. Le Capitaine en a assez de verser des cautions pour te tirer d'ennui.

— Je ne l'ai jamais entendu se plaindre.

— Je parle pour lui, en ce moment. Tiens-toi tranquille à New York, arrange-toi pour ne plus avoir ton nom dans les journaux.

— Pourquoi je ne peux pas aller en Suisse? pleurnicha Jessica.

— Parce que le Capitaine a besoin de toi ici.

— Bon, on l'appelle, on va voir s'il veut vraiment...

— Si tu n'as pas peur de le mettre en rogne, vas-y, dit Olivia en désignant un bureau de la tête.

Jessica hésita, alla au bar, se versa deux doigts de cognac, revint près du feu, contempla un moment les flammes, la main gauche sur la hanche, le verre dans la main droite — une pose de mannequin. Olivia eut l'impression de voir les rouages tourner à l'intérieur de cette tête ravissante. Lorsque Jessica se retourna, sa colère avait disparu et ce fut d'une voix enfantine, presque geignante, qu'elle dit :

— Tous mes amis seront là-bas pour Noël.

— Je sais.

— Je vais rater toutes les « boum ».

— Donnes-en une ici.

— C'est plus drôle en Suisse.

— Ça suffit, Jessie. Si je dois t'attacher à ton parc...

— Mon parc?

— Ton lit à Baldaquin, là-haut, ton *parc,* ma chère sœur. Si je dois t'y attacher, je le ferai, crois-moi.

Olivia se leva, prit son manteau et ajouta d'un ton désinvolte :

— Et je mettrai aussi quelqu'un devant ta porte

pour te casser les deux jambes si tu essaies de sortir d'ici avec une valise. (Elle sourit.) Compris, *Jessica* ?

La jeune fille garda un silence renfrogné.

— Bon, dit Olivia en haussant les épaules sous son vison.

Sur la porte du restaurant *Luna Mare*, une pancarte indiquait :

FERMÉ POUR CAUSE
DE DÉCÈS

A l'intérieur, Mark D'Annunzio était assis à une table, une bouteille de chianti devant lui, un verre de vin à la main. Accroupi derrière le comptoir, où il avait posé son verre, Reardon examinait le coffre. Au mur, une pendule marquait 17 h 30. Dehors, c'était une vraie tempête de neige. D'Annunzio n'avait allumé que quelques lampes, mais l'endroit paraissait chaud et douillet comparé à la toundra s'étendant derrière les fenêtres.

— Avant de tirer sur votre père, ils ont pris de l'argent dans la caisse ? demanda Reardon.

— Non. De toute façon, il était tôt, il n'y avait pas grand-chose dans la caisse. Mais ils n'ont même pas essayé de s'en approcher. Ils nous ont ordonné de nous taire et de lever les bras, puis ils m'ont demandé mon nom, ils ont demandé la même chose à mon père et ils l'ont abattu. C'est tout.

— Vous vous trouviez à peu près où je suis maintenant, quand ils ont tiré ?

— Exactement à cet endroit.

— Ils savaient qu'il y a un coffre derrière le

comptoir ? Ils vous ont donné l'impression de le savoir ?

— Non. Comment l'auraient-ils su ? dit D'Annunzio, à nouveau au bord des larmes.

Reardon fit le tour du comptoir, son verre à la main, et alla s'asseoir en face de lui.

— Vous ne pouvez pas imaginer ce que ce restaurant représentait pour mon père. Mon grand-père est venu dans ce pays en 1901, après des vendanges catastrophiques en Italie. Il était ouvrier agricole et ne parlait même pas anglais, mais il a travaillé à s'en user les doigts jusqu'à l'os pour élever une famille et veiller à ce qu'elle ne manque de rien. Même pendant la Crise, mon grand-père s'est débrouillé pour que ses gosses aient quelque chose dans le ventre et sur le dos.

Le policier hocha la tête, D'Annunzio lui reversa à boire.

— Il y a des gens qui viennent dans ce pays et qui crachent dessus. Pas mon grand-père. Il voulait devenir un vrai Américain, il a demandé sa naturalisation quasiment en débarquant du bateau.

D'Annunzio but une gorgée de chianti. Une expression lointaine dans le regard, il semblait se rappeler une époque révolue, moins compliquée, plus sûre.

— Mon père était le cadet, reprit-il. Il reste trois sœurs et un frère plus âgés à Washington.

Il demeura un moment silencieux puis ajouta :

— Ce restaurant, c'était son rêve. Il avait économisé toute sa vie pour l'avoir.

Nouveau silence.

— Quand il a trouvé cet endroit, c'était une gargote crasseuse. Vous auriez dû voir la cuisine, il fallait racler la graisse au couteau.

Il secoua la tête, un petit sourire aux lèvres.

— Son rêve, répéta-t-il. Il a dépensé toutes ses économies pour le refaire, il a emprunté. Et maintenant... Un homme réalise son rêve, et voilà...

Il secoua à nouveau la tête, sans sourire, cette fois.

— Mr D'Annunzio, vous m'aviez dit que votre père n'avait pas de dettes.

— C'est exact.

— Mais il a *emprunté,* si j'ai bien compris ce que vous venez de...

— Oui, il a emprunté.

— A quelqu'un ou à une banque ?

— A quelqu'un, je crois. Ce que la banque lui avait accordé ne suffisait pas.

— Combien avait-il emprunté ?

— Je ne sais pas.

— Une somme importante ?

— Je ne sais pas.

— A qui l'avait-il empruntée ?

— Je ne sais pas. Quelle importance, de toute façon ? A quoi il lui a servi, cet argent ? Il avait son restaurant, il avait réalisé son rêve, mais...

D'Annunzio se mit soudain à pleurer. Reardon lui posa une main sur l'épaule.

— Désolé, bredouilla-t-il entre deux sanglots.

— Ça ne fait rien.

— C'était un si bon père pour moi, dit-il en cherchant son mouchoir dans sa poche. Pourquoi ils ont fait ça, ces salauds ?

Il se moucha, regarda le policier dans les yeux.

— On ne les retrouvera jamais, hein ? On ne sait pas de quoi ils ont l'air, on ne sait même pas...

— Je les retrouverai, dit Reardon. Je vous le promets.

Il n'en était pourtant pas du tout sûr.

Dans un bar à vin, à l'ombre du pont de Brooklyn, Rothstein et Phelps dégustaient un cru plus coûteux que celui que Reardon et D'Annunzio partageaient. Rothstein avait commandé un lafite-rothschild 1969, ce que son associé n'aurait jamais osé faire. Boire un vin aussi cher rendait Phelps nerveux. Il ne cessait de regarder dans son verre après chaque gorgée, comme pour pleurer la perte des dollars que le breuvage avalé représentait.

— Détends-toi, lui conseilla Rothstein.

— J'ai peur de faire un tel plongeon, dit Phelps. Personnellement, j'entends. Ce serait *notre* fric, Lowell. Ce n'est pas la même chose qu'investir l'argent des autres.

— Je pense que nous pouvons considérer que c'est un investissement relativement sûr.

— Parce que les Kidd se mouillent autant ?

— Oui. Et d'autres aussi, sans aucun doute.

— Qu'est-ce qui te fait croire ça ?

— Des choses qu'elle a dites.

— Par exemple ?

— Elle a parlé d'achats à l'étranger. Comme les Kidd sont tous ici en ce moment, je suppose que ces achats seront faits par d'autres, avec un pourcentage variable pour les Kidd.

— Tu crois que le Capitaine tire les ficelles ?

— Comme chaque fois que les Kidd bougent.

— Mais c'est tellement risqué, tu ne trouves pas ? Il suffirait d'un petit malin à la Bourse pour que...

— Ils ne font rien d'illégal, Joe. Ils essaient seulement de gagner un peu d'argent d'ici Noël, c'est tout.

— Un peu d'argent ! Quatre mille deux cents contrats ? Avec trois mille dollars de dépôt pour chaque contrat ? Tu sais ce que ça fait, au total ! Ça fait un versement de douze millions six cent mille dollars !

— C'est exact.

— Cinq mille onces par contrat, ça fait vingt et un millions d'onces, Lowell. Si le cours monte *vraiment* à quarante dollars l'once, ces contrats vaudront huit cent quarante millions de dollars. Ce qui représente un bénéfice de plus de trois quarts de milliard ! Rien qu'à New York.

— Pour les Kidd, ce n'est pas grand-chose. La question, Joe, c'est de savoir si nous voulons leur emboîter le pas.

— Combien veux-tu risquer ?

— Tout ce qu'on pourra réunir. Personnellement, je serais partisan de mettre au clou tout ce que nous possédons. Tu vois comme je suis confiant.

— Nous pourrions tout perdre, tu sais.

— Je sais.

— Tout, répéta Phelps. Et nous retrouver à Sheepshead Bay.

— Ce serait encore pire pour moi.

— Pourquoi ?

— Quand on part de rien et qu'on se retrouve à zéro, on n'a rien perdu. Mais quand on est né riche et qu'on devient tout à coup sans le sou, c'est très dur.

Phelps but une gorgée de vin et murmura :

— Une chance unique...

— De devenir tous les deux multimillionnaires, acheva Rothstein. Nous devons courir le risque.

— Je le sais.

— Ton verre est vide, fit remarquer Rothstein.

Il appela le garçon, qui resservit les deux hommes et s'éloigna.

— Qu'est-ce qu'elle voulait dire ? demanda Phelps.

— Qui ça ?

— Olivia. Quand elle a dit que tu avais déjà jeté un coup d'œil au programme d'achats.

— Elle a dit ça ?

— C'est ce que j'ai cru comprendre.

— Oh ! elle a dû se tromper, fit Rothstein avec un haussement d'épaules. (Il avala une longue gorgée de vin.) Ahhh !

— Et qui est Dodge ?

— Je l'ignore. On a parfois du mal à la suivre, Olivia. Bon, nous nous mettons dans le coup ou pas ?

— Je crois que oui, répondit Phelps. Espérons qu'ils savent ce qu'ils font.

— On ne risque rien à faire confiance aux Kidd, déclara Rothstein.

— Bon Dieu, on pourrait gagner une fortune !

— Des millions.

— Je demanderai à être payé en pièces d'argent, gloussa Phelps.

— Tout à fait approprié, approuva son associé.

— Pour en faire un tas énorme, me rouler dessus, ramasser des pièces et les faire tomber une à une sur ma tête.

— Toutes ces pièces, ah ! oui.

— J'aime l'odeur de l'argent. Et toi ?

— J'adore ça.

— Mais ça me fait peur, ajouta Phelps.

— N'aie pas peur, dit Rothstein. (Il leva son verre.) Joseph, mon ami...

— Lowell, mon ami, dit Phelps en l'imitant.

— A notre santé. Dans une semaine, nous nous retrouverons à la rue...

— Ou nous posséderons le monde.

— Nous posséderons le monde, assura Rothstein. Du moins, une bonne partie.

Solennellement, silencieusement, les deux hommes trinquèrent.

4

Le mercredi 17 décembre commença par une matinée froide, grise et venteuse. Au sous-sol du 5e commissariat, la vieille chaudière à charbon luttait vaillamment contre la température arctique mais il faisait froid dans le bâtiment, et la salle de permanence — parce qu'elle se trouvait au premier étage et que le ventilateur de la chaudière n'était pas assez puissant pour répandre la chaleur bien loin — était à peine moins glaciale que la rue. Gianelli, assis devant sa machine à écrire, avait gardé son manteau ; Reardon portait un pull sous sa veste et avait enfilé des caleçons longs avant de partir au travail. Mais le lieutenant Farmer, penché au-dessus du rapport que Hoffman avait rédigé le soir du meurtre, était en manches de chemise, et Gianelli se demandait si son chef était une sorte d'ours polaire.

— Où est-il marqué qu'ils ont demandé son nom au type ? grogna le lieutenant.

— Nulle part, répondit Hoffman, qui se tenait près du rafraîchisseur d'eau.

— Je l'ai appris seulement hier soir, expliqua Reardon.

— C'est peut-être pour ça qu'ils l'ont descendu,

supputa Gianelli en relevant la tête. Son nom leur plaisait peut-être pas.

De l'autre côté de la pièce, Ruiz parlait à une vieille dame venue se plaindre d'avoir été dérangée chez elle la veille. Comme tous les autres — Farmer excepté —, il était vêtu pour affronter la température sibérienne de la salle de permanence et portait une veste courte avec un col de fourrure synthétique.

— Pourquoi tirer sur un type qui fait tout ce qu'on lui dit ? demanda Reardon. D'Annunzio se dirigeait vers le bar, comme les gars le lui avaient ordonné.

— Et alors ? marmonna Farmer.

— C'est arrivé à minuit, vous dites ? demanda Ruiz à la vieille dame.

— Minuit juste, répondit-elle.

Elle portait un bonnet en laine tiré sur ses oreilles, un manteau de drap noir et, sur ses collants, des guêtres en laine qui ne lui donnaient cependant pas l'allure d'une danseuse de Broadway.

— Quand on vient pour braquer un restaurant, pourquoi tuer quelqu'un et repartir sans rien emporter ? insista Reardon.

— Là, il a pas tort, lieutenant, approuva Gianelli.

— Il a frappé à votre porte et il a dit qu'il était votre mari, c'est ça ? demanda Ruiz.

— C'est ça, répondit la vieille dame.

— Arrêtez de chercher des complications, Reardon, soupira Farmer.

— C'était peut-être votre mari, suggéra Ruiz. Il était chez vous à cette heure-là ?

— Mon mari est mort depuis vingt ans, déclara la vieille dame.

— Vous avez simplement affaire à deux voyous gourmands qui ont essayé de se faire un restaurant, poursuivit le lieutenant. Ils ont paniqué, ils ont flingué le proprio, c'est tout.

— S'ils étaient si gourmands..., objecta Reardon.

— Menez l'enquête dans les règles, conseilla Farmer. Posez des questions à droite à gauche, consultez vos dossiers, cherchez à savoir quels truands viennent de sortir de taule pour vol à main armée. Un type qui commet un braquage recommence toujours parce que c'est le seul boulot qu'il connaisse.

Le téléphone sonna sur le bureau de Hoffman, qui décrocha et annonça :

— 5e brigade.

— Moi, je n'aurais pas buté quelqu'un avant de vider la caisse, s'obstina Reardon. Pas si j'étais entré pour un braquage.

— Mmm... Mmm, fit Hoffman dans l'appareil. Une seconde.

— Si vous croyez que les malfrats agissent logiquement ! s'exclama le lieutenant en lançant le rapport sur le bureau de Reardon. Envoyez-en une copie à la Criminelle... et *trouvez*-les, ces voyous.

Il repartit vers sa « guérite » en boitant.

— Bry ? C'est pour toi, dit Hoffman.

Reardon prit le téléphone.

— Allô ? Ah ! Martin, merci de me rappeler.

— Vous habitez quel appartement ? demanda Ruiz à la vieille dame.

— Le 14.

— Et ça c'est passé vers minuit ?

— Minuit juste.

— Ce que je voudrais savoir, c'est si elle a le droit d'envoyer ma gosse dans le New Jersey, dit Reardon. (Il écouta un moment.) Ses parents à elle. (Il écouta à nouveau.) Soixante-cinq ans, environ. Son père travaillait à la compagnie du téléphone, il est retraité, maintenant.

— C'était déjà arrivé ? demanda Ruiz.

— Tout le temps, répondit la vieille dame.

— Quoi ? fit Ruiz.

— Quoi ? fit Reardon. Comment voulez-vous que je sache si on peut démontrer qu'ils sont incapables dc la garder ?

— Comment ça, « tout le temps » ? s'étonna Ruiz.

— Tous les soirs.

— Tous les soirs ?

— A minuit. Je crois qu'il est amoureux de moi.

— Bon, dit Reardon. Bon, d'accord. Cet après-midi ?... Non, maintenant, je ne peux pas. A l'heure du déjeuner ?... Alors, quand êtes-vous libre ?... Deux heures, entendu. A tout à l'heure.

— Vous connaissez cet homme ? demanda Ruiz.

— Oui. C'est John Travolta.

Ruiz regarda la vieille dame.

— Il est amoureux de moi.

— Qui c'était ? voulut savoir Hoffman.

— Mon avocat, répondit Reardon. Ce connard !

Il tourna vivement la tête vers la petite vieille, qui expliquait à Ruiz que Travolta avait un jour jailli de l'écran pour l'embrasser.

— C'est quoi le problème, maintenant ? demanda Hoffman.

— J'essaie de voir *ma* fille, voilà le problème.

— Calme-toi, mon vieux. C'est pas moi qui l'ai expédiée dans le New Jersey.

— Ouais, bougonna Reardon, encore furieux.

Hoffman prit le rapport sur le bureau de son collègue et dit :

— Il manque quelque chose, là-dedans.

— Il manque des *tas* de trucs.
— Mais calme-toi.
— Une famille démolie sans aucune raison !
— De quelle famille tu parles, Bry ? Celle des D'Annunzio ou la tienne ?
— Je vais téléphoner moi-même à Mr Travolta pour lui dire de cesser de vous embêter, promit Ruiz.
— Non, dites-lui simplement de ne pas venir si tard, suggéra la vieille dame.
— Excuse-moi, soupira Reardon. Qu'est-ce qu'il manque, dans le rapport ?
— On a interrogé des gens, dans la rue...
— Ouais.
— Mais pas Sadie.
— Qui ?
— Sadie, la clocharde. D'habitude, on la trouve toujours dans l'entrée, en face du restaurant. C'est là qu'elle vit. Cette entrée, c'est sa maison.
— Elle est peut-être descendue dans le midi pour les fêtes, suggéra Reardon. Elle s'est trouvé une entrée plus chaude dans Chambers Street.
— Je crois qu'on devrait la chercher.
— Dites-lui de passer plutôt vers neuf heures, demanda la vieille dame à Ruiz en quittant la pièce.

La Bowery est un lieu de désespoir à n'importe quelle période de l'année mais ce jour-là, avec la neige mêlée de suie entassée dans le caniveau et le vent soufflant avec violence, il semblait plus sinistre que d'ordinaire. Le froid paralysait les soûlards qui, d'habitude, se postaient au milieu de la chaussée et proposaient d'essuyer les pare-brise des voitures arrêtées au feu rouge, dans l'espoir de glaner un *quarter* ou un *nickel.* Ou bien ils encombraient les trottoirs, tentant leur chance auprès des passants venus faire des achats dans les divers magasins de gros bordant les deux côtés de l'avenue. Avant Delancey Street, c'étaient des boutiques d'appareillage électrique, d'articles de verre, de coutellerie et d'argenterie ; après, les magasins de fournitures pour restaurants prenaient le relais — équipement de cuisine, caisses enregistreuses, vaisselle, fours à pizza — et au milieu de tout ça, éclaireur avancé en territoire ennemi, un marché de volaille chinois. Les ivrognes, les sans-abri de la ville se blottissaient dans les entrées, fixant le froid de leurs yeux vitreux, risquant tous de mourir gelés. Le thermomètre extérieur d'une des banques de Canal Street indiquait —2 °C lorsque Hoffman et Reardon étaient passés devant en voiture. Ils eurent pourtant l'impression qu'il faisait plus froid que ça en descendant du véhicule.

— C'est à cause du vent, expliqua Hoffman.

Ils menèrent leur enquête dans les règles, comme Farmer le souhaitait :

— Une femme de soixante ans environ. Sadie. Vous l'avez vue dans le coin ?

— C'est quoi son nom de famille ? demanda un poivrot assis dans une entrée proche de la Bowery Mission.

Il avait attaché autour de ses jambes de pantalon des journaux qu'il avait sans doute lui-même arrosés d'urine.

— On sait pas. C'est Sadie la clocharde, elle traîne tout le temps dans le secteur. Tout le monde la connaît.

— J'crois pas avoir eu le plaisir, marmonna l'ivrogne.

Ils continuèrent à descendre l'avenue, interrogèrent une autre épave dans une autre entrée, près de Grand Street.

— Sally, vous dites ?

— Bon, laissez tomber.

Ils abordèrent un troisième clochard puis un quatrième dans le vent qui hurlait de plus belle. A proximité de la baraque de l'Armée du Salut, entre Rivington et Stanton, non loin de la frontière nord du 5ᵉ, un homme leur répondit qu'il avait vu Sadie lundi.

— Quand ? demanda Hoffman.

— Dans l'après-midi.

— Elle est venue lundi soir ? Après sept heures ?

— Pas pendant que j'étais là. Pourquoi ? Qu'est-ce qu'elle a fait ?

Ils remontèrent la Bowery sur l'autre trottoir, entrèrent dans un hôtel situé au coin de Brome Street, apprirent de l'employé de la réception que Sadie y avait pris une chambre lundi soir.

— Elle l'a gardée ? demanda Reardon.

— Non, elle avait seulement de quoi payer pour une nuit.

— Elle est partie quand ? dit Hoffman.

— Hier matin, de bonne heure.

— Elle a dit où elle allait ?

— Ouais, en France, répliqua sèchement l'employé. Y a plein de poubelles, à Paris.

Il faisait plus chaud dans la voiture, dont le chauffage fonctionnait pourtant mal. Ils parcoururent lentement les rues en inspectant les trottoirs, virent des quantités de clochardes, mais pas Sadie.

— On s'arrête pour déjeuner ? proposa Reardon.

— On essaie encore un ou deux coins, répondit Hoffman.

— Tu veux devenir préfet de police ?

— Ça risque pas. Dans cette ville, à moins d'être irlandais ou noir, on n'a aucune chance d'aller plus loin que capitaine.

— Tu veux dire que je pourrais devenir préfet de police ? fit Reardon, avec un grand sourire.

— Compte là-dessus, grommela Hoffman.

Après un silence, il poursuivit :

— Puisqu'on parle d'avancement, cette histoire de fric disparu m'aide pas non plus.

— Tu rigoles !

— On croit que j'ai piqué le magot.

— Personne ne pense ça.

— Tiens, sûrement ! J'ai cinquante balais et ça fait neuf ans que j'ai résolu cette affaire. Neuf ans, Bry. A l'époque, j'étais inspecteur de 1re classe et je le suis toujours. Il y a quelqu'un qui m'a à l'œil, Bry. Au central, sur mon dossier, on a marqué en dessous de mon nom « Pas d'avancement. » Je pourrais arrêter Arsène Lupin demain que je resterais quand m...

— Là, devant, coupa Reardon.

— Quoi ?

— C'est elle.

Sadie fouillait dans une poubelle en face d'un immeuble proche de Hester Street. Ils arrêtèrent la voiture le long du trottoir et Hoffman était déjà descendu quand Reardon coupa le contact. Sadie leva la tête, regarda Hoffman s'approcher, devina immédiatement que c'était un flic et parut sur le point de filer.

— Salut, Sadie. Ça gaze ?

La clocharde demeura immobile, tourna les yeux vers Reardon lorsqu'il s'approcha à son tour.

— T'as un moment ? continua Hoffman. On voudrait te parler.

— Je suis occupée.
— Viens, je t'offre un verre, proposa Reardon.
— Pourquoi pas ? dit aussitôt Sadie.

Un peu avant 13 heures, le *Cathay Bar* de Bayard Street était quasiment désert, la clientèle se réduisant à trois Chinois assis au comptoir sur des tabourets. Après avoir avalé deux verres d'un trait en un peu plus de deux secondes, Sadie prenait maintenant son temps pour déguster le troisième.

— Où étais-tu lundi soir, Sadie ? demanda Reardon. Pourquoi tu n'étais pas dans ton entrée ?

— J'étais avec des amis.

— A faire quoi ?

— On est allés au cinéma.

— Voir quel film ? demanda Hoffman.

— J'ai oublié le nom. C'étaient des cow-boys.

— Des cow-boys, hein ?

— Ouais, des cow-boys, répéta la clocharde en souriant, ravie de sa réponse.

Une expression rusée dans ses yeux bleus, elle regarda les deux hommes, but une gorgée de whisky, évalua ce qui restait dans le verre et se demanda combien de temps encore elle pourrait continuer à se faire payer à boire.

— Pourquoi tu n'es pas retournée dans Mulberry Street ? dit Reardon.

— J'y suis retournée.

— Pas dans ton entrée habituelle.

— Non, mais j'y suis retournée.

— Elle te plaît plus, cette entrée ? demanda Hoffman.

— Si, mais il y en a plein d'autres, répondit la clocharde avec un haussement d'épaules.

Elle posa sur son verre un regard hésitant puis, décidant apparemment de miser sur leur générosité, elle engloutit le reste de l'alcool et leva les yeux vers les inspecteurs. Reardon fit signe au barman, montra le verre de Sadie. L'homme n'avait pas l'habitude de se déplacer pour servir aux tables, mais il savait reconnaître un flic quand il en voyait un et il accourut.

— Laissez la bouteille, dit Reardon.

— Alors, comment ça se fait ? grogna Hoffman.

— Comment ça se fait quoi ? demanda Sadie en se servant.

— Que tu sois pas retournée à ton entrée habituelle.

— J'en avais marre. J'aime bien changer de temps en temps.

— Ça faisait trois ans que tu n'avais pas changé, remarqua Reardon.

— Justement, dit la clocharde, à nouveau ravie de sa réponse.

— Tu vis où, maintenant ?

— Ben, j'ai trouvé une chouette entrée dans Kenmare, le lendemain du...

Elle s'arrêta net.

— Le lendemain du quoi ? demanda Reardon.

— De la tempête de neige.

— Tu parles d'hier soir ? intervint Hoffman.

— Ouais, sûrement.

— Ou de *lundi* soir ?

— Non, non. Lundi, j'ai couché au *Chelsea.*

— Pourquoi pas dans une entrée ?

— J'avais un peu d'argent, alors...

— Tu avais peur de dormir dehors, lundi soir ?

— Pourquoi j'aurais eu peur ?

— Dis-le-nous, suggéra Reardon.
— Non, j'avais pas peur.
— De quoi tu avais peur, Sadie ?
— Quelque chose t'a flanqué la trouille ?
— Tu as assisté au meurtre, Sadie.
— J'ai pas assisté au meurtre lundi soir.
— Qui t'a dit que c'était lundi soir ?
— Vous m'avez demandé...
— Où tu étais lundi soir ?
— Je vous l'ai dit. Au cinéma.
— Quel cinéma ?
— Celui du coin de la Bowery et de Hester.
— Le *Music Palace* ?
— Ouais.
— C'est un cinéma chinois, il ne passe jamais de western, dit Hoffman.
— Tu étais dans ton entrée habituelle, lundi soir, n'est-ce pas ?
— Et t'as vu la fusillade, hein ?
— Qu'est-ce que tu as vu, Sadie ?
— Tu étais bien dans ton entrée, comme d'habitude ?
— Non, non, répondit la clocharde avant de se resservir à boire.
— Tu n'as rien à craindre, promit Reardon. Si tu as vu quelque chose, dis-le-nous.
— Pour avoir des ennuis !
— Un type s'est fait descendre, expliqua Hoffman. On veut coffrer...
— Sûrement ! Et ils ressortiront dans six mois.
— « Ils » ? fit Reardon.
— Comment tu sais qu'ils étaient plusieurs ?
— J'en sais rien, j'ai rien vu.
— Sadie, si nous arrêtons ces hommes, nous les

enverrons en prison pour très longtemps. Tu n'as pas à t'inquiéter. Si tu as vu quelque chose...

— Je veux pas d'ennuis. J'ai une vie tranquille, je veux pas d'ennuis.

— Tu les as vus ? demanda Hoffman.

Elle regarda au fond de son verre.

— Sadic, donne-nous un coup de main, dit Reardon.

— J'ai une vie tranquille, répéta-t-elle, tête baissée.

Les inspecteurs gardèrent le silence.

— Je veux pas d'ennuis.

Ils attendirent. Elle releva la tête et, les larmes aux yeux, finit par reconnaître :

— Je les ai vus.

— Où tu étais ? interrogea Hoffman.

— Dans mon entrée. Ils sont arrivés en bagnole.

— Combien étaient-ils ?

— Trois. Il y en a un qui est resté dans la voiture.

— Ils portaient des cagoules ?

— Pas quand ils sont arrivés.

— A quoi ressemblaient-ils ?

— C'étaient des Portoricains.

— Tous les trois ?

— Oui.

— Quel genre de bagnole ils avaient ?

— Une Mercedes-Benz marron.

Hoffman jeta un coup d'œil à son collègue et dit :

— Des braqueurs en Mercedes ? T'es sûre que c'était pas une Chevrolet ?

— Je m'y connais, en voitures. C'était une Mercedes-Benz.

— T'aurais pas noté le numéro, par hasard ?

— Non. Je m'occupe pas des affaires des autres.

— C'était une plaque de New York ?
— J'ai pas vu.
— Trois Portoricains dans une Mercedes-Benz, conclut Reardon.
— Le braquage de luxe, ajouta Hoffman d'un ton bougon.
— Merci, Sadie, dit Reardon en se levant.
— Vous pouvez laisser la bouteille, s'il vous plaît ? demanda la clocharde d'une toute petite voix.

Il était près de 13 h 30 quand Sarge entra dans la maison cossue de la 71e Rue Est. Il retira sa clef de la serrure, la remit dans sa poche, accrocha son pardessus au portemanteau du vestibule.
— Jessie ? appela-t-il.
Pas de réponse.
Il jeta son cache-nez sur son pardessus, appela à nouveau Jessica et passa dans la salle de séjour. Il flottait dans la pièce une odeur de cendres éteintes et de fumée de cigarette froide. Des verres à cognac sales encombraient la table basse ; devant la cheminée, une chaussure de femme à haut talon gisait sur le flanc.
Sarge alla à l'escalier menant aux étages. « Jessie ? » appela-t-il une troisième fois avant de monter les marches recouvertes d'un tapis. Au premier, la lumière du jour passait à travers les carreaux colorés d'une fenêtre. A droite, la salle à manger et la cuisine. Il grimpa au deuxième, où se trouvaient les chambres. Au bout du couloir, une porte en chêne, un bouton en laiton. Il tourna le bouton, entrebâilla la porte.
— Jessie ? murmura-t-il.
Elle était endormie dans le lit à baldaquin, la couverture tirée sous le menton, sa longue chevelure

noire répandue sur l'oreiller. Il fit un pas dans la pièce, contempla un moment le nez exquis et les pommettes hautes, le teint clair — l'image même de leur mère quand elle était jeune.

— Jessie ?

Elle remua, demanda d'une voix ensommeillée :

— Quelle heure est-il ?

— Une heure et demie.

— C'est l'aube, protesta-t-elle avant de rouler sur le côté, les yeux toujours clos.

Sarge continuait à la regarder.

— Ça s'est fini tard, hier, marmonna-t-elle dans l'oreiller.

— Tu devrais te lever. C'est déjà l'après-midi.

— Il est quelle heure, tu dis ? demanda-t-elle.

— Une heure et demie.

— Mmm, fit-elle en ouvrant un œil. Je me sens mal fichue. (Elle se mit en position assise.) Oh ! ce que je me sens mal fichue.

— Je vais te faire du café, proposa son frère.

— J'en veux pas.

Elle rejeta la couverture, balança ses longues jambes hors du lit et demeura un instant immobile dans sa nuisette bleu clair, les mains croisées sur le giron, tête baissée, de longs cheveux noirs masquant à demi son visage. Puis elle recourba ses orteils, contempla ses pieds.

— Olivia est rentrée à Phoenix ? demanda-t-elle.

— Tôt ce matin.

— Bon débarras, déclara Jessica en se levant.

Sarge entrevit la toison brune de son pubis quand elle s'étira, bâilla et gagna la salle de bains à pas de loup. Il l'entendit cracher dans le lavabo, ouvrir la douche.

— Qu'est-ce qu'il y a ? cria-t-elle.
— A quel sujet ?
— Quoi ?
— Je dis...
— Viens ici, je ne t'entends pas.
Il s'approcha de la porte de la salle de bains, s'arrêta sur le seuil. Jessica tendait la main vers la cabine de douche pour vérifier la température de l'eau.
— Pourquoi je ne peux pas aller en Suisse ?
— Parce qu'on a besoin de toi ici.
— Depuis quand on a besoin de *moi* ? C'est de ma signature qu'on a besoin, n'est-ce pas ?
— Eh bien... oui. Ou non, peut-être. Ça dépend. Ta signature ne sera nécessaire que si on la demande. Mais dans ce cas, le Capitaine préfère que tu sois à New York.
— Nous achetons quelque chose ?
— Oui.
— Quoi ?
— J'aime mieux ne pas te répondre.
— Mais c'est pour ça que tu as vendu tous tes tableaux ?
Elle passa la chemise de nuit par-dessus sa tête, demeura un moment nue, le dos tourné à son frère, puis entra dans la cabine.
— C'est ça ? insista-t-elle.
— Disons que nous avions besoin de liquide.
Sarge pouvait la voir se savonner derrière la porte en verre dépoli. Il se rappela la correction que son père lui avait donnée un jour, quand ils étaient enfants, parce qu'il avait regardé Jessica prendre son bain. Six ans, elle avait. Elle jouait dans l'eau savonneuse de la baignoire et Sarge, assis sur la

cuvette des W.C., couvercle rabattu, l'avait regardée dans son bain. Il avait huit ans.

— Et c'est toi qui as fait le sacrifice, hein? dit Jessica.

— Ce n'était pas vraiment un sacrifice.

Il avait eu envie de tuer son père, ce soir-là. Etendu sur son lit, souffrant de partout, dressant des plans pour tuer son père.

— Pas de mensonge, répliqua la jeune femme. Je sais ce que ces toiles représentaient pour toi.

Elle se savonnait; ses mains glissaient sur l'image déformée de son corps.

— C'est le Capitaine qui a eu l'idée de les vendre?

Sa voix résonnait creux dans la cabine de douche.

— Oui.

— Il a tellement besoin de fric?

— Non. Il a simplement estimé que c'était ce dont on pouvait se passer le plus facilement, répondit Sarge en haussant les épaules. Ce n'est pas une grosse affaire, tu sais.

— Dis-moi de quoi il s'agit.

— Je préfère pas.

— Pourquoi?

— Ça pourrait être dangereux pour toi.

Elle ferma la douche, poussa un long soupir. Derrière le panneau de verre, elle passa à nouveau les mains sur son corps pour en enlever les gouttelettes. Puis elle ouvrit la porte de la cabine, s'avança nue sur le carrelage, tendit la main vers une serviette et, tardivement, demanda : « Retourne-toi. » Enveloppée dans la serviette, elle ajouta aussitôt : « Pas la peine. »

En sortant de la salle de bains, elle s'arrêta à l'endroit où il se trouvait, dans l'encadrement de la porte, lui caressa doucement la joue, sourit et passa dans la chambre à coucher. Il se tourna pour la suivre des yeux.

— Et Olivia, que sacrifie-t-elle ? demanda Jessica.

— Eh bien…

— Rien, n'est-ce pas ?

Elle alla à la commode, ouvrit le tiroir du haut, en tira une paire de panties roses bordés de dentelle et un porte-jarretelles assorti. Puis elle chercha une paire de bas de même couleur.

— Le Capitaine ne songerait jamais à lui demander, à *elle,* de vendre ses chers chevaux du Kentucky, n'est-ce pas ?

— Oh ! ils ne valent pas tellement, argua Sarge.

— De toute façon, il ne lui a pas demandé, non ?

— Non.

Jessica s'approcha du lit, se sécha, jeta la serviette par terre et attacha le porte-jarretelles autour de sa taille. Elle ne le pria pas de se retourner, il n'en fit rien. Il se rappela la première fois qu'il avait vu ses seins. Treize ans, elle avait — le Capitaine l'aurait tué. Vêtue de ses seuls panties, les mains en coupe sous ses seins, Jessica se regardait dans le miroir du lavabo. « Ils sont trop petits ? » avait-elle demandé. Il lui avait assuré qu'ils ne l'étaient pas.

— Non, bien sûr, dit-elle, assise sur le lit, tendant une jambe, glissant le pied dans un bas, lissant le nylon sur son mollet. Toi, tu dois vendre tes tableaux, moi, je dois renoncer à mon voyage en Suisse, mais pour Olivia, rien de changé.

Sarge garda le silence. Il regarda sa sœur enfiler l'autre bas, l'attacher au porte-jarretelles et mettre ses panties. Nouvel éclair de toison pubienne. Il se souvint d'un jour — plus tard, quand ils étaient adolescents — où il l'avait vue se préparer pour la plage. « Ma tenue d'été », avait-elle dit en souriant avant de passer son maillot.

Elle retourna à la commode, prit un jupon. Pas de soutien-gorge. Aussi loin que remontait la mémoire de Sarge, elle n'avait jamais porté de soutien-gorge. Elle alla s'asseoir à sa coiffeuse, croisa ses longues jambes, prit une brosse et entreprit de démêler ses cheveux.

— J'ai encore tous mes trucs précolombiens, dit Sarge, haussant les épaules.

— Comme c'est aimable à lui de te les avoir laissés, ironisa Jessica. (Les yeux sur son image, elle brossait sa chevelure, assise bien droite, ses seins bougeant au rythme de son bras. Elle sourit.) Dis-moi de quoi il s'agit.

— Je ne peux pas. Pas avant Noël.

— Qu'est-ce qu'il y a de si important, avant Noël ?

— Gros secret.

— Tu peux quand même confier un secret à ta sœur, plaida-t-elle, les seins oscillant à chaque coup de brosse.

— Pas cette fois.

— Allez, dis-le-moi, Sarge, supplia-t-elle, son regard croisant le sien dans le miroir.

— Peux pas.

— Tu me confiais tout, avant, lui reprocha-t-elle d'un ton boudeur. Dis-le-moi, Sarge.

Il secoua la tête.

— Inutile d'insister, Jess.

— Méchant, geignit-elle. (Elle sourit à nouveau, reposa la brosse, se retourna soudain sur le tabouret, ses longues jambes jointes, les orteils tendus, les mains sur les cuisses.) Quand rentres-tu à Phoenix ?

— Je dois rester à New York. Comme toi.
— Pourquoi ?
— L'argent des tableaux, pour commencer.
— Et ta signature ?
— Ben...
— En cas de besoin ?
Elle se leva, passa devant lui pour aller à la penderie, choisit une robe-fourreau, l'enfila par la tête, la lissa sur ses hanches. Elle s'agenouilla pour prendre une paire de hauts talons assortis, s'assit au bord du lit, croisa les jambes, mit une chaussure puis l'autre.
— Tu veux aller danser avec moi un soir de cette semaine ? proposa-t-elle.
— Je suis pas terrible pour le disco, répondit Sarge.
Elle s'approcha de lui.
— Je t'apprendrai, promit-elle, et elle l'embrassa dangereusement près de la bouche.

C'était la vieille ville.
Là où les Hollandais avaient vécu. Des rues étroites, bordées de grands immeubles, mais Reardon pouvait encore y voir en pensée des charrettes tirées par des chevaux passant en grondant sur les pavés. Le New York historique, devenu le bastion de la haute finance et du droit.
Le cabinet de Martin Bennett (né Berman) se trouvait dans un immeuble de Beaver Street, non loin de la Fraunces Tavern. Propriétaire de l'immeuble, l'avocat passait le plus clair de son temps à revoir des contrats de location et à collecter le loyer. Reardon lui avait rendu service un jour en retrouvant un client

fugueur grâce aux dossiers de l'Identité judiciaire, et Bennett s'occupait gratuitement de la procédure de divorce. L'inspecteur ne rechignait pas à accepter une faveur quand on la lui offrait — à moins qu'elle ne soit liée à un délit —, mais il se demandait parfois s'il n'aurait pas mieux fait de prendre un avocat plus versé dans les affaires matrimoniales.

La cinquantaine bien tassée, Bennett arborait un éternel sourire et tirait sempiternellemment sur l'une ou l'autre de ses pipes à gros fourneau et tuyau recourbé. Il ressemblait assez à un Sherlock Holmes au nez pointu, moins le chapeau à rabats et la capacité de parvenir à une conclusion sur la base de quelques maigres informations. Son bureau était toujours encombré de piles de paperasses dans lesquelles il trouvait infailliblement du premier coup le document qu'il cherchait. Assis derrière sa barrière de dossiers jaunissants, un nuage d'épaisse fumée flottant au-dessus de sa tête, il tirait sur sa pipe et relatait d'un ton serein les derniers développements de l'affaire Reardon contre Reardon. Derrière le bureau, la pendule murale indiquait 14 h 10.

— Pourquoi ne me l'avez-vous pas dit ce matin au téléphone ? accusa Reardon.

— Parce que je ne le savais pas encore. Les avocats de votre femme m'ont appelé il y a dix minutes.

— Pour vous annoncer qu'ils ont une injonction du tribunal ?

— Oui. Vous interdisant de voir Kathy *ou* votre fille, dit Bennett. (Il tira une bouffée de sa pipe.) Vous l'avez importunée, Bry ?

— Importunée ? protesta l'inspecteur. Elle expédie ma fille dans le New Jersey, chez ses parents…

— L'injonction précise que vous l'avez harcelée.

— C'est faux. Qui l'a signée ?

— Un juge nommé Santangelo. Nous aurons le document dans une demi-heure, j'ai envoyé un messager le chercher...

L'avocat s'interrompit, regarda le fourneau de sa pipe d'un air perplexe puis craqua une allumette et l'approcha du culot. De gros panaches de fumée enveloppèrent sa tête, montèrent vers le plafond de la pièce tapissée de livres. Non, il ne ressemblait pas à Sherlock Holmes, finalement ; c'était un personnage des *Grandes Espérances*.

— Ils ont découvert votre affaire de viol, marmonna-t-il entre deux bouffées, maintenant toujours l'allumette contre le fourneau.

— Qu'est-ce que vous voulez dire ? Qui a trouvé quoi ?

— Kathy, ses avocats, qui sait ? Au sujet de la volée que vous avez mise à ce type après...

— Quoi ? Mais bon Dieu, qui... ?

— C'est de notoriété publique.

— De notoriété publique ? Mais j'ai déclaré au tribunal que je n'avais pas levé le doigt sur cette ordure !

L'avocat haussa les épaules, jeta l'allumette calcinée dans un immense cendrier débordant de cure-pipes, d'autres allumettes, de cendres et de résidus collants.

— Apparemment, Santangelo a lu le procès-verbal de l'affaire et a cru ce qu'il a voulu croire. En ce qui le concerne, vous êtes un homme violent harcelant une femme qui demande le divorce. Que voulez-vous que je vous dise, Bry ? Il a signé l'injonction.

— Et qu'est-ce que ça signifie ? demanda Reardon d'une voix tendue.

— Que vous ne devez plus chercher à les voir. Point.

— Pas question.

— Bry...

— Pas question, bordel !

Reardon n'arriva pas à l'entreprise de pompes funèbres de Canal Street avant 15 heures. Le jour le plus court de l'année avait encore quatre heures devant lui mais, à cause du ciel couvert, on avait l'impression que la nuit était déjà tombée. Cette sensation d'obscurité persistait dans la chapelle aux murs ornés de candélabres (dont la lumière artificielle figurait les flammes éternelles ou Dieu sait quoi) et de fleurs évoquant le printemps, mais ni les flammes ni les fleurs ne parvenaient à cacher qu'on se trouvait dans une chambre mortuaire.

Aux veillées irlandaises, on disait à la famille du défunt : « Je suis désolé de votre peine. »

C'était ce qu'il était venu dire aux D'Annunzio.

Dans la chapelle pleine de parents et d'amis, le corps de Ralph D'Annunzio reposait dans un cercueil ouvert, au fond de la pièce. Il avait reçu quatre balles, mais dans le dos, et il n'avait pas été nécessaire de faire appel au talent d'un maquilleur pour masquer des blessures au visage. Pourtant il paraissait bel et bien mort. Chaque fois que, devant un cercueil, quelqu'un soupirait : « Il a l'air si naturel » ou « On dirait qu'il dort », Reardon songeait « Quelle connerie ! Il a l'air mort, c'est tout. »

Il hésita sur le seuil, chercha des yeux la veuve ou son fils, repéra Mark D'Annunzio parlant à voix basse à un petit groupe de gens. Comme Reardon se dirigeait vers lui, D'Annunzio l'aperçut et alla à sa rencontre, la main tendue.

— Mr Reardon, dit-il d'un ton surpris. Merci d'être venu.

— Ça va ? demanda le policier en lui serrant la main.

— Vous savez ce que c'est…

— Je vous ai apporté ça, fit l'inspecteur en montrant une enveloppe brune. Les affaires personnelles de votre père. J'ai pensé que vous aimeriez peut-être les récupérer.

— Merci.

— Mr Reardon…

Il se retourna. Marie D'Annunzio, la veuve, vêtue de noir, sans maquillage, le regard un peu vague, des traces de larmes sur les joues, lui tendait la main. Il la prit entre les deux siennes.

— *Signora,* toutes mes condoléances.

« Je suis désolé de votre peine », pensait-il.

— Merci.

— Il a rapporté les affaires de papa, dit Mark D'Annunzio.

— Merci, répéta-t-elle. (Son regard croisa celui de Reardon.) Avez-vous déjà découvert quelque chose ?

— Pas grand-chose, avoua l'inspecteur en lâchant la main de la veuve. Vous ne connaîtriez pas quelqu'un qui roule dans une Mercedes marron ?

— *Cosa ?*

— C'est une voiture, m'man, expliqua le fils. Non, je ne vois pas.

— Votre père aurait-il été en rapport avec des Portoricains ?

— M'man ?

— Non.

— Vous avez eu des Portoricains au restaurant, la semaine dernière ?

— Pas que je sache.

— Comme clients, ou pour parler à votre père...

— Ces types n'avaient pas l'accent *latino,* Mr Reardon. Je peux vous le dire, assura Mark D'Annunzio.

— Nous avons un témoin qui a vu trois Portoricains.

— Je ne vois pas comment ce serait possible. M'man, tu les as pris pour des *latinos* ?

— Non, pas des *latinos,* répondit Mrs D'Annunzio.

— Pouvez-vous vous rappeler leur accent ? Ce n'était pas chinois ?

— Non, non, répondit Mark.

— Non, confirma sa mère.

— Bon, soupira Reardon. Mrs D'Annunzio, quand j'ai examiné le portefeuille de votre mari — il est dans l'enveloppe, avec les affaires que j'ai rapportées —, j'ai trouvé un reçu de carte de crédit pour un billet d'avion. Il est daté du 14 décembre, c'est-à-dire la veille de sa mort. Un dimanche. Votre mari avait-il une raison particulière de voyager ce jour-là ?

— Oui. Il allait voir son frère, à Washington. Comme nous fermons le dimanche...

— Savez-vous pourquoi ?

— Non.

— Quel est le nom de ce frère ?

— John D'Annunzio.

— Il est maître d'hôtel dans un grand restaurant de là-bas, ajouta Mark. J'ai l'adresse et le nom de l'établissement, si vous les voulez.

— Oui, merci, répondit le policier. Son adresse personnelle et son numéro de téléphone également, si vous les connaissez. Je reviendrai vous voir plus tard…

Il marqua une pause puis reprit :

— Si… si je peux faire quelque chose pour vous…

— Merci, dit D'Annunzio en lui serrant la main.

« Je suis désolé de votre peine », se répétait intérieurement Reardon.

5

Mettez Stuyvesant Town et Peter Cooper Village côte à côte et vous aurez une ville provinciale de dimension respectable, pensait Reardon. C'est ce que New York a de sidérant. Essayez d'expliquer à quelqu'un de Brindleshit, Wyoming, qu'on pourrait loger toute sa foutue ville dans n'importe quel quartier de New York, il vous regardera comme si vous étiez fou. Les deux réalisations immobilières de l'East River s'étiraient du nord au sud sur sept pâtés de maisons, près de cinq cents mètres, et sur trois autres pâtés — plus longs parce qu'ils s'étendaient d'est en ouest — de la Première Avenue à la mer. Des bâtiments de brique rouge — enfin, plus bruns que rouges — bordés au nord par l'hôpital Bellevue, où Kathy avait fait ses études d'infirmière, et au sud par un autre conglomérat d'immeubles formant un autre grand ensemble de la taille d'une ville : les Jacob Riis Houses, les Lilian Wald Houses, les Baruch Houses. Des résidences de standing pour la classe moyenne. Quand il vivait à Stuyvesant Town, c'était assez facile pour se rendre au commissariat : la 14e à pied jusqu'à la station de métro de la Troisième Avenue, le métro jusqu'à Canal Street — quatre stations seulement — puis une centaine de mètres à pied jusqu'à Elizabeth Street et ça y était. Votre foyer loin du foyer.

Cet appartement, avec les sirènes des remorqueurs sur l'eau, Greenpoint de l'autre côté, une vue partielle du pont de Queensboro, plus haut — cet appartement avait été son foyer. Il ne l'était plus. Kathy y vivait à présent avec sa fille. Quand on ne l'expédiait pas dans le New Jersey chez ses bon Dieu de grands-parents.

— Je n'aurais pas dû te laisser entrer, dit-elle.

Il était 7 h 30. Un jeudi triste et gris, 18 décembre, une semaine avant Noël. Elle portait sa tenue de travail mais pas encore ses chaussures blanches à talons bas, qu'elle s'apprêtait à mettre, assise sur ce qui avait été le fauteuil favori de Bryan.

— Mes avocats m'ont dit... commença-t-elle.

— C'est précisément ce dont je suis venu te parler. D'après Martin, ils ont obtenu une injonction du tribunal...

— Je ne suis pas au courant, je leur laisse carte blanche. Et tu devrais en faire autant, répliqua-t-elle, tirant sur le lacet de sa chaussure en prononçant le dernier mot.

Elle avait l'habitude de ponctuer ses phrases de gestes qui leur donnaient plus de force.

— Non, je ne donne carte blanche à personne, riposta Reardon. Pas quand il s'agit de ma fille.

Il hésita puis demanda :

— Tu me fais filer, Kath ?

— Bien sûr que non, répondit-elle en se levant.

Elle alla à la cuisine où un pot de café chauffait sur le réchaud. Elle s'en servit une tasse, ne lui en proposa pas.

— Alors comment sont-ils au courant de ma déposition au tribunal, hier ?

— J'ignore de quoi tu parles.

Elle but son café, en se faisant probablement violence pour ne pas faire preuve d'une hospitalité qui était une seconde nature chez elle. Mais elle voulait prouver quelque chose : je suis chez moi, maintenant. Le café, les tasses m'appartiennent et tu n'es qu'un indésirable.

— Ils prétendent que j'ai dérouillé une crapule qui a violé...

— Je ne veux rien savoir.

— Ils disent que je suis violent, que je te harcèle...

— Mais tu me harcèles ! Tu débarques ici à sept heures du matin...

— Sept heures et demie...

— Tu cries, tu hurles... Je ne suis pas encore réveillée !

— A l'hôpital, on m'a...

— Tu n'aurais pas dû téléphoner à l'hôpital.

— Il fallait que je te parle.

— Nous n'avons rien à nous dire.

— Il faut qu'on parle de cette saloperie d'injonction !

— Je ne suis pas au courant.

Elle reposa sa tasse, prit sa cape et son bonnet d'infirmière.

— Je dois partir, dit-elle en fixant le bonnet sur sa tête. Je vais être en retard.

— Cette injonction m'interdit de vous voir, toi et Elizabeth. Pourquoi tu as fait ça, Kath ? Tu me hais à ce point ?

— Je ne te hais pas.

— Alors, pourquoi ?

— Je n'ai rien fait du tout, bon sang. Je laisse mes

avocats régler l'affaire. S'ils ont demandé une injonction...

— Ils l'ont demandée et obtenue.

— Bon, alors, je leur dirai de la jeter au panier.

— Non, ce n'est pas si simple.

— Qu'est-ce que tu veux de moi, Bry ? Je téléphonerai à mes parents, je leur dirai que tu peux voir Elizabeth quand tu veux, malgré cette injonction.

— Parfait... Tu n'étais pas au courant, pour l'injonction ?

— Je t'ai dit que non.

— Tu m'as dit des tas de choses, Kath.

— Bry, je dois partir, répéta-t-elle.

Elle mit sa cape et ajouta, sans le regarder :

— S'il te plaît, ne reviens plus ici.

— C'était chez moi, ici.

— Plus maintenant.

— D'accord, soupira Reardon, appelle-les.

— Quand j'arriverai à l'hôpital, répondit Kathy. (Elle consulta sa montre.) Je suis déjà en retard.

— Dis-leur que je passerai là-bas cet après-midi. Dès que je serai sorti du tribunal.

— Entendu.

— Elle me manque, dit-il avec douceur. Toi aussi tu me manques.

Ignorant sa remarque, elle alla à la porte, l'ouvrit, attendit qu'il sorte de l'appartement avant de refermer à clef derrière elle.

— J'espère que je trouverai un taxi, maugréa-t-elle dans le couloir.

Il faisait plus froid encore à Phoenix. Selon les météorologues, un front froid chargé d'air polaire s'était abattu sur presque tout le pays. A Phoenix, le soleil brillait mais il faisait froid — pour Phoenix, en tout cas. Huit degrés. Et la grande maison aux nombreux recoins n'était pas bâtie pour un temps pareil. Elle était pourtant équipée du chauffage central mais, bizarrement, la psychologie fonctionnait à rebours de la réalité quand la température tombait si bas. Un froid pareil, c'était inconcevable, et il semblait impossible de chauffer la maison, même si l'expérience prouvait le contraire. L'anticipation, songeait Olivia. Dites à quelqu'un que vous lui servez du jus d'ananas, offrez-lui à la place un verre d'excellent vin et il le recrachera, parce qu'il s'attendait à du jus d'ananas.

La maison dans laquelle elle avait grandi aurait pu être dessinée par Frank Lloyd Wright, elle l'aurait même été — l'argent ne posait pas de problème — si l'architecte n'avait été pris par une centaine d'autres projets quand le père d'Olivia s'était adressé à lui. Basse, avec des murs de pierre massifs et de larges baies vitrées, elle s'étalait sur le paysage de l'Arizona comme si elle en avait toujours fait partie. Un paysage essentiellement aride, bien que, à travers le grand panneau de verre du bureau, Olivia pût contempler une douzaine de chevaux broutant dans une prairie étincelant comme un diamant dans le sable. Au-delà, la bouche ouverte de la mine de cuivre abandonnée. Le bureau, au style Far West accusé, reprenait dans son mobilier et ses tapis les couleurs du paysage, dont plusieurs des sculptures précolombiennes de Sarge — la majeure partie de sa collection se trouvait à New York — soulignaient les tons rouge brunâtre.

Andrew Kidd était assis derrière le bureau.

Dans un fauteuil roulant.

Vêtu d'un peignoir bleu, une couverture sur les genoux, il avait le teint pâle, des yeux bleus larmoyants, la peau des mains presque translucide et semée de taches de son. Le soleil frappait son crâne chauve tandis qu'il étudiait les papiers posés devant lui. Soixante-dix-huit ans. Olivia se rappelait l'époque où ils chevauchaient ensemble à travers champs, les cheveux blonds de son père flottant dans le vent, ses mains fortes tenant la bride.

— Tu ne bois pas ton thé, dit-elle.

— Je n'aime pas boire à la paille.

— Ça te réchauffera, papa.

— Quand on devient vieux, on a toujours froid.

— Mais il fait *vraiment* froid.

— Pas tant que ça. Je hais la vieillesse, Livvie.

— Tu n'es pas vieux.

— Beaucoup trop vieux. Où est donc passé le temps ? se demanda Andrew Kidd. (Il regarda à travers la fenêtre où, au loin, la hideuse mine de cuivre dominait l'horizon.) Je suis venu ici sans un *cent* en 1922, j'ai commencé par travailler au chemin de fer. J'ai gagné ce lopin de terre désolé au poker — j'aurais préféré cent dollars cash, je pensais qu'il ne valait rien. Qui aurait imaginé qu'il contenait du cuivre ? (Il hocha la tête.) Tant que je vivrai, je ne comblerai pas cette première mine. J'espère que tu n'y toucheras pas non plus après ma mort, Livvie.

— Tu es le seul au monde à m'appeler Livvie.

— Tu es la seule qui m'appelle papa. C'est vieux jeu, papa. Et gentil. Sarge m'appelle « père », Jessica, « p'pa ». Pour tous les autres je suis le Capitaine — ça a commencé quand j'ai racheté la compagnie maritime Lambert, il y a quarante ans. Le Capitaine. Sarge m'en veut. Il croit que je l'ai appelé Sargent pour le maintenir à sa place — le capitaine et le sergent. Il a tort. Je lui ai donné le nom du peintre John Singer Sargent, le meilleur portraitiste qui ait jamais vécu. Je ne me doutais pas que mon fils deviendrait un *collectionneur.* Il était bouleversé ?

— Il l'a mal pris.

— Il n'aurait pas dû. Je n'allais quand même pas prélever des fonds sur la *firme* pour une petite affaire comme ça. De la gnognote. Combien il a touché pour cette vente, de toute façon ?

— Un peu plus de trente-six millions.

— Et les couvertures dans le monde entier, ça nous coûtera combien ?

— A peu près ça.

— Eh bien, il pourra racheter ses tableaux après Noël. Des centaines d'autres en plus si ça lui chante.

— Je suis sûre qu'il le sait.

— Comment a réagi Jessie ?

— Mal.

— Elle ne vaut pas un pet de lapin, cette fille. Aussi bête que sa mère l'était. Elle passe sa vie à danser et à couchailler. La seule chose qui vaille quelque chose en elle, c'est sa signature. Elle n'a pas apprécié que tu annules son voyage, hein ?

— Pas vraiment, papa.

— Qu'elle aille au diable. J'aurais dû lui fouetter les fesses, dans le temps, pour lui apprendre à s'asseoir sur un cul à vif. Sarge, lui, y a eu droit, la fois où je l'ai pincé avec elle dans la salle de bains. (Le vieillard secoua la tête.) Sa propre sœur, nue comme un ver, et lui assis sur les chiottes, à la regarder, les yeux hors de la tête. Je lui ai fait de telles ampoules au derrière qu'il ne pouvait plus marcher droit. Une honte.

L'air renfrogné, il se remémorait l'incident. Puis son visage s'adoucit.

— Tu es tout ce que j'ai, Livvie. Je t'aime à en mourir.

— Moi aussi, je t'aime.

— Ah ! je l'espère. Je l'espère… (Il contempla à nouveau la mine.) Tu me trouves cupide ?

— Oui, répondit la jeune femme en souriant.

— A la bonne heure, dit-il en lui rendant son sourire. Jamais de mensonges, hein ? Oui, je suis cupide, tu as bigrement raison. Toi et moi, on sait ce qui arrivera aux intérêts pétroliers des Kidd après Noël. Alors pourquoi m'embêter avec de la petite bière ? Pourquoi rendre Sarge malheureux ? Pour trois ou quatre malheureux milliards ? Si tant est qu'on finisse par les gagner. Des clopinettes, comparé à ce qu'on raflera rien qu'avec le pétrole. Mais je ne veux pas que Sarge m'embête avec… Tu connais l'histoire du pétrolier texan et du Chicano ?

— Non.

— C'est un pétrolier multimillionnaire…

— Comme toi.

— Sauf que lui, il est du Texas. Il est en train de prier dans une petite chapelle quand un Chicano rapplique, s'approche de l'autel, lève les yeux vers le Christ sur la croix et dit : « Seigneur… (Malheureusement, je ne sais pas imiter l'accent mexicain.)… Seigneur, j'ai vraiment besoin de Ton aide. Ma femme vient d'accoucher de notre cinquième enfant et elle est très malade, mon fils est en prison, ma fille fait le trottoir. Si Tu pouvais m'aider à trouver cinq cents dollars… Cinq cents dollars, Seigneur, c'est tout ce que je demande. » Alors le Texan s'approche de l'autel, il donne au Chicano cinq cents

dollars et lui dit : « L'emmerde pas pour si peu. »
Andrew Kidd éclata de rire.

— Sarge doit se demander pourquoi je l'emmerde pour si peu, reprit-il. S'il te pose la question, Livvie...

— Je ne pense pas qu'il le fera.

— Je dis *s'il* te pose la question, réponds-lui que c'est par cupidité. Cette bonne vieille cupidité passée de mode. Je veux *tout,* Livvie, tout ce sur quoi je peux mettre la main. Avant de mourir, je veux...

— Et moi je ne veux plus t'entendre parler de mourir.

— Nous y passerons tous tôt ou tard.

— Pas toi.

— Non ? fit le vieil homme en souriant. Qu'est-ce que tu feras ? Tu me feras empailler pour me mettre dans le séjour ?

— Ne plaisante pas avec ça ! s'exclama Olivia, furieuse.

— Voilà ce que j'aime, Livvie. Le tempérament des Kidd, leur force. Nous nous ressemblons comme deux gouttes d'eau, toi et moi. Dieu vienne en aide à celui qui osera jamais se mettre en travers de ton chemin.

Elle s'approcha de son père, lui enlaça les épaules et proposa avec douceur :

— Je te sers une tasse de thé bien chaud ?

— Non, je crois que je vais me reposer, maintenant.

Elle remonta la couverture sur les genoux du vieillard.

— Je t'aime, papa.

— Oui, oui, murmura-t-il en lui tapotant la main. Ma chérie. Ma fille adorée.

Le jury de l'affaire Jurgens entra dans la salle d'audience à onze heures du matin.

Reardon, assis avec Koenig à la table du ministère public, regarda les visages des douze hommes et femmes pénétrant dans le box. Dès qu'ils furent assis, le juge Abrahams se tourna vers eux.

— Mesdames et messieurs les jurés, vous êtes-vous mis d'accord sur une sentence ?

— Oui, répondit la présidente.

— Veuillez remettre les papiers à la Cour, demanda le greffier.

— Madame la présidente, reprit le juge, quel est le verdict du jury ?

— Non coupable.

Le visage de Harold Jurgens se fendit d'un large sourire.

Reardon se tourna aussitôt vers Koenig et murmura :

— Demandez-leur de rendre leur verdict individuellement.

— Pour quoi faire ?

— Je veux qu'ils comprennent ce qu'ils viennent de faire. Je veux qu'ils se sentent personnellement responsables.

L'assistant du procureur se leva avec un soupir.

— Votre Honneur, puis-je respectueusement demander que les jurés se prononcent un par un ?

Abrahams fit un signe de tête au greffier, qui appela :

— Juré numéro 1, Alice Louise Phillips, votre verdict ?

— Non coupable, répondit la présidente du jury.

Les trois jurés suivants se prononcèrent dans le même sens.

— Juré numéro 5, Martha Sanderson...

La jeune femme se leva. Elle avait des cheveux châtains mi-longs, une robe marron toute simple ornée d'une broche en bas du décolleté.

— Votre verdict ?

Elle se tourna vers la table du ministère public, chercha de ses yeux marron les yeux du policier, tira les épaules en arrière et déclara d'une voix ferme, en hochant la tête pour donner plus de poids à sa réponse :

— Non coupable.

Elle soutint un moment le regard de Reardon puis se rassit...

— Juré numéro 6, Alan Lehman...

Il l'attendait dehors, dans le couloir. Celle-là, il voulait lui parler personnellement. Ce regard qu'elle lui avait lancé ! Celle-là, il voulait qu'elle sache et qu'elle comprenne. Lorsqu'elle sortit de la salle d'audience, il lui emboîta le pas. Elle ne s'aperçut pas immédiatement qu'il la suivait puis sursauta, se retourna et s'arrêta net sur les dalles de marbre.

— Vous êtes fière de vous, mademoiselle ? lui demanda-t-il.

— Quoi ?

Les yeux marron s'écarquillèrent, une main monta vers la broche dans un geste défensif. Elle était face à face avec le fou qui avait tabassé un pauvre innocent sans défense.

— Vous avez le droit de me parler, maintenant, dit Reardon. L'affaire est jugée, c'est fini.

— Ecoutez, monsieur...

— Non, c'est vous qui m'écouterez. Vous avez relâché un fauve dans la rue, vous en avez conscience ?

— Je n'ai aucun compte à vous rendre, inspecteur Reardon. Le jury unanime...

— Six mois on a mis pour l'épingler, vous le savez, ça ? Pendant ce temps, il a violé quatre femmes. Finalement on a eu...

— Ecoutez, pourquoi vous ne... ?

— ... une identification formelle, *plus* ses empreintes sur le sac de la victime...

— Alors, pourquoi l'avoir passé à tabac pour lui arracher des aveux ?

— Vous y croyez vraiment, hein ?

— J'y crois, oui.

— Vous vous trompez.

— Je n'aime pas ce que vous représentez, inspecteur Reardon. Si l'on viole les droits d'un seul citoyen, *tous*...

— On n'a violé les droits de personne, bon Dieu ! répliqua vivement le policier. Ce type est un récidiviste, un putain de violeur qui...

— Dites ça au juge, rétorqua la jeune femme d'un ton lui signifiant son congé. Et surveillez votre putain de langage.

Elle s'éloigna en faisant claquer ses hauts talons sur le marbre, ses petites fesses frémissant d'indignation sous la robe marron toute simple.

A mi-voix, Reardon marmonna :

— J'espère que tu seras sa prochaine victime, tiens.

Une heure et demie de trajet, en fonçant sans arrêt, avec l'espoir que sa plaque d'inspecteur lui serait utile si un flicard plein de zèle du New Jersey l'arrêtait sur l'autoroute. Tout ça pour arriver trop tard quand même pour emmener Elizabeth au restaurant. « Elle a déjà déjeuné », l'avait informé la mère de Kathy, avant de lui faire clairement comprendre qu'elle ne tenait pas du tout à ce qu'il reste chez elle pour bavarder avec sa propre fille, et ce malgré la température glaciale et le vent.

Où emmène-t-on une gosse de six ans qui a déjà déjeuné ? Comme il prenait son travail à 16 heures, il devrait repartir à 14 h 30 au plus tard et il était déjà 13 heures. Peut-on passer une heure et demie dans une pâtisserie, à manger des crèmes glacées, alors que, dehors, le paysage ressemble à la Sibérie ? Il se rabattit sur une patinoire proche de la maison des grands-parents.

De la musique d'orgue emplissait la vaste salle. Reardon n'avait pas roulé sur des patins depuis l'âge de onze ou douze ans mais cela lui revint presque aussitôt. Elizabeth était une championne. L'image de sa mère, cheveux blonds et plats, yeux d'un bleu intense, petit nez rond, taches de rousseur sur toute sa frimousse d'Irlandaise, avec ce jour-là une jupe écossaise et un pull bleu à col ras de cou d'où dépassait un petit col Claudine. Ils se déplaçaient avec aisance, comme un couple de danseurs professionnels. Elle lui parlait de grand-maman et grand-papa ; la musique d'orgue — un succès des années 40 — se gonflait derrière eux comme une vague.

— Ils sont gentils, tu sais, disait Elizabeth. Mais tellement vieux !

— Pas tant que ça, chérie.

— Non ? Je parie que grand-père a au moins *quarante* ans.
— Au moins, approuva Reardon en souriant.
— Ils aiment rien faire, tu vois ce que je veux dire ? Ils restent assis sur leur cul toute la journée.
— Surveille ton langage, chérie.
— Qu'est-ce que j'ai dit ?
— Laisse tomber.
— Pourquoi je dois vivre ici ? Je manque l'école et tout. Maman était obligée de se remettre à travailler ?
— C'est ce qu'elle voulait, Liz.
— T'as plus d'argent, c'est ça ?
— Non, nous avons assez d'argent.
— Parce que je croyais qu'on était riches et tout. Un inspecteur, ça gagne plein d'argent, non ?
— Des millions.
— Peut-être pas des millions, mais des centaines de mille.
— Rien qu'avec les pots-de-vin.
— Oui, dit Elizabeth. Alors, pourquoi elle doit recommencer à travailler ?
— Chérie... Allons boire un chocolat chaud, d'accord ?
Ils patinèrent jusqu'à la balustrade, passèrent par une ouverture, sur un sol recouvert de moquette. A la buvette, il commanda un chocolat chaud pour sa fille, lui demanda si elle désirait autre chose. Elle répondit qu'elle n'avait pas encore digéré son déjeuner. Lui avait une faim de loup — cette foutue audience au tribunal, cette petite crétine nommée Samalson ou Dieu sait quoi. Il prit un café, deux saucisses chaudes avec des frites et ils allèrent s'asseoir à une table flanquée de bancs, près de la buvette. Le joueur d'orgue se lança dans le rock — profonde erreur. A

cette heure, l'endroit était quasiment désert et Reardon pensa qu'il ne se remplirait pas avant la sortie des écoles.

— Comment est ton chocolat ?

— Super.

Ils demeurèrent un moment silencieux, tandis que l'organiste massacrait un air des Stones. Sur la piste, un patineur solitaire tournoyait comme un danseur de *break*.

— Chérie, j'ai quelque chose à te dire. Je veux que tu te conduises en grande fille et que tu essaies de comprendre.

— Je suis une grande fille, déclara-t-elle, du chocolat autour de la bouche.

Dieu, qu'il l'aimait !

— Je le sais.

— Plus grande même que Suzie, et elle a sept ans.

— Oui, trésor. Alors, je t'en prie, essaie de comprendre ce que je vais te dire.

— Bien sûr, p'pa, répondit-elle, le visage soudain solennel.

— Liz... Ta mère et moi sommes séparés, expliqua Reardon. (Il plongea le regard dans ses grands yeux bleus.) Tu sais ce que cela signifie ?

— Non.

Seigneur, ce visage innocent !

— Cela signifie... que nous ne vivons plus ensemble. Toutes ces histoires qu'elle t'a racontées, que j'étais obligé de descendre à Miami pour une affaire d'extradition... Ce n'est pas vrai, Liz.

— Où t'étais, alors ?

— A l'hôtel, en ville. A New York. J'ai vécu à l'hôtel.

— Où ça ?

— Au coin de la 26e Rue et de Broadway.
— Je pourrai y aller un jour ?
— Je ne crois pas que ça te plairait.
— Quand est-ce que tu pars pour Miami ?
— Je ne pars pas, Liz. C'était un mensonge. Je ne vais pas à Miami.

Elizabeth regarda son père fixement.
— Ta mère et moi divorçons.
— Oh, dit-elle.

Ce seul mot, rien de plus. Tout dans ce seul mot, et dans ses grands yeux bleus.
— Tu sais ce que ça veut dire, divorcer ?
— Oui, Suzy est divorcée.
— Ses parents.
— Oui, enfin... C'est pour ça que je suis dans le New Jersey ?
— Jusqu'à ce que les avocats règlent les choses, oui.
— Quelles choses ?
— Eh bien, la pension alimentaire, l'allocation pour l'enfant... Il y a des tas de choses à régler, tu sais.

La fillette acquiesça de la tête ; l'organiste attaqua *Tennessee Waltz*.
— Avec qui je vivrai, p'pa ? Après le divorce, je veux dire.
— Avec maman, je crois bien.
— Je veux vivre avec vous deux.
— C'est ce que je voudrais aussi, mais...
— Je vous aime tous les deux et je veux vivre avec vous deux.

Simplicité de la logique enfantine.
— Chérie, ce n'est pas possible.
— Pourquoi ?

— Quand deux personnes se séparent…

— Pourquoi vous vous séparez, m'man et toi ?

— Je ne sais pas. Je ne sais vraiment pas, Liz.

Elle scruta le visage de son père et dut y lire quelque chose — son chagrin, son désarroi, peut-être, bien qu'il s'efforçât de les cacher — car elle se jeta soudain dans ses bras. Il la serra contre lui, les yeux clos, désespérément accroché à elle.

6

Un radiateur à pétrole chauffait la salle de permanence et permettait aux policiers de travailler dans un confort relatif. A 16 heures, il faisait plus froid dehors que dans la matinée. Le soleil avait disparu, les fenêtres grillagées n'étaient plus que des rectangles noirs bordés de givre. Reardon avait pris son service avec quinze minutes de retard et essayait d'obtenir une communication téléphonique avec Washington. Assis à son bureau, Gianelli téléphonait lui aussi.

— Bon, j'attends, grogna-t-il, et il roula les yeux à l'intention de Reardon. La balistique ! soupira-t-il. Horreur de ça.

— Je sais que je peux composer le numéro directement, dit Reardon à l'appareil. Je l'ai fait trois fois et je n'ai rien eu... Rien, oui. Que dalle. (Il écouta.) Bon, vous *pourriez* essayer pour moi, s'il vous plaît ?

— Le service de balistique et la compagnie du téléphone devraient s'associer, déclara Gianelli.

Haggerty, un des flics chargés du secrétariat, entra dans la pièce, un papier à la main. Sur sa chemise d'uniforme, il portait un pull bleu au col en V et, pardessus, un gros cardigan de même couleur.

— Voilà l'avis de recherche qu'on vient d'envoyer,

annonça-t-il à Reardon. Y a pas grand-chose à se mettre sous la dent : pas l'année, pas le numéro, juste une Mercedes marron.

— Tu l'as envoyé à qui ?

— Tous les commissariats de la ville.

— Je veux qu'on couvre toute la région des trois Etats.

— Ouais, je suis là, grommela Gianelli au téléphone. Ça fait des heures que je suis là.

— Ça servira pas à grand-chose, Bry, répondit Haggerty. C'est la semaine avant Noël, on est déjà le 18. Tu penses que les flics vont regarder les bagnoles !

— Un *quoi* ? s'exclama Gianelli. Jamais entendu parler... Bon, répétez-moi ça. Doucement, hein !

— Ils vont regarder les vitrines en pensant au cadeau pour leur femme, oui, poursuivit Haggerty.

— Envoie-le quand même, demanda Reardon.

— Leur femme ou leur petite amie, reprit Haggerty. Tu penses qu'ils vont chercher une Mercedes marron sans le numéro ni l'année !

— Allô ? dit Reardon au téléphone, et il se débarrassa de Haggerty d'un geste. Le *Café de la Daine* ?

— Oui, c'est ici, répondit une voix en français.

— Inspecteur Reardon, de la 5e brigade de New York. J'aimerais parler à Mr John D'Annunzio, s'il vous plaît. Il est là ?

— Oui, monsieur, répondit la voix, toujours en français. Un moment, je vous prie.

— Recevoir *quoi* ? brailla Gianelli. (Il écouta.) Il l'était ou pas ?... Alors, pourquoi vous me faites perdre mon temps ?... Quel calibre ?... Bon. Rien d'autre ?... Okay, merci, dit-il avant de raccrocher brutalement.

— Allô, fit une voix masculine.

— Mr D'Annunzio ? demanda Reardon.
— Oui.
— Inspecteur Reardon, de Manhattan...
— Oui ?
— Je suppose que vous avez été informé de la mort de votre frère...
— Oui ?
— J'aimerais vous poser quelques questions.
— Quelles questions, Mr Reardon ?
— Si j'ai bien compris, il s'est rendu à Washington le 14 décembre. C'était pour vous voir, Mr D'Annunzio ?
— En effet.
— C'est un dimanche, je crois...
— Oui, il est venu au restaurant. Nous ouvrons pour le dîner, le dimanche.
— Pouvez-vous me dire pourquoi il voulait vous voir ?
Farmer sortit de son bureau en claudiquant, mit les mains sur ses hanches et écouta la partie new-yorkaise de la conversation.
— Vous a-t-il révélé qui lui avait fait ce prêt ? demanda Reardon.
Le lieutenant regardait l'inspecteur.
— Quoi ? fit Reardon. Désolé, je n'y pensais pas... Alors, quelle heure vous conviendrait ?... Bon, je vous rappelle plus tard. Merci.
Il replaça l'appareil sur son socle, leva les yeux vers Farmer.
— D'Annunzio est allé là-bas emprunter sept mille cinq cents dollars à son frère. Pour rembourser une dette.
— A qui il devait de l'argent ? voulut savoir le lieutenant.

— Le frère n'en sait rien. Comme ils préparent les tables pour le dîner, il préfère que je le rappelle dans une heure environ, dit Reardon. (Il se tourna vers Gianelli.) Et au service balistique, qu'est-ce qu'on raconte ?

— Il y a quelqu'un de la brigade qui ne bosse pas sur l'affaire D'Annunzio ? maugréa Farmer.

— Priorité, lieutenant, répondit Gianelli.

— Priorité mon cul.

— Les bastos, c'est du Parabellum 9 millimètres. Le flingue... Attendez... (Gianelli consulta ses notes.) Un S.I.G. P-210-5.

— Un *quoi* ? éructa le lieutenant.

— Un pistolet étranger. Fabriqué en Suisse, importé par H.F. Grieder. Il peut être modifié pour recevoir un chargeur de 7,65, mais c'était pas le cas. Les balles étaient de 9 millimètres.

— Je n'ai jamais entendu parler de cette arme, dit Farmer, et il tourna la tête en entendant la voix de Hoffman dans le couloir.

— Dans cette ville, on peut avoir n'importe quel flingue pour dix sacs, conclut Gianelli.

Trois jeunes *Latinos* entrèrent dans la pièce, les mains attachées derrière le dos par des menottes. Dans le 5e, les *Latinos* pouvaient aussi bien être portoricains, cubains, dominicains, salvadoriens ou colombiens et pour les flics, à l'exception peut-être de Ruiz, ils se ressemblaient tous.

Ces trois-là se ressemblaient effectivement : teint clair, fines moustaches, la trentaine, coiffés de petits feutres noirs à bord étroit. L'un d'eux portait un blouson de cuir marron, les deux autres des manteaux courts en drap. Tous trois étaient chaussés de souliers pointus — des « écrase-cafards », disaient les flics.

— Mettez-vous à l'aise, bande de cloches, leur lança Ruiz.

— Ne me dites pas qu'il y a quelqu'un qui bosse dans cette brigade ! s'exclama Farmer.

— On les a piqués en train de braquer une bijouterie dans Canal, annonça Ruiz en jetant trois cagoules sur le bureau. Ils avaient ça sur la tronche.

Reardon regarda les cagoules.

Le soir du meurtre, Sadie avait vu trois Portoricains porteurs de cagoules.

— Mais pas de Mercedes-Benz marron, Votre Honneur, acheva Ruiz.

— Ils parlent pas anglais, précisa Hoffman.

— Enfin, c'est ce qu'ils racontent, reprit Ruiz. *Habla ingles, maricon?* demanda-t-il au malfrat en blouson de cuir.

— *No, señor policia,* répondit l'homme.

— Et tes copains, là ? poursuivit le policier portoricain en se tournant vers les deux autres. *Alguno de ustedes vagabundos habla ingles ?*

Les voyous en manteau court répondirent presque en chœur :

— *No, nosotros no hablamos ingles.*

Ils s'assirent, les yeux écarquillés. Hoffman entraîna Reardon et Ruiz à l'autre bout de la pièce, là où se tenait Farmer.

— Les types qui ont refroidi D'Annunzio parlaient anglais, chuchota-t-il.

— Avec un accent, dit Reardon.

— Mais pas un accent *latino,* objecta Farmer. Dans notre rapport...

— Ça vaut la peine d'essayer quand même, suggéra Hoffman. Tu prends le relais, Bry ?

— Ne bousillez pas le coup, prévint Farmer.

Reardon retourna au banc sur lequel les trois *Latinos* étaient assis.

— Lequel de vous parle anglais, les gars? demanda-t-il.

Les trois hommes le gratifièrent d'un regard ahuri.

— Personne, hein? grogna Reardon. (Il se tourna vers Hoffman.) Ça va être du billard, Chick.

— On dirait.

— Vous êtes *sûrs* que vous ne parlez pas anglais.

Pas de réponse.

— Parce que si vous parlez anglais, vous avez intérêt à me le dire tout de suite. Sinon, vous allez vous retrouver dans le caca, vous pouvez me croire.

— *Que dice el?* demanda à Ruiz l'homme au blouson.

— T'occupe pas, Alex. Bon, écoutez, fit Reardon, les mains sur les hanches. On a braqué un restaurant de Mulberry Street lundi soir, le proprio a été tué. Vous comprenez ça?

Regards hébétés.

— Vous ne comprenez pas? Je continue. Les types qui ont fait le coup ne parlaient qu'espagnol. Pas l'anglais, *seulement* l'espagnol, pigé?

Les trois hommes se regardèrent; celui qui portait un blouson déclara :

— *No entiendo. No hablo ingles.*

— Pas *entiendo,* hein? Je vais t'expliquer, tu vas *entiendo* tout de suite. Si tu parles anglais, tu n'as aucun souci à te faire. Sinon, on va commencer à penser que c'est vous qui avez braqué le restaurant...

Silence. Mines perplexes.

— Je vous donne trente secondes, prévint Reardon.

— *Que quiere el?* demanda à Ruiz le *Latino* au blouson.

— Il ne t'aidera pas, dit Reardon. La seule chose qui puisse t'aider, c'est te mettre à parler anglais.

— *Nosotros no sabemos qui dice usted,* déclara un des deux autres malfrats.

— Vingt secondes, annonça Reardon. Vous avez une inculpation de meurtre au-dessus de la tête, sans parler de votre braquage minable... (Il jeta un coup d'œil à sa montre.) Dix secondes.

Le téléphone sonna, Gianelli décrocha.

— 5e brigade, Gianelli.

— Terminé, dit Reardon. (Il se tourna vers Hoffman.) Ou ils sont pas dans le coup ou ils sont cons.

— Pour toi, Bry, dit Gianelli. Sur la 4. C'est Mark D'Annunzio.

— Faites venir Sadie, intervint Farmer. On va organiser une petite séance d'identification rien que pour elle.

L'homme au blouson de cuir protesta :

— *Usted tiene que decirnos nuestras leyes en español.*

— *Callate, pendejo !* lui ordonna Ruiz.

Reardon prit le téléphone.

— Allô, Mr D'Annunzio ?

— Il veut qu'on lui donne lecture de ses droits en espagnol, traduisit Ruiz au lieutenant. *Yo les voy a dar sus leyes, penjos !*

— Quand était-ce ? demanda Reardon. (Il écouta.) Mmmm. Où vous êtes ?... Mmmm. Attendez-moi, j'arrive.

Il raccrocha et dit :

— Bobby Nardelli vient de passer chez le jeune D'Annunzio. Il réclame les intérêts sur l'emprunt fait par le père.

Robert Alfred Nardelli était un petit truand dont le casier comportait trois condamnations : deux pour cambriolage, une pour voies de fait. Il servait à l'occasion de gros bras aux types de la mafia prêtant de l'argent à des taux usuraires, et cela tracassait Reardon. Il avait espéré que le meurtre de lundi soir n'avait rien à voir avec la pègre. Mark D'Annunzio avait assuré qu'il ne voyait aucun rapport entre les *mafiosi* et la mort de son père. « Ils viennent souvent au restaurant », avait-il déclaré.

L'inspecteur trouva Bobby dans l'arrière-boutique d'un magasin de meubles de Baxter Street, surveillé depuis le mois d'août par la brigade des stupéfiants. Aussi supposait-il que dans le camion arrêté devant le magasin, un flic des « Stups » procédait à une écoute autorisée par le juge d'instruction. Il supposait aussi que Nardelli savait que le camion appartenait à la police de New York. Peu de choses échappaient aux truands, dans cette ville. Vous pouviez parier la peau de vos fesses que les seuls mots échangés sur la ligne du magasin l'étaient entre Bobby et la kyrielle de filles qui, disait-on, se pâmaient chaque fois qu'il apparaissait, roulant des épaules, Dieu sait pourquoi.

Bobby, qui approchait de la trentaine, mesurait plus de deux mètres et pesait au moins cent dix kilos. Si vous aviez besoin d'un gros bras, vous ne faisiez pas un mauvais choix en l'embauchant. Ses mains, posées devant lui sur le bureau, étaient énormes, avec des jointures de cogneur. Une petite cicatrice courait de son sourcil droit à sa trempe et il avait des yeux capables de glacer un désert.

— Il devait du pognon, je suis passé le prendre,

dit-il en haussant les épaules. C'est interdit par la loi ? On a le droit de récupérer ce qu'on vous doit, non ?

— Tu savais qu'il était mort ?

— Non, mais qu'est-ce que ça change ? Un type doit du blé, il paie pas, c'est la famille qui casque. Quelqu'un doit cracher, Reardon. On peut pas rester à tendre la main dans le vide.

— Qui c'est, « on » ?

Bobby haussa à nouveau les épaules.

— Combien avait-il emprunté ?

— Sept mille et des...

— Quand ?

— Une quinzaine avant d'ouvrir son restard. Je coopère, hein, Reardon ?

— Bien sûr.

— Il était raide, la banque voulait plus lui prêter un flèche. Elles prennent presque autant que nous comme intérêt, maintenant, les banques.

— Qui c'est, « nous » ?

Nardelli soupira.

— J'enquête sur un meurtre, rappela le policier.

— Qu'est-ce que vous me voulez ? Je suis un homme d'affaires. On a prêté du blé à un mec qui connaissait le tarif et les dates de remboursement.

— C'est quoi le tarif ?

— Secret professionnel.

— Et les dates de remboursement ?

— Tous les jeudis. C'est jeudi, aujourd'hui.

— Le dernier versement de D'Annunzio, c'était quand ?

— Jeudi dernier. La date d'échéance.

— Tu es sûr qu'il t'a payé ?

— Sûr.

— Tu es sûr que tu t'es pas pointé au resto lundi soir, avec un peu de renfort ?
— Certain.
— Alors, c'était qui ?
— Là, j'en sais rien, mon vieux.
— Bon, soupira l'inspecteur. Laisse les D'Annunzio tranquilles. Pour les intérêts, ça attendra.
— Non, dit Bobby. C'est pas moi qui décide.
— C'est qui ?
Nardelli haussa les épaules.
— Tu travailles toujours pour Sallie Fortunato ?
— J'ai jamais dit que je travaillais pour lui.
— Arrête tes salades, Bobby.
— Moi, bosser pour Sallie ? Première nouvelle.
— La prochaine fois que tu lui parleras — ce qui devrait être trois minutes après mon départ — dis-lui que je passerai le voir.
— Je connais même pas son numéro.
— Envoie un pigeon voyageur.
— Et en plus, reprit Bobby avec un sourire, on tient pas à ce qu'il entende, votre mec, dans le camion...

Le casier judiciaire de Salvatore Luigi Fortunato indiquait qu'il était né à Palerme, en Sicile, soixante-quatre ans plus tôt, et précisait ses divers sobriquets : « Sallie », « Salvie », « Le gros Lou » et « le Comptable ». Il avait été condamné une seule fois, peu après son arrivée en Amérique, pour incendie criminel, délit qui lui avait valu une peine de trois ans d'emprisonnement. Après une année passée à Ossining, il avait été libéré sur parole. Depuis, Fortunato avait réussi à échapper à la prison, probablement parce qu'il faisait partie de la mafia et pouvait utiliser ses services juridiques. Pansu et grisonnant, vêtu d'un costume bleu, d'une chemise blanche et d'une cravate bleu foncé, avec des lunettes sans monture — qui le faisaient effectivement ressembler à un comptable —, il était assis à son bureau, dans l'arrière-salle de la pâtisserie *Angela Cara* de Grand Street.

— Oui, j'ai donné mon accord pour le prêt, reconnut-il. Et alors ?

Il était flanqué de deux de ses gorilles, dont l'un se nettoyait les ongles avec un cure-dents. Reardon eut l'impression d'avoir déjà vu ça au cinéma. L'autre lisait un exemplaire de *Penthouse*. Tous deux affectaient une profonde indifférence à ce qui se disait.

— Il est venu vous voir personnellement ? demanda Reardon.

— Non, non, il s'est adressé à Bobby. Bobby m'a téléphoné, j'ai dit « d'accord ». Il s'agissait de clopinettes, pourquoi faire tant d'histoires ?

— Parce qu'il a été tué.

— Je vais vous donner une leçon d'économie, proposa Fortunato. Vous y êtes ?

— J'y suis.

— Les morts ne remboursent pas leurs dettes.

— C'est la leçon ?

— La meilleure que vous apprendrez jamais.

— Merci. Mais il y a parfois des accidents.

— Non, Reardon. Les accidents n'arrivent pas accidentellement. Il faut que je vous apprenne ce truc-là ? Ça fait combien de temps que vous êtes flic ?

— Ralph D'Annunzio s'est fait descendre, Sallie.

— Pas par un de mes hommes. Ni accidentellement ni autrement.

— Supposons... — juste une supposition, hein ?

— D'accord, supposons.

— Supposons que D'Annunzio n'ait pas réglé les intérêts de son emprunt…

— Vous supposez mal. Il a emprunté le fric, quoi, il y a un mois ? Vers *Thanksgiving,* je crois. Enfin, bref, il a pas manqué un versement depuis. Alors pourquoi… ?

— Là-dessus, je n'ai que la parole de Bobby.

— Et la mienne.

— Et si quelqu'un était passé ramasser le fric, en faisant croire à un braquage pour que…

— Avec moi dans le resto ? Il aurait fallu être dingue.

— Qu'est-ce que vous dites ?

— J'étais *là-bas,* lundi soir. En train de bouffer tranquillement quand ces minables sont entrés, déclara Fortunato. (Du doigt, il indiqua le garde du corps lisant *Penthouse.*) Jerry a voulu casser leur coup, je lui ai dit de laisser tomber. J'ai pas intérêt à me mêler d'un braquage, vous penseriez aussitôt que j'ai tout manigancé.

— Ce n'est pas le cas ?

— Je m'embêterais pour sept mille cinq cents malheureux dollars ? Alors que le bonhomme crache sans problème ? Allons, Reardon, soupira le truand en secouant la tête, comme un prof exaspéré par la bêtise d'un étudiant. En plus, je l'aimais bien, le gars. Je mangeais souvent chez lui. C'est propre, c'est bon. (Il sourit.) Je fréquente pas les restos où vont les *mafiosi,* on sait jamais quand la fusillade va commencer.

— Si vous l'aimiez tellement, rappelez vos chiens.

— Bien sûr. Je vais demander à Bobby de laisser courir un moment. On peut pas oublier le prêt, Reardon, c'est les affaires. Mais le respect des morts, c'est autre chose. On donnera à la famille le temps de respirer.

— Merci, dit Reardon.

— Et vous aussi, rappelez vos chiens, d'accord ? Mes gars n'ont rien à voir là-dedans, promis.

— A quoi ils ressemblaient, les autres ? Vous étiez là, vous les avez vus...

— Deux mecs avec des cagoules, pas très baraqués. Vous avez vu du côté de la communauté chinoise ? Je serais pas étonné si c'était un des gangs chinois. Ces fumiers de Chinetoques ont vraiment besoin qu'on leur botte le cul.

— Si vous entendez quelque chose, faites-le-moi savoir.

— Naturellement, répondit Fortunato, avec un sourire contredisant sa réponse. Vous serez le premier informé.

Reardon sortit de la pâtisserie, retourna à l'endroit où il avait garé sa voiture. Il regarda sa montre : presque 18 heures. Il démarrait quand la voix excitée du dispatcher jaillit du talkie-walkie posé sur le siège.

— 5e commissariat, appel à toutes les voitures ! Appel à toutes les voitures ! Un 10-13 [1] entre Rivington et Forsyth ! 10-13 entre Rivington et Forsyth !

Reardon saisit l'appareil.

— 403, annonça-t-il.

— Vas-y, Bry.

— Qui est-ce, tu le sais ?

— Chick Hoffman.

Rivington et Forsyth se trouvaient dans le coin nord-est du territoire du 5e commissariat. Remontez

1. Appel à l'aide d'un officier de police (n.d.t.).

deux cents mètres de plus, traversez Houston Street et vous vous retrouvez dans le 9e, qui n'est pas de la tarte non plus. Dans ce quartier, tout se chevauche, pas seulement les territoires des commissariats, et Reardon voyait souvent cette partie de la ville comme un puzzle aux pièces imbriquées les unes dans les autres : le Village débordant dans Lower Broadway et la Petite Italie ; la Petite Italie empiétant sur la Bowery et Chinatown ; Chinatown et Lower Broadway se transformant en Whitehall et Wall Street — un puzzle qui demeurait un puzzle et un mystère même quand toutes les pièces étaient en place. Dans le quartier de Rivington et Forsyth, le morceau du puzzle était à présent *latino,* malgré la synagogue construite en 1903 et à présent désertée.

Un bâtiment en brique rouge dominait un des coins du carrefour et l'inscription en lettres dorées courant au-dessus des arches de son entrée indiquait qu'il s'agissait du « Centre de formation pour adultes de la ville de New York ». En face s'étendait un terrain vague jonché de gravats et entouré d'une clôture. A côté, un immeuble de rapport de cinq étages, dont le numéro était masqué par un bombage à la peinture grise. Un « club » *latino* occupait à présent l'espace autrefois réservé aux boutiques, de part et d'autre de l'entrée. Bien qu'il fît glacial, une foule nombreuse encombrait le croisement : le cirque était en ville. Le cirque, c'était le fourgon du G.I.U. et une douzaine de voitures de ronde garées en épi le long du trottoir. La plupart des flics en uniforme étaient accroupis derrière leur véhicule ; tous avaient leur arme à la main. Des policiers du Groupe d'intervention d'urgence — des armoires, tous volontaires, de foutus héros — attachaient nonchalamment leur gilet pare-balles. Reardon descendit de voiture, s'approcha d'un sergent au teint rouge et à la respiration haletante.

— Vous savez qui a lancé l'appel « Officier en difficulté » ? demanda-t-il.

— Un flic de ronde, répondit le sergent. Il a entendu tirer sur le toit, il est monté, il a trouvé Hoffman coincé derrière une cheminée.

— Merci, dit Reardon, avant de se diriger vers l'immeuble.

Un membre du G.I.U. l'arrêta à la porte.

— On le tient, Reardon, dit l'homme, protégé par un gilet pare-balles et armé d'une carabine. Tu peux rentrer.

— C'est mon coéquipier qui est là-haut, répliqua Reardon. Va t'occuper des types qui se jettent du haut des ponts.

Il pénétra dans l'entrée, où une ampoule nue pendait à un support brisé. Brisés aussi les serrures des boîtes aux lettres, le panneau de verre de la porte du couloir. Et la puanteur de l'urine. C'était la ville des agressions infimes, des graffiti bombés sur les voitures du métro, les murs des immeubles et les monuments — le Tombeau de Grant, pour l'amour de Dieu ! couvert de graffiti ! On en voyait tellement qu'on finissait par penser que c'était normal, qu'ils avaient toujours été là. Joli travail artistique, hein ? Ce connard de maire avec son sourire... Vous aimez nos graffiti artistiques, les gars ? Qu'est-ce que vous en pensez, les gars ? Les énormes transistors posés sur l'épaule des gosses en balade, polluant l'atmosphère, agressant les oreilles comme les graffiti agressent les yeux. Cette ville, on s'en fout, disent les agresseurs. Et de vous aussi. On *veut* que vous ayez peur de porter une chaîne en or dans la Cinquième Avenue.

On *veut* que vous mettiez des barreaux à vos fenêtres, on *veut* que vous trembliez dans votre lit, la nuit. On veut vous agresser sans trêve, vous harceler avec l'idée que les barbares se massent de l'autre côté des barrières, avec la peur de l'inconnu. Toute cette putain de ville était une agression contre l'imagination.

Un coup de feu claqua au moment où Reardon ouvrait la porte métallique conduisant au toit. Il se jeta contre la surface goudronnée, aperçut Hoffman accroupi derrière une cheminée. D'autres détonations fracassaient le silence de la nuit tandis qu'il rampait jusqu'à son coéquipier.

— Salut, Chick, dit-il.

— Tiens, tiens, la cavalerie, grommela Hoffman.

— Plus un millier de flics qui montent l'escalier avec leurs grosses godasses.

— J'espère qu'ils savent comment s'y prendre avec un dingue de la gâchette.

Des détonations leur firent baisser la tête ; de la poussière de brique s'envola de la cheminée.

— C'est arrivé comment ?

— Je passais dans le coin, j'ai vu le type sortir de l'immeuble en courant, j'ai pensé qu'il cavalait pour attraper le bus...

Nouveaux coups de feu.

— Ce cinglé arrêtera pas une minute, dit Hoffman. Bon, il courait, un flingue tombe de sa poche, sur le trottoir. Il se baisse pour le ramasser, je suis déjà descendu de voiture, ce fumier me tire dessus.

Plusieurs balles s'écrasèrent contre la cheminée.

— J'ai compté, poursuivit Hoffman, il recharge tous les sept coups. Ça doit être un automatique.

— Pourquoi il s'est mis à tirer ? demanda Reardon.

— Va savoir. Il est fou.

Un seul coup de feu, cette fois.

— Ça fait sept. C'est maintenant qu'il change de chargeur. Tu comptes avec moi ?

Silence. Deux coups de feu. Nouveau silence. Deux autres coups de feu.

— Ça fait quatre, annonça Hoffman.

Ils attendirent. Silence. Une seule balle.

— Cinq, dit Reardon.

— Il est derrière le pigeonnier. Tu prends à droite, je prends à gauche.

Dans la rue, en bas, une sirène d'ambulance. Nouvelle détonation.

— Six, compta Reardon.

— Prépare-toi.

Une éternité s'écoula avant le dernier coup de feu.

— Fonce ! cria Hoffman.

Ils bondirent en avant, se mirent à courir, se divisèrent en deux cibles traversant le toit, Reardon à droite, Hoffman à gauche. Petit déclic métallique derrière le pigeonnier : un nouveau chargeur poussé dans le magasin. Leur haleine vaporisée sortait en panache de leur bouche tandis qu'ils martelaient de leurs pieds le sol goudronné. Reardon atteignit le coin du pigeonnier ; l'homme lui tournait le dos.

— Bouge plus !

L'homme se retourna, un Colt automatique 45 dans la main droite.

Reardon tira aussitôt, le toucha à l'épaule. Le dingue tomba en arrière contre le pigeonnier, d'où s'éleva un frénétique bruissement d'ailes. L'homme s'affala sur le toit, dans la pénombre, contre la cloison du pigeonnier. Haletant, Reardon se baissa, le retourna, lui passa les menottes, mains derrière le dos. Une torche électrique s'alluma, Hoffman apparut au coin gauche du pigeonnier, braqua le faisceau de la lampe sur le visage de l'homme.

— Tu l'as ? demanda-t-il.

Reardon leva les yeux.

— Ouais, dit-il. Harold Jurgens. La crapule qu'on a acquittée ce matin.

Il tendit un bras vers l'homme, ordonna :

— Debout !

La porte du toit s'ouvrit violemment, le métal résonna contre la brique. Un flic armé d'un fusil scruta la pénombre.

— Ça va, les gars ? lança-t-il.

— Avance ! dit Reardon à Jurgens. (Il le poussa avec colère, faillit le faire retomber.) Oui, ça va, répondit-il au policier du G.I.U.

— Vous avez du pot, on a une môme cannée, en bas, dans l'entrée.

7

« Offrez-vous la Jamaïque », répétaient les bandes publicitaires à la télévision. Quelqu'un là-haut avait dû entendre car, ce jour-là, c'était la Jamaïque à New York. Les Tropiques, là, dans la Grosse Pomme[1]. 18 °C dehors, un ciel bleu clair, pas un souffle de vent. Dans la salle de permanence, les inspecteurs étaient en bras de chemise. Hoffman entra, vêtu d'une veste sport sur un col roulé en coton, pas de manteau ; il jeta le *Daily News* du matin sur le bureau de Reardon.

— Notre copain fait la une.

— Ouais, formidable, marmonna Reardon, avant de lire le titre :

UN VIOLEUR TUE
UNE FILLETTE DE DOUZE ANS

— Tu paries qu'il s'en sort encore une fois ? dit-il d'un ton amer.

— Pas ce coup-ci, répondit Hoffman.

— On parie ? insista Reardon.

1. New York (n.d.t.).

Le téléphone de son bureau sonna, il décrocha.

— 5ᵉ brigade, Reardon.

— Mr Reardon ?

Une voix de femme. Jeune, hésitante.

— Oui ?

— Ici Miss Sanderson.

— Qui ça ?

— Martha Sanderson... Le juré numéro 5... Le procès de Jurgens.

— Oui, Miss Sanderson ?

— Je vous appelle pour m'excuser.

— C'est un peu tard, non ?

— J'ai lu le journal, ce matin... Nous avions tort et...je suis désolée.

— Ouais, ça va, dit l'inspecteur, d'un ton radouci. Merci d'avoir appelé, ça me touche.

Il y eut un long silence.

— Mr Reardon, je suis *vraiment* désolée.

— Je comprends.

— Je n'en suis pas sûre.

— Ne vous tracassez pas.

— Je suis bouleversée, réellement. Je me demande... Est-ce que nous pourrions... J'aimerais en parler. Je ne veux pas que vous pensiez que nous avons rendu notre verdict sans réfléchir. Sans peser le pour et le contre. C'était une erreur et je vous dois une explication.

— Vous vous êtes déjà expliquée, Miss Sanderson.

— Je veux dire... en personne.

— Eh bien...

— Pensez-vous que nous pourrions boire un verre ensemble ce soir ? Ou une tasse de café, n'importe quoi. Vraiment, j'ai l'impression d'avoir une dette envers vous.

Nouveau long silence.
— Mr Reardon ?
— Un verre, ça m'irait parfaitement.
— Quelle heure vous conviendrait ?
— Je termine à 16 heures, dit-il en regardant la pendule.
— Un peu après 17 heures, alors ?
— D'accord. Où êtes-vous ?
— Je travaille pour le magazine *Forbes*, Cinquième Avenue et 11e Rue. Il y a un bar, *Chez Ringo*, dans la 12e. On s'y retrouve à, disons, cinq heures et quart ? C'est tout près de la 6e.
— *Chez Ringo*, cinq heures et quart. D'accord.
— Je suis impatiente de vous voir, dit-elle avant de raccrocher.
Reardon reposa le téléphone sur son socle.
— Elle doit être née à New York, elle parle de la 6e.
— Hein ? fit Hoffman, qui lisait l'article sur l'arrestation de Jurgens.
— Au lieu de l'Avenue des Amériques.
— Il prétend quand même qu'il a rien à voir avec la morte ! s'indigna Hoffman. Il sort de l'immeuble en fonçant comme une locomotive mais la fille, il l'a jamais vue de sa vie. T'as peut-être raison : il va encore s'en tirer.
— On aurait dû le rectifier sur le toit, déclara Reardon. Deux balles dans le cœur.
Le téléphone sonna à nouveau, il décrocha.
— 5e brigade, Reardon.
— Reardon, ici Weissman, du 24e, annonça une voix d'homme.
« J'ai vu votre avis de recherche sur la Mercedes marron et je...

— Ouais ? fit aussitôt Reardon.

— Doucement, c'est pas du sûr. Je bosse sur un meurtre, un type descendu dans Central Park West lundi soir, une heure avant que votre bonhomme se fasse refroidir dans son resto. J'ai une Mercedes marron dans le coup. Vous voulez passer ? Nous avons peut-être quelque chose en commun.

Dave Weissman était un inspecteur de 1re classe d'une quarantaine d'années, estima Reardon, un homme corpulent vêtu d'un pull sans manches sur une chemisette. Dans cette ville, les flics tombaient fréquemment sur des collègues d'autres commissariats dans leur boulot, mais c'était la première fois que Reardon rencontrait Weissman. Légèrement déplumé sur l'arrière du crâne, portant des lunettes, tirant sur un cigare, il se tenait à côté du projecteur de diapositives.

— Voilà comment il était, l'appart', dit-il.

Les deux hommes se trouvaient dans la salle d'interrogatoire du 24e commissariat, dans la 101e Rue Ouest. Le projecteur était posé sur une longue table en bois couverte d'estafilades, et Weissman avait accroché un écran sur le miroir sans tain, à l'autre bout de la pièce.

— Un sacré bordel, comme tu vois.

La diapositive en noir et blanc montrait une salle de séjour complètement chambardée. Coussins du sofa dans tous les coins de la pièce, chaises renversées, tiroirs ouverts, lampadaires gisant sur le plancher.

— Le type qui a fait ça cherchait manifestement quelque chose, ajouta Weissman.

Il appuya sur le bouton de la télécommande, qu'il

tenait dans la main droite. Il y eut un léger déclic, une autre diapo apparut, en noir et blanc, comme la précédente.

— C'est la chambre.

Un lit grand modèle, une commode, en face. Les couvertures et les oreillers par terre, le matelas éventré. Les vêtements des tiroirs de la commode jonchant le sol. La porte de la penderie ouverte, des manteaux, des vestes jetés sur le tapis, avec leur cintre.

Autre déclic, autre diapositive.

— La victime...

Ce qui ressemblait à une photo prise en studio apparut sur l'écran.

— Peter Dodge, poursuivit Weissman. Trente-quatre ans, célibataire. Je t'en ferai faire un tirage si tu penses que ça peut te servir. C'est une photo récente.

— Oui, s'il te plaît, acquiesça Reardon.

Nouveau déclic. Sur l'écran, la photo de l'homme brun, souriant, fut remplacée par une diapo du même homme, nu, gisant sur le carrelage éclaboussé de sang d'une salle de bains.

— C'est comme ça qu'on l'a trouvé, dit Weissman. A poil, les mains attachées derrière le dos avec un porte-manteau en fil de fer. Il était avocat. Associé dans un petit cabinet appelé Lewis et Dodge.

Clic.

— Voilà le coffre mural dans la penderie de la chambre. De toute évidence, on l'a forcé à l'ouvrir mais on n'a rien pris : nous avons vérifié avec son agent d'assurance, qui nous a filé une liste de tous les objets de valeur.

Clic.

— Meuble à argenterie dans la salle à manger. Rien ne manque.

Clic.

— La bibliothèque. Quelques tableaux de valeur sur le mur, tous à leur place.

Weissman éteignit le projecteur et conclut :

— C'est à peu près tout.

Il alla à l'interrupteur, une lumière fluorescente inonda la pièce.

— Comment a-t-il été tué ? demanda Reardon.

— Avec un couteau. Et le tien ?

— Quatre pruneaux tirés avec un pistolet suisse. Dans le dos.

— Des gens charmants. Avant de buter le mien, ils l'ont salement dérouillé.

— Combien ils étaient ?

— Trois, d'après le portier.

— Dans une Mercedes marron ?

— C'est ce que le type a dit, répondit Weissman en réenroulant l'écran. Ça me scie, cette affaire : tout indique un cambriolage, mais on n'a rien volé ; tout indique un crime sadique, mais le gars Dodge était un citoyen honnête et sain. J'ai horreur des mystères, pas toi ?

— A quelle heure ils sont arrivés, d'après le portier ?

— Cinq heures et demie-six heures. Et les tiens ?

— Vers sept heures.

— Ils ont eu tout le temps d'aller là-bas, même avec la circulation de la période de fêtes.

— *Si* c'est eux.

— T'as une meilleure hypothèse ?

— Pas pour le moment, répondit Reardon en tendant la main. Merci, Weissman, je te tiens au courant. (Il regarda la pendule murale.) Bon Dieu ! elle marche juste ? (Il vérifia avec sa propre montre.) Je peux téléphoner ?

— Mais certainement, dit Weissman. (Il souleva le projecteur de la table, entraîna le policier du 5e dans la salle de permanence.) Choisis le bureau que tu veux.

Reardon alla au plus proche, décrocha le téléphone, obtint la tonalité, appela les Renseignements.

— Un bar de la 12e Ouest, *Chez Ringo*, demanda-t-il. (Il attendit, nota un numéro sur le bloc du bureau.) Merci.

Il appuya sur l'une des branches du socle, composa le numéro qu'on venait de lui communiquer.

— *Chez Ringo*, annonça une voix d'homme.

— Oui, sauriez-vous si Miss Sanderson est là ?

— Qui ?

— Martha Sanderson. Je devais la rejoindre à cinq heures et quart. Pourriez-vous me dire si...

— Il est déjà six heures moins cinq, fit observer l'homme.

— Je sais. Elle est encore là ?

— Une seconde.

Reardon attendit ; l'homme revint en ligne trois minutes plus tard et dit :

— Si c'est celle que je pense, elle est partie il y a dix minutes.

— Bon, merci.

Reardon raccrocha, marmonna « merde » entre ses dents, reprit l'appareil, attendit la tonalité et appela à nouveau les Renseignements.

— Martha Sanderson, à Manhattan, s'il vous plaît.

— Vous pouvez épeler ?

— S-A-N-D-E-R-S-O-N, je crois.

— Et l'adresse ?

— Je ne l'ai pas.
— Un moment.
Il attendit.
— Monsieur ? La ligne de ce numéro est actuellement coupée.
— Vous pouvez me donner l'adresse ?
— Désolée, monsieur, nous n'avons pas le droit de communiquer l'adresse d'un abonné.
— Je sais mais je suis officier de police.
— Désolée.
— Voyez avec votre supérieur, d'accord? Je suis Bryan Reardon, inspecteur de 2e classe, 5e brigade.
— Ecoutez...
— Demandez-lui, s'il vous plaît.
— Un moment.
— Putain de compagnie du téléphone, murmura-t-il à Weissman.
Un instant plus tard, l'employée annonça :
— Bon, je peux vous donner l'adresse.
— Merci.
Le bâtiment de la 84e Rue était un immeuble de rapport de quatre étages flanqué de terrains vagues passés au bulldozer. Reardon leva la tête pour le regarder. Une faible lumière vacillante brillait derrière une des fenêtres du troisième étage. Toutes les autres étaient noires. Intrigué, il grimpa les marches du perron, s'avança dans l'entrée. Pas de lumière. Il craqua une allumette, la tint devant la rangée de boîtes aux lettres. Une seule portait encore un nom :

M. SANDERSON APT 3 B

Il agita la main pour éteindre l'allumette, poussa la porte du couloir, dépourvue de serrure, se dirigea vers la cage d'escalier. Obscurité totale. Il craqua une autre allumette, commença à grimper l'escalier. Il en grilla au moins une douzaine avant de parvenir au troisième étage. A la lueur de la dernière, il chercha l'appartement 3 B, frappa à la porte.

— Oui ? fit une voix de femme.

— C'est moi. Reardon.

— Oh ! dit-elle, surprise. Un moment.

Il l'entendit tripoter le verrou et la chaîne de sûreté. La porte s'ouvrit.

— Salut. Comment m'avez-vous trouvée ?

— Je suis flic, non ?

— Entrez donc.

Il s'avança dans l'appartement. Une pièce vaste comme un loft, éclairée par des bougies — la lumière vacillante qu'il avait vue de l'extérieur — un feu de charbon dans la cheminée.

— J'ai attendu une demi-heure, et j'ai pensé que vous aviez changé d'avis.

— Désolé, dit-il. J'ai téléphoné là-bas. Ici, aussi — du moins j'ai essayé mais...

— Oui, on m'a coupé le téléphone. Vous voulez boire quelque chose ? J'ai du scotch... Ou alors du scotch.

— Du scotch, merci, répondit-il en souriant.

Il la regarda se diriger vers une table située à l'autre bout de la pièce. Elle portait une jupe sombre, une blouse blanche, des escarpins à hauts talons. Il parcourut la pièce des yeux : un canapé bas, un fauteuil « sac de haricots », des coussins çà et là sur le sol, des tableaux accrochés aux murs, à peine visibles à la lueur des bougies.

— J'espère que vous l'aimez pur, dit-elle. Et sans glace. Ils m'ont coupé l'eau aussi.

— Qui ça, « ils » ?
— Les propriétaires de l'immeuble. Ils le démolissent, mais je refuse de partir. (Elle servit deux verres de Johnnie Walker Red Label.) Je suis le dernier des Mohicans, tous les autres locataires ont déjà cédé.
— Vous voulez dire que vous vivez seule dans l'immeuble.
— Et je compte y rester, ajouta-t-elle en lui tendant un verre. Santé.
— Santé.
Reardon but une gorgée avant de demander :
— Ils vous ont remis un avis d'expulsion ?
— Je l'ai déchiré. Asseyez-vous.
Ils s'installèrent sur le canapé.
— S'ils m'envoient l'huissier, reprit-elle, je le pousse dans l'escalier. Question de principe. Ici, c'est *mon* appartement, ils n'ont pas le droit de le raser pour construire une tour. Vous savez combien je paie de loyer par mois ?
— Combien ?
— Deux cents. Avec un bail de trois ans, répondit Martha Sanderson. (Elle porta son scotch à ses lèvres.) S'ils m'expulsent, je camperai dehors avec mes meubles. Les bulldozers passeront autour de moi.
— Eh bien... Bonne chance, dit Reardon.
Ils burent en silence.
— Voilà, finit-elle par dire.
— Voilà.
— Comment je peux vous appeler ?
— Bry. Diminutif de Bryan.
— Joli prénom irlandais.
— Et vous, c'est Martha.
— Grand Dieu, non. C'est ce qui est inscrit sur

mon bulletin de naissance mais tout le monde m'appelle Sandy depuis le lycée.

— Sandy, alors.

— Et Bry.

Il y eut un autre silence.

— Voilà, répéta-t-elle.

— Voilà.

— J'aurais pu attendre plus longtemps chez *Ringo* mais je me suis fixé une règle. Une demi-heure et salut.

— Question de principe, dit Reardon en souriant.

— Oui, dit-elle, en lui rendant son sourire. Ecoutez, poursuivit-elle aussitôt, je me sens terriblement coupable d'avoir fait relâcher cet homme. C'est juste parce que… J'ai cru ce que l'avocat disait de vous — nous l'avons *tous* cru.

— Ce n'était pas vrai.

— Je le sais maintenant. Du moins, j'en ai l'impression. Vous n'avez pas l'air capable de… Encore que dans votre travail, vous devez être souvent contraint à la violence. Dans des situations violentes, je veux dire. Je veux dire… et merde ! Bon, de toute façon, je suis désolée. Vraiment désolée.

— Moi aussi je suis désolé de la façon dont je me suis conduit. Dans le couloir, après le jugement.

— Bon, alors, nous sommes désolés tous les deux, conclut Sandy. Qu'est-ce que je vais faire à dîner ?

— Je ne pensais pas…

— Je croyais…

— Eh bien…

— A moins que vous n'ayez d'autres projets ?

— Non. Pas d'autres projets.

— Alors…

— D'accord.

— Bon. Le choix est limité, et je n'ai plus le gaz non plus. Mais on va se débrouiller, d'accord ? Une fondue, ça vous tente ?

— Parfait.

— Et j'ai du vin blanc au frais sur l'appui de fenêtre.

— Formidable.

Elle se leva du canapé. La cuisine était séparée de la salle de séjour par un comptoir passe-plat. Il la regarda approcher une allumette d'une lampe à pétrole qu'elle posa ensuite sur la table de la cuisine.

— Les chandelles, c'est terriblement romantique mais ça n'éclaire pas beaucoup, dit-elle. Ce truc-là non plus, d'ailleurs. (Elle ouvrit la porte d'un des éléments, prit un saladier.) Vous pensez qu'il ira en prison, cette fois ?

— J'espère qu'on jettera la clef. Je peux vous aider ?

— Non, ça va. Encore un peu de scotch ?

— Je ne dis pas non.

— Servez-vous.

— Merci.

Il se leva, alla à table poussée contre un mur de la salle de séjour, se servit à boire en demandant :

— Qu'est-ce que vous faites à *Forbes* ?

— Je suis journaliste d'enquête. Le premier barreau de l'échelle en attendant mieux... Une fondue, ça ira, vous êtes sûr ?

— Sûr. Mieux, c'est quoi ?

— Rédac-chef, naturellement, répondit Sandy en souriant. Après tout, je n'ai pas fait une licence d'économie pour rien. Et à Yale, s'il vous plaît.

— Vous m'impressionnez, dit Reardon.

Il s'approcha du comptoir, s'assit sur un tabouret.

— Pas de quoi, c'était le paradis ! Quand j'étais étudiante, il n'y avait pas beaucoup d'autres filles à Yale. (Elle posa sur le comptoir un service à fondue.) Vous pourriez allumer ce truc, s'il vous plaît ? Ou il vaut peut-être mieux que vous le portiez d'abord là-bas. Devant le canapé.

Il prit le pot et le brûleur, les posa sur la table basse.

— Depuis combien de temps êtes-vous flic ?

— Presque seize ans. Il suffit d'approcher une allumette ?

— Du brûleur, oui. Attention, ne vous faites pas arracher la tête. Et avant ça ?

— J'ai quitté l'Université à la mort de mon père. J'avais vingt et un ans, je suis entré dans la police pour nourrir mes petites sœurs. Ma mère était déjà décédée. Je n'ai pas fait le Viêt-nam parce que j'avais tiré le bon numéro à la loterie.

— Veinard. Quel âge avez-vous, Bry ?

— Trente-sept ans. Et vous ?

— Vingt-huit, répondit-elle. (Elle marqua une pause.) Jamais été marié ?

— Je suis séparé. Et vous ?

— Mariée deux fois, dit-elle, ce qui le surprit. Je prépare juste une petite salade, d'accord ? Cette laitue a l'air un peu fanée. Les garde-manger, ce n'est pas aussi formidable qu'on le prétend... La première fois, j'avais seize ans. Mes parents ont fait annuler le mariage. La deuxième fois, c'était juste en sortant de Yale. Avec l'homme le plus charmant du monde, qui a estimé qu'il gaspillait ses charmes avec une seule femme. Un jour, en rentrant à la maison, je l'ai trouvé au lit avec deux minettes et un labrador. (Elle leva les yeux du saladier, sourit.) J'exagère, avoua-t-elle. Mais c'était quand même salement moche.

— Ça s'est terminé quand ?

— Il y a quatre ans.

Après un silence, Sandy demanda :

— Vous avez faim ?

— Je crève de faim.

— Je vais chercher le vin, dit-elle en se dirigeant vers la fenêtre. Vous vous rendez compte que lorsque mes grands-parents se sont installés ici, ils n'avaient pas de réfrigérateur, eux non plus ?

— Des glacières, se rappela Reardon. Ma grand-mère avait une glacière.

— J'ai failli en acheter une, mais qui accepterait de monter de la glace au troisième étage ? D'ailleurs, est-ce qu'il y a encore des livreurs de glace dans cette ville ?

— Je pense, oui, mais… En fait, je n'en sais rien.

— Il est bien frais, annonça-t-elle en lui passant la bouteille de vin par-dessus le comptoir. Vous voulez bien mettre ça aussi sur la table ? demanda-t-elle en montrant le saladier. Je crois que j'arriverai à me débrouiller avec le fromage et le pain.

Elle prit un plateau, le porta sur la table basse où la flamme bleue du brûleur léchait le pot à fondue.

— Bien, dit-elle. (Elle regarda Reardon, sourit tout à coup.) C'est amusant, non ?

— Oui, répondit-il.

Et il était sincère.

8

Il ne cessa de penser à elle en se rendant à Washington.

Il se demandait s'il n'aurait pas dû essayer de se la faire le premier soir. Une femme deux fois divorcée, vivant seule — vraiment seule — dans un appartement éclairé à la bougie, sirotant du vin, trempant du pain dans une fondue savoyarde — peut-être s'attendait-elle à ce qu'il tente sa chance. Le problème... le problème, c'est qu'elle n'était pas Kathy. C'était une femme plutôt attirante, avec des yeux marron expressifs, des cheveux de la couleur de son nom [1], une bouche généreuse, une jolie silhouette — mais pas Kathy. Aucune d'elles n'était Kathy.

Un mois après la séparation, il avait engagé la conversation avec une tapineuse que Mazzi avait ramassée. Une jeune Chinoise. Mazzi était une grande gueule qui aurait dû entrer dans les ordres plutôt que dans la police. Toujours à faire la morale. Le Pape Mazzi III, comme ses collègues le surnommaient, menait une croisade solitaire contre le vice. Reardon le soupçonnait d'aimer en fait arrêter les

1. *Sandy :* sableux (n.d.t.).

putes, de raffoler de leurs robes taillées pour montrer les fesses, découvrir le plus possible les seins et les jambes, d'être émoustillé par leurs propos salaces.

La radeuse chinoise avait vingt-trois, vingt-quatre ans, quelque chose comme ça. Mazzi l'avait pincée en train de racoler à deux cents mètres du central — elle devait être nouvelle. Ou idiote. C'était encore l'été, en août, fin août, et elle arborait une tenue qu'elle aurait pu porter à Hong Kong ou à Taïwan : robe en soie rouge fendue jusqu'à la cuisse droite, souliers de satin écarlate à hauts talons, terrible. Tandis que le Pape tapait son rapport, Reardon avait engagé la conversation avec la fille. Probablement une étrangère en situation irrégulière, avait-il pensé. Elle aurait plus d'ennuis avec les services d'immigration qu'au tribunal, où les putes s'en tirent généralement avec une amende et un avertissement.

Sa situation n'était pas du tout irrégulière, en fin de compte. Elle lui avait montré son extrait de naissance : née dans Bayard Street, juste à côté. Elle trimbalait toujours ce papier sur elle parce que c'était la première chose que tout le monde pensait : une Chinetoque en situation irrégulière, à renvoyer à Shangai ou ailleurs. Elle n'était pas idiote non plus. Ni nouvelle. Cela faisait trois ans qu'elle tapinait, lui avait-elle dit. Elle gagnait bien sa vie, sûrement mieux qu'en faisant frire du *mou gou gai* dans un des restaurants du quartier. Elle avait précisé qu'elle racolait près du central parce qu'elle avait eu de la chance avec les flics, dernièrement. Les flics comprennent les putes, avait-elle assuré. En un sens, les flics comprennent *tous* les délinquants mieux que les honnêtes citoyens, non ? Ils vivent en *symbiose,* avait-elle expliqué — un mot que Reardon ne connaissait pas. De plus, les flics paient bien, ils savent à quel point il faut se décarcasser pour gagner sa croûte dans cette foutue ville. Il avait une idée du nombre de poulets qui finissaient par épouser des tapins ? Aucune idée, avait répondu Reardon. Il avait ajouté qu'elle avait mal choisi son bonhomme — « Hé, comme si je le savais pas ! » — quand elle avait demandé à Mazzi s'il voulait se payer un peu de bon temps. Pour Mazzi, se payer du bon temps, c'était jouer au bingo dans la salle paroissiale ou regarder le Disney Channel à la télé. Mazzi était le Pape de Chinatown. « Tu connais l'histoire du Pape ? », lui avait demandé Reardon. Il se sentait à l'aise avec cette fille, il ne savait pas pourquoi. Il s'était dit qu'il pouvait se risquer à lui raconter une blague cochonne, même si Mazzi se trouvait presque à portée de voix, pianotant sur sa machine à écrire. Séparé depuis un mois, à peine capable de dire deux mots de suite à n'importe quelle femme, et il se retrouvait à faire la conversation avec une pute et à y prendre plaisir.

« Le Pape décide de se balader hors du Vatican », avait-il commencé, baissant la voix pour que Mazzi ne monte pas en chaire, « et naturellement, il tombe sur une radeuse. La fille lui dit : “ Si tu veux une turlutte, c'est cent mille lires. ” Et le Pape lève les bras au ciel en criant : “ Je ne sais pas, je ne sais pas. ” Il retourne au Vatican, reste une heure dans son bureau à ruminer puis appelle la mère supérieure : “ Mère supérieure, c'est quoi, une turlutte ? ” Et la mère supérieure répond : “ Cent mille lires, comme dehors. ” »

La fille avait éclaté de rire, Mazzi avait relevé la tête de sa machine à écrire. « Viens me voir demain, avait-elle murmuré. Ça te coûtera pas cent mille lires. »

Il était allé la voir le lendemain.

Du pur professionnalisme. Froide comme une banquise.

C'était la première fois depuis dix ans qu'il couchait avec quelqu'un d'autre que Kathy.

« Vingt-cinq, avait demandé la fille. Parce que tu me plais. D'habitude, c'est cinquante. »

Une vraie futée.

Et la veille, il avait passé la soirée avec une femme séduisante, qui connaissait les hommes, et tout ce qu'ils avaient fait c'était manger une fondue et boire du vin, puis il lui avait expliqué qu'il devait prendre l'avion pour Washington le lendemain matin, elle avait répondu qu'elle aussi devait se lever tôt, ils s'étaient serré la main et elle avait dit : « Bonne nuit, Bry. C'était amusant. » « J'ai passé une excellente soirée, Sandy », avait-il assuré, et c'était tout.

Il était rentré à son hôtel pouilleux où il était resté éveillé la moitié de la nuit, pensant à Kathy.

« Les voyages en avion, ça vaut rien, songea-t-il. Ça vous fait réfléchir à trop de choses. »

Le *Café de la Daine* se trouvait à Georgetown, dans Wisconsin Avenue, près de Dumbarton Street. Reardon connaissait mal Washington — il ne s'y était rendu qu'une seule fois auparavant, pour témoigner devant le Sénat — mais devinait qu'il devait s'agir d'un des meilleurs quartiers de la ville. A onze heures moins cinq, un samedi matin, le restaurant grouillait d'aides-serveurs dressant les tables pour le déjeuner. L'un d'eux s'approcha de Reardon dès qu'il eut franchi la porte d'entrée.

Le policier lui montra sa plaque, sa carte d'identité.

— Inspecteur Reardon, police de New York. Je voudrais voir John D'Annunzio, s'il vous plaît.

— Je ne pense pas qu'il soit déjà arrivé, répondit le commis. Attendez, je vais voir derrière.

Il disparut dans ce que Reardon supposa être la cuisine. Le policier regarda autour de lui : banquettes de peluche, nappes de lin blanc, argenterie astiquée, cristal étincelant. Le genre d'endroit qu'il ne pourrait jamais s'offrir. La porte de la cuisine se rouvrit ; un homme frisant la soixantaine, cheveux grisonnant aux tempes, yeux marron et sourcils broussailleux, s'avança vers lui d'un pas vif. Il portait un pantalon noir, une chemise blanche sur laquelle pendait un nœud papillon défait. Sa ressemblance avec Ralph D'Annunzio était si frappante qu'ils auraient pu être jumeaux.

— Que puis-je faire pour vous ? demanda-t-il, la main tendue.

— Mr D'Annunzio ?

— John D'Annunzio, oui.

Les deux hommes échangèrent une brève poignée de main.

— J'aimerais vous poser quelques autres questions sur la visite de votre frère.

— Vous êtes venu de New York pour ça ?

— Impossible de vous avoir au téléphone, Mr D'Annunzio. Ni au restaurant ni chez vous.

— Oui, j'ai pris deux jours de congé, pour aller à Vegas. De toute façon, ajouta le maître d'hôtel avec un haussement d'épaules, je vous ai dit tout ce que je sais.

— Votre frère était venu vous emprunter de l'argent, c'est exact ?

D'Annunzio acquiesça d'un hochement de tête.

— Il m'a raconté qu'il devait sept mille cinq cents dollars, qu'il voulait se débarrasser de sa dette parce qu'il se saignait pour payer les intérêts.

— Comment avez-vous réagi, Mr D'Annunzio ?

— Je lui ai répondu d'aller se faire voir.

— Vous avez dit à votre frère...

— Vous parlez d'un frère ! Je ne le vois pas pendant quinze ans, il se pointe ici et me demande sept mille tickets. Je travaille dur, dix-douze heures par jour, l'argent ne pousse pas sur les arbres.

— A-t-il précisé à qui il devait cette somme ?

— Aux usuriers de la pègre, je suppose. Pourquoi ? c'est eux qui l'ont tué ?

— Je ne sais pas qui l'a tué.

— Moi non plus. Vous avez fait tout ce chemin en pensant que j'allais vous le dire ?

— Je pensais qu'il aurait pu vous confier...

— Pourquoi ? Parce que je suis son cher frère, perdu de vue depuis si longtemps ? Des conneries tout ça. Vous parlez d'un culot ! Quinze ans ! Il ne m'a même pas invité à la communion de Mark, mon neveu. J'aurais dû être le parrain, non ? Mon seul frère, son fils unique. Au lieu de me demander d'être parrain, il ne m'invite même pas. Après, il s'amène ici et me tape de sept mille cinq cents dollars. Je l'ai envoyé balader.

— Combien de temps est-il resté ?

— Dix minutes ? Un quart d'heure ? Le temps de dire « Salut, j'ai besoin de sept mille cinq cents dollars, au revoir ».

— Comme ça, après quinze ans ?

— Vous auriez voulu que j'organise un défilé ? Il pleuvait, je lui ai appelé un taxi. C'était vers huit heures et demie du soir, dimanche dernier. Je ne l'ai plus jamais revu.

— Quand vous dites que vous avez appelé un taxi...

— J'ai téléphoné à une compagnie, oui.

— Laquelle ? demanda Reardon.

— Si vous croyez que je m'en souviens ! J'ai une douzaine de cartes de compagnies de taxi près du téléphone.

Un coup de fil à la police locale orienta Reardon sur l'équivalent, dans la capitale, de la Commission des taxis et voitures de location de la ville de New York. A Washington, ce service s'appelait le *Hack office*[1] et était situé dans la pièce 2077, 300 Indiana Avenue. Mais lorsque l'inspecteur eut composé son numéro de téléphone, un répondeur l'informa que le bureau était fermé les week-ends et jours fériés. Reardon se procura dix dollars de monnaie dans un débit de tabac, s'enferma dans une cabine avec l'annuaire ouvert à la page TAXIS et entreprit d'appeler toutes les compagnies de la ville. *Allied, Capitol, D.C. Express* — la même question à chaque dispatcher — *Dial, Globe* et *Mayflower* — « Avez-vous pris un client au *Café de la Daine,* à Georgetown, dimanche dernier à huit heures et demie du soir ? » — *Metropolitan, Omega, Potomac...* Finalement, à la *Regency Cab,* le dispatcher se rappela avoir eu un appel à Georgetown le dimanche précédent vers cette heure-là.

— Ne quittez pas, dit l'homme.

Reardon attendit.

1. *Hack :* taxi, bahut (n.d.t.).

— C'était le 14, non ? demanda le dispatcher.
— Oui, dimanche dernier, répondit l'inspecteur, qui entendait un bruissement de papier à l'autre bout de la ligne.
— Aujourd'hui... on est le combien, aujourd'hui ?
— Le 20.
— Alors, ce serait dimanche dernier, hein ? dit l'employé.
— Oui, soupira Reardon. Dimanche dernier. Le 14.
— Un appel du *Café de la Daine,* c'est ça ?
— Oui.
— Pour l'aéroport national, c'est ça ?
— C'est ce que je voudrais savoir.
— Attendez que je regarde. Il devait pleuvoir, dimanche dernier, on a eu des tas d'appels. Il pleuvait dimanche dernier ?
— Oui, répondit Reardon.
— C'est pour ça qu'on a eu tellement d'appels, conclut l'employé. Dimanche, dimanche, chantonna-t-il en feuilletant ses papiers. Dimanche 14, hein ? Nous y voilà. *De la Daine,* le 14... Oui, c'est ça. Pour le national. Prise en charge à 20 h 30, deux passagers.
— Vous avez leurs noms ?
— On marque le nom des clients, à New York ?
— Non, mais...
— Ici non plus. Tout ce que j'ai, c'est le point de départ et la destination.
— Qui conduisait le taxi ? demanda Reardon.

Il trouva le chauffeur un peu après midi, au garage de la compagnie, au coin de la Rue H et de la Troisième Avenue. L'homme mangeait un sandwich arrosé d'un Pepsi de régime. Il confia à l'inspecteur qu'il apportait toujours un sandwich de chez lui et qu'il le mangeait dans le garage, avant de prendre son service. Il précisa qu'il travaillait de 13 à 22 heures, qu'il ne voulait pas bosser après à cause des drogués. Les drogués, ils aimaient bien braquer les taxis, à Washington. Le chauffeur avait une femme et trois gosses, il ne tenait pas à se faire défoncer le crâne à coups de tuyau de plomb par un camé.

— Vous vous rappelez cet appel ? demanda Reardon. *Le Café de la Daine ?*

— J'ai souvent des appels de là-bas. Un bon resto, mais j'y ai jamais bouffé.

— Dimanche dernier, vers huit heures et demie.

— Il pleuvait, se souvint le chauffeur.

— C'est exact.

— Faudrait que je regarde mon manifeste. D'après l'article 15, on est obligé de tenir un manifeste avec le lieu de départ et de destination de toutes les courses.

— Vous avez encore celui de dimanche dernier ?

— Bien sûr. Ce que je fais, c'est les balancer à la fin du mois. Je me dis que si quelqu'un avait voulu se plaindre, il aurait eu le temps de le faire avant la fin du mois. Bon, je jette un œil, hein ?

Il prit le manifeste. Reardon regarda le doigt du chauffeur descendre le long de la liste de courses.

— Ouais, voilà. *Café de la Daine,* 20 h 30. Ouais, je me rappelle, maintenant, à cause de l'Arabe.

— Quel Arabe ? demanda aussitôt Reardon.

— Un mec avec une barbiche, une longue robe blanche, vous voyez, et ce truc, sur la tête, là — comment ça s'appelle le truc qu'ils ont sur la tête, les Arabes ?

— Un turban ?

— Ouais, un turban.

— Et alors ?
— Ben, c'est un des deux types que j'ai chargés au restaurant.
— Et vous les avez conduits tous les deux à l'aéroport national ?
— Direct. Dix minutes de trajet.
— Quelle compagnie aérienne ?
— Eastern.
— Merci, dit Reardon.
Il se dirigea immédiatement vers le téléphone public du garage, composa le numéro du *Café de la Daine,* qu'il connaissait par cœur — il l'avait suffisamment fait à New York.
— *Café de la Daine,* bonjour, dit une voix qu'il reconnut sur-le-champ.
— Mr D'Annunzio ?
— Qui est à l'appareil ?
— Inspecteur Reardon. Désolé de vous déranger à nouveau mais pourriez-vous me dire... ?
— Mr Reardon, c'est le coup de feu, ici. Si vous pouviez...
— Vous rappelez-vous si vous aviez un Arabe parmi vos clients dimanche dernier ?
— Un quoi ?
— Un Arabe. Un homme habillé en Arabe, la longue robe blanche, le turban... Il aurait pris le même taxi que votre frère.
— Ah ! oui. Il a dîné ici.
— Comment s'appelait-il ?
— Je ne sais pas. Il était en compagnie du sénateur Bailey.
— Le sénateur *comment* ?
— Bailey. Thomas Bailey.
— Merci beaucoup, dit Reardon.

Bien entendu, le Sénat et la Chambre avaient suspendu leurs travaux pour la période des fêtes et même si l'on n'avait pas été un samedi, les bureaux de Capitol Hill auraient été déserts.

Cul-de-sac.

Dans une ville non familière.

Reardon s'empressa de la quitter par la première navette.

Il était de retour au commissariat à 15 h 30 et avait appris, à 16 heures, que Thomas Bailey était un des sénateurs du Connecticut. Il s'était également procuré son adresse et son numéro de téléphone personnel. Ce dernier renseignement émanait d'un homme d'Albany qui avait été procureur à New York et travaillait à présent sous les ordres de Condon, au service de justice criminelle. Albany était une ville éminemment politique[1] et Reardon s'était dit qu'il ne risquait rien à téléphoner à son vieux copain de ribote pour voir s'il ne pouvait pas lui filer un tuyau sur le sénateur. Vingt minutes plus tard, l'ancien proc avait rappelé avec cette information.

Juste après 16 heures, Reardon composa le numéro du parlementaire à Norwalk, Connecticut. Ce fut une femme qui répondit. Reardon se présenta, demanda à parler au sénateur, s'il vous plaît, et Bailey prit la communication un instant plus tard.

1. C'est la capitale de l'Etat de New York (n.d.t.).

— En quoi puis-je vous être utile, inspecteur ? fit une voix profonde et rauque, abîmée par le tabac.

— Désolé de vous déranger chez vous...

— Pas de problème.

— J'enquête sur un meurtre, ici, à New York...

— Mmm.

— ... et j'aimerais vous poser quelques questions.

— Certainement.

— Avez-vous dîné dans un restaurant appelé le *Café de la Daine,* dimanche dernier ?

— Vous voulez dire à Washington ?

— Oui.

— Je ne suis même pas sûr que j'étais encore à Washington dimanche dernier.

— Le maître d'hôtel se rap...

— Maintenant que vous le dites, je crois bien que j'y ai dîné, oui.

— Avec qui ?

— Seul, répondit Bailey.

Reardon hésita puis reprit :

— Le maître d'hôtel croit se souvenir que vous étiez en compagnie d'un Arabe.

— Un Arabe ! Je compte parmi mes électeurs un grand nombre de juifs, Mr Reardon. Je n'ai pas pour habitude de dîner en public avec des Arabes.

— Un homme avec une barbiche, insista l'inspecteur, une longue robe blanche et un turban. Un *Arabe.*

— Eh bien... commença le parlementaire. (Il s'interrompit.) Peut-être qu'une personne répondant à ce signalement s'est arrêtée à ma table pour me saluer.

— Qui était-ce ?

— Je ne m'en souviens pas. Il y a toujours des dignitaires en visite à Wash...

— C'était un dignitaire ?

— Mr Reardon, à moins que vous n'ayez en tête quelque chose de précis...

— C'est un meurtre que j'ai en tête. On ne peut pas plus précis. Comment s'appelait cet Arabe ?

— Je ne m'étais pas rendu compte que je témoignais sous serment devant une sous-commission sénatoriale.

— Ce n'est pas le cas, Mr Bailey. Mais je m'en voudrais d'être obligé de déclarer au *New York Times* que vous avez refusé de coopérer dans une affaire d'assassinat.

Après un long silence, le sénateur demanda :

— Comment diable avez-vous fait le rapport ?

— Le rapport ?

— Entre ce qui s'est passé à La Guardia et moi.

— Quoi ? Qu'est-ce que vous voulez dire ?

Il y eut un autre silence sur la ligne.

— Sur quel meurtre enquêtez-vous, Mr Reardon ?

— Un nommé Ralph D'Annunzio a été tué lundi dernier dans son restaurant, à...

— Je ne sais rien de cette affaire, navré.

— Et au sujet d'un certain Peter Dodge, qui a...

— Jamais entendu parler. Désolé de ne pouvoir vous aider davantage, Mr Reardon, mais...

— Monsieur le Sénateur, de quel meurtre pensiez-vous que je... ?

— Ma femme et moi attendons des invités d'un moment à l'autre. Je vous prie de m'excuser.

— Quel meurtre aviez-vous...

Mais le sénateur avait déjà raccroché.

En Arizona, il était 2 heures de l'après-midi.

La température extérieure était de 23 °C. C'est un peu plus raisonnable, pensait Olivia. La lumière du jour ruisselait par les fenêtres de la pièce où son père était assis derrière son bureau, dans un fauteuil à roulettes. Il paraissait en forme et bien portant, ce jour-là, les joues colorées, une lueur étincelante dans l'œil. Un lion s'apprêtant à tuer sa proie, songea-t-elle.

— Sotheby a réglé Sarge ? demanda-t-il.

— Nous utilisons déjà l'argent. Treize millions ont été déposés sur un compte chez Rothstein-Phelps, pour couvrir les achats à la Comex. Le reste a été envoyé à Londres et à Hong Kong.

— Il a touché un peu plus de trente-six millions, dis-tu ?

— Trente-six trois.

— Ce qui assure la couverture de combien de contrats ?

— Environ douze mille, avec une couverture de trois mille dollars chacun.

— Quatre mille lots pour chaque transaction ? demanda Andrew Kidd.

— En moyenne. A la Comex, par exemple, nous achetons quatre mille *deux cents* lots. A la L.M.E...

— Oui, je vois. Le cours a déjà grimpé ?

— Vendredi, à la clôture, il était à un peu plus de six dollars l'once.

— Ça fait des vagues, à la C.C.M.T. ?

— Pas encore. Aucune importance, de toute façon. Cette affaire est absolument légale, papa.

— Plus ou moins.

— Enfin... sans tenir compte des sociétés bidon à l'étranger, bien sûr.

— Bien sûr.

— Mais nous n'apparaissons pas du tout, là-bas. Et à New York, nous révélerons à la Commission tout ce qu'elle voudra savoir sur nos achats à la Comex. Si on en vient là.

— On n'en viendra peut-être pas là, Livvie. L'opération n'attirera peut-être pas l'attention.

— A moins que quelqu'un se montre particulièrement vigilant.

— Et l'incident à l'aéroport, dimanche dernier ?

— Un groupe nommé l'Ordre de la Guerre Sainte, ou quelque chose de ce genre, l'a revendiqué.

— Et les deux autres — ceux que j'appelle les victimes fortuites ?

— Fortuites, en effet, approuva Olivia en souriant. Jusqu'ici, aucun rapport n'a été établi.

— Bon. Alors, apparemment, nous sommes bien partis, n'est-ce pas ?

— J'en ai l'impression, oui.

Andrew Kidd eut un hochement de tête satisfait, tendit la main vers le bureau pour prendre sa tasse de thé.

— Pour la...

La main saisit la tasse.

— ... clôture, mercredi...

La souleva.

— ... nous devrons...

Soudain, il la lâcha.

Il se redressa dans son fauteuil, ouvrit la bouche. Son visage, presque rougeaud l'instant d'avant, devint brusquement d'une blancheur de craie.

— Oh, geignit-il, avec un frisson.

— Papa ? dit Olivia, alarmée.

Elle fit précipitamment le tour du bureau.

— Oh, répéta-t-il, et il bascula du fauteuil.

Elle s'agenouilla aussitôt près de lui, les yeux écarquillés de panique. Par-dessus son épaule, elle cria :

— Charles ! Venez vite ! *Charles* !

Reardon quitta le commissariat un peu après 6 heures, prit un taxi jusqu'à son hôtel, se doucha, se changea puis se rendit en voiture à l'appartement de Sandy. Cette fois, il prit une lampe électrique dans la boîte à gants. Il monta au troisième, frappa à la porte du 3 B, attendit, frappa à nouveau.

— Oui ? fit la voix de la jeune femme.

— Sandy ? C'est moi, Bry.

— Oh.

— Bry Reardon.

— Oui... euh... une seconde, Bry.

Il entendit des pas s'approcher de la porte, le verrou tourner. La porte s'entrouvrit, bloquée par la chaîne de sûreté, que Sandy n'enleva pas. Par l'entrebâillement, il vit son visage, ses cheveux en broussaille, aperçut plus bas de la chair nue.

— Je... euh... Je faisais un petit somme, dit-elle.

— Désolé.

— De rien, c'est juste que je...

Leurs regards se croisèrent. C'est juste que je suis avec quelqu'un, expliquaient ses yeux. Que j'étais au lit avec quelqu'un et que le moment est fort mal choisi pour venir frapper à ma porte. Salut, mon gars.

— Eh bien, je...

Il continuait à scruter ses yeux, en pensant que peut-être il interprétait mal leur expression. Mais la chaîne demeura en place, aussi infranchissable qu'une douve.

— Je vous verrai une autre fois, d'accord ? marmonna Reardon.

— Téléphonez-moi au bureau.

— Au magazine *Forbes,* d'accord.

— Bry, je suis désolée. Je ne savais pas que vous viendriez ici, je...

— Non, non, voyons.

Il la regarda un moment et ajouta :

— Bonne nuit, Sandy.

— Bonne nuit.

En se retournant, il entendit la porte se refermer derrière lui et les gorges du verrou tomber en place avec un petit clic bien huilé.

Le commissariat se trouvait dans Chinatown.

Chinatown, c'était là qu'il vivait.

C'était sa ville.

Cent mille Chinois — plus ou moins, personne ne connaissait le nombre exact — et de nouveaux arrivants chaque jour. Ça coûtait cinq mille tickets à un immigrant pour avoir la clef d'un appartement d'une seule pièce dans un immeuble pouilleux. Vingt ans plus tôt, tous les Chinois du coin venaient de deux comtés de la province de Guangdong. Aujourd'hui, une vingtaine de provinces peut-être étaient représentées — sans parler des immigrants chinois d'Asie du Sud-Est. Une ville du tiers monde en plein cœur de New York. Une ville en soi, empiétant sur la partie sud-est de Manhattan, faisant craquer ses vieilles frontières, repoussant les Portoricains, se répandant comme un nuage vaporeux sur la Petite Italie et les anciens immeubles juifs de Henry Street, s'insinuant jusqu'à Houston Street, bougeant fiévreusement, grandissant sans cesse. Une autre ville, rarement comprise par ceux qui n'y travaillaient pas. Sa ville.

Il marchait au hasard des rues.

Bon, il n'aurait pas dû aller là-bas. Enfin, quoi, une femme jeune, séduisante, et il s'attendait à la trouver seule chez elle ? Il lui aurait d'abord passé un coup de fil si elle avait eu le téléphone. Merde, pourquoi elle n'avait pas le téléphone ? Connerie.

Bondées de touristes, les rues. Noël approchait, des tas de gens venus d'ailleurs faisaient leurs emplettes avant de rentrer chez eux dans l'Iowa — aucune idée où ça se trouvait, l'Iowa.

Lui, il passerait Noël seul.

Bah, rien à foutre.

Il pénétra dans la Petite Italie, dont il ne restait plus que deux pâtés de maisons, maintenant, avec des incursions chinoises partout visibles. Eventaires proposant toutes sortes de racines et d'herbes exotiques ; salons de thé où de vieux Chinois barbichus buvaient en tenant leur tasse à deux mains ; magasins de nouveautés montrant dans leurs vitrines des soies somptueuses. Il s'arrêta devant l'immeuble des D'Annunzio, dans Brome Street, regarda sa montre, hésita.

« Merde, je ne veux pas les déranger », pensa-t-il.

Il contempla le bout de la rue. « Bon », se dit-il, et il entra dans le couloir.

Mark D'Annunzio lui ouvrit la porte.

— Mr Reardon, hé ! Entrez, entrez.

— Je ne veux pas vous déranger...

— Quel dérangement ? Entrez donc.

Il suivit Mark dans la cuisine, où la table était mise pour le dîner. Mrs D'Annunzio se leva aussitôt et fit le tour de la table, les deux mains tendues.

— Mr Reardon, bonsoir. Comme je suis contente de vous voir !

Il lui prit les mains.

— Je passais juste dans le coin, et je me suis dit que je pourrais, euh… monter prendre de vos nouvelles.

— Enlevez votre pardessus, asseyez-vous, proposa-t-elle.

— Non, vous êtes à table.

— Nous avons fini, nous prenons le café. Vous n'enlevez pas votre manteau ? Asseyez-vous donc une minute.

— Eh bien…

— Vous avez dîné ?

— Non, je…

— Mark, une assiette pour Mr Reardon, dit-elle en allant aussitôt à la cuisinière. Le poulet est encore chaud. Vous aimez ça ?

— Oui, oui, répondit Reardon.

— *Cacciatore ?*

— De toutes les façons.

— Alors enlevez votre manteau. Qu'est-ce que vous avez à rester debout comme ça avec votre manteau ?

— Merci, marmonna le policier en ôtant son pardessus.

— Posez-le juste sur une chaise, suggéra Mrs D'Annunzio.

— Merci, répéta-t-il.

— Mark, le vin. Du vin rouge, ça va ? demanda-t-elle au visiteur.

— *Si, va bene, signora,* assura le policier. *Grazie.*

— *Ah, lei parla italiano,* dit-elle.

— *Solo un poco, signora.*

— *Ma lei parla molto bene !*

— J'ai appris un peu quand je faisais ma ronde dans le coin. Il y a des années de ça.

— Voilà, dit Mark en lui servant du chianti.

— Merci.

Mrs D'Annunzio porta son assiette à la cuisinière, la remplit de poulet.

— Il y en a pour un régiment, fit Reardon.

— C'est bon le poulet, déclara-t-elle en posant l'assiette devant lui. Ça fait baisser le cholestérol.

Elle s'assit à la table près de lui et, comme il ne saisissait pas aussitôt sa fourchette, s'exclama :

— *Ma che cosa ? Mangia !*

Il commença à manger.

— C'est bon, apprécia-t-il.

— Qu'est-ce que vous mangez au commissariat ? voulut-elle savoir.

— Généralement, un sandwich. Un hamburger. Des frites.

— Il faut manger mieux que ça. Et par ce temps, vous devriez porter un chapeau. Pourquoi n'en portez-vous pas, Mr Reardon ?

— Question d'habitude, je suppose.

— Parce que la chaleur s'échappe par les oreilles, vous savez.

— Voyons, m'man, intervint Mark en riant.

— *E vero,* c'est vrai, répliqua-t-elle. Comment est le poulet ?

— Délicieux.

— Bien sûr. Passez donc un jour au restaurant, nous préparons le poulet de mille façons. *Cacciatore, valdostana, parmigiana...*

— Nous rouvrons lundi, vous savez, annonça Mark.

— C'est mal ? interrogea Mrs D'Annunzio. C'est trop tôt, Mr Reardon ?

— Non, *signora,* je ne pense pas.
— La vie continue, m'man.
— Oui, acquiesça l'inspecteur.
Mrs D'Annunzio soupira, il y eut un long silence. Mark resservit du vin au policier et dit :
— Je ne pense pas... que vous ayez déjà appris quelque chose.
— Nous enquêtons, répondit Reardon. Nous les trouverons, ne vous en faites pas. (Il but une gorgée de vin.) Je ne suis pas venu ici pour vous poser d'autres questions, croyez-moi, mais je reviens de Washington...
— Vous êtes allé là-bas ? s'étonna la veuve.
— Oui, pour parler à votre beau-frère. Et à d'autres personnes aussi, finalement. Dites-moi, quand votre mari est rentré de Washington, il a fait allusion à un Arabe ?
— *Cosa ?*
— *L'Arabo,* dit Mark. Celui qui a oublié sa serviette dans l'avion.
— Quelle serviette ? demanda aussitôt Reardon.
— *La sua cartella da viaggio,* répondit Mrs D'Annunzio en hochant la tête. Il est sorti de l'avion à toute vitesse, il l'a oubliée. Ralph a essayé de le rattraper, mais... quand l'autre s'est fait tuer... avec toute cette pagaille...
— Un moment, s'il vous plaît. L'Arabe s'est fait tuer ?
— Dans l'aéroport. On lui a tiré dessus, vous ne l'avez pas lu dans les journaux ? L'homme qui était assis à côté de Ralph dans l'avion. Ralph a essayé de lui rendre sa serviette mais...
— Dis la vérité, m'man, intervint Mark. (Il se tourna vers Reardon.) Mon père a paniqué. L'endroit

grouillait de flics, l'homme avait la poitrine couverte de sang, mon père n'a pas voulu être mêlé à ça... C'est New York, vous savez.

— Pourquoi ne m'en avez-vous pas parlé avant ?

— Je suppose que... Je ne sais pas... Je ne voyais aucun rapport entre ce qui s'était passé à...

— Laissez-moi m'occuper des rapports, s'il vous plaît, coupa l'inspecteur avec colère.

Il se tourna immédiatement vers Mrs D'Annunzio et dit :

— *Scusi, signora.*

— Je suis désolé, s'excusa Mark. J'aurais dû me rendre compte.

— Votre père a rapporté la serviette chez lui ?

— Oui.

— Vous l'avez vue ?

— Oui.

— Où est-elle, maintenant ?

— Je n'en sais rien, répondit Mark D'Annunzio.

De la musique en conserve retentissait dans la salle bondée. Des lumières colorées rebondissaient sur des boules de cristal en rotation, faisant voler en éclats les bleus, les rouges, les jaunes d'ambre, aspergeant les visages et les corps tournoyants des danseurs, centuplés par les miroirs couvrant les murs. Les haut-parleurs installés partout faisaient un vacarme incroyable. « On ne s'entend même plus penser, ici », se dit Sarge, et il essaya de soutenir Jessica, qui avait trop bu et éprouvait des difficultés à garder l'équilibre. Il avait horreur qu'elle boive trop. Horreur de cette boîte. Il ne savait pas quoi *faire* sur cette foutue musique.

Elle se lança dans un numéro de danse solitaire, s'éloigna de lui, sa robe pailletée reflétant les couleurs, se reflétant elle-même dans les miroirs, ces saletés de miroirs qui donnaient le tournis à Sarge.

— Oooups, dit-elle avec un sourire imbécile.

— Allez, viens t'asseoir, suggéra son frère.

— ' veux danser, pleurnicha Jessica.

— Plus tard, Jess.

— Maintenant.

— *Allez,* Jess.

Il la prit par le coude, la conduisit à travers la foule. Elle tenta de se dégager, trémoussant des fesses au rythme de la musique frénétique. Lorsqu'ils se rassirent à leur table, elle saisit aussitôt son verre et but une longue rasade.

— Doucement sur la bibine, conseilla Sarge.

— Pourquoi ? A Saint-Moritz, un samedi soir, j'aurais dansé et bu et dansé et...

— Excusez-moi, dit une voix.

Sarge se retourna, découvrit sur sa droite un homme jeune et grand.

— Arthur Trevor, du *New York Post.* Est-ce que je pourrais...

— Taille-toi, *New York Post,* répliqua Sarge.

— Voyons, Mr Kidd, vous faites partie des gens qui font l'actualité, plaida le journaliste.

— C'est le Capitaine qui fait l'actualité, corrigea Jessica.

— Jess ! lança Sarge à sa sœur d'un ton vif.

— Le véritable maréchal de l'industrie américaine... poursuivit la jeune femme.

— Oui, Miss Kidd ? l'encouragea Trevor.

— Ça suffit, intervint Sarge. Fichez-nous la paix, voulez-vous ?

— J'aimerais juste savoir...
— Vous voulez que j'appelle le gérant ?
— Hé, laissez-moi bosser, enfin !
— Laisse-le bosser, quoi, Sarge, gloussa Jessica.
— Pourquoi disiez-vous que c'est votre père qui fait l'actualité, Miss Kidd ? demanda Trevor en se penchant vers la jeune femme.
— Ecoutez, mon vieux, dit Sarge. Vous voulez vraiment que je...
— S'est payé une bonne..., balbutia Jessica.
— ... vous la ferme ?
— ... vieille attaque, en Arizona.
— Bon sang, Jessie !
— Une attaque ? répéta Trevor. Vous dites que votre père a eu une attaque ?
— Foutez le camp d'ici, bon Dieu ! beugla Sarge. (Debout à présent, il dominait le journaliste de toute sa hauteur.) Dégagez, vous m'entendez ?
Trevor s'éloigna de la table, Jessica leva les yeux vers son frère et bredouilla :
— J'ai dit une bêtise ?

9

La matinée du dimanche 21 décembre était ensoleillée, claire et d'une extraordinaire douceur. Personne à New York ne parvenait à croire qu'on n'était qu'à quatre jours de Noël. Tout le monde commença à parler de l'effet de serre, tout le monde se mit à dire que la calotte glaciaire du pôle fondait. Tous les New-Yorkais reconsidérèrent leur projet de passer les fêtes aux Caraïbes. New York devint tout à coup une ville qu'il était plus agréable d'habiter que de visiter.

Exception faite pour les flics.

S'il y a quelque chose de pire que travailler le dimanche, c'est travailler le dimanche quand il fait un temps superbe. Devant le vieux bâtiment du 5e, dans Elizabeth Street, des hommes flânaient en manches de chemise, des femmes passaient dans leur robe de coton. Au premier étage, dans la salle de permanence, Gianelli se tenait devant une des fenêtres grillagées — ouverte toute grande pour laisser entrer un air d'une douceur presque grisante — et regardait dans la rue.

— Quand je faisais partie de la fanfare, je bossais pas le dimanche, grogna-t-il à Hoffman.

— Sauf quand il y avait un défilé, objecta celui-ci.

Reardon était assis à son bureau, le téléphone contre l'oreille.

— Vous pourriez vérifier la liste pour moi ? dit-il à l'appareil. (Il écouta.) Comment ça, pas de liste ? Toutes les lignes aériennes ont un manifeste !

— Les défilés, c'est pas du boulot, déclara Gianelli. C'est du plaisir.

— Vous pouvez pas la mettre en veilleuse ? lança Reardon à ses collègues. (Il revint à l'appareil.) Excusez-moi, qu'est-ce que vous disiez ?

— Les gens sur le trottoir qui t'applaudissent, qui jettent des confetti...

— Qui dégueulent, enchaîna Hoffman.

— Uh-huh, fit Reardon dans le téléphone.

— Non, c'était pas travailler, ça, conclut Gianelli. Tandis qu'ici, dans cette baraque de merde, et un *dimanche,* en plus...

— Entendu, merci, dit Reardon avant de raccrocher. Il n'y a pas de liste de passagers pour la navette, expliqua-t-il à ses collègues. Les gens montent juste comme ça et paient leur billet dans l'avion.

— De toute façon, qu'est-ce qu'il a de si important, cet Arabe ? demanda Gianelli.

— Rien, peut-être. Sauf qu'il s'est fait buter. Et que je n'arrive pas à trouver quelqu'un qui puisse me dire qui il était, bon Dieu !

— Bon, il a partagé un taxi avec D'Annunzio. Et après ?

— Tu penses qu'ils ont pris la navette de neuf heures, hein ? dit Hoffman.

— Sûrement. Ils ont quitté le resto à huit heures et demie, il faut dix minutes pour aller à l'aéroport et le dernier avion est à neuf heures.

— Et ils sont descendus tous les deux au terminal d'Eastern Airlines ?

— D'après le chauffeur de taxi.

— Et on sait que l'Arabe se rendait lui aussi à New York, parce que c'est là qu'il s'est fait descendre.

— Et il a oublié sa serviette dans l'avion, ajouta Reardon.

— Et D'Annunzio l'a prise, et personne ne sait où elle est passée. Formidable, grommela Hoffman.

— Ça te dirait, un petit tour à La Guardia ? proposa Reardon.

L'aéroport de La Guardia était un vaste embouteillage, ce matin-là. Le dimanche, c'est un bon jour pour accompagner ceux qui partent.

— Quand un Portoricain retourne dans son île, expliquait Hoffman, il emmène toute la famille à l'aéroport pour la grande scène d'adieu. Le grand-père, la grand-mère, les oncles et les tantes, les cousins, les bébés qui braillent ; ils sont tous là pour embrasser le coupeur de cannes à sucre avec sa valoche en carton. A croire que ce connard s'en va se battre contre ces salauds de Russes.

— Si Ruiz t'entendait..., dit Reardon.

— Lui ? Sa famille vient sûrement lui dire adieu tous les matins à la station de métro.

Ils garèrent la voiture au parking, prirent à pied la direction du terminal.

— C'est une maison de dingues, ici, aujourd'hui, maugréa Hoffman. Je te parie qu'il y a même des types venus juste voir les avions décoller et atterrir. C'est chouette et c'est à l'œil. Dans cette ville, suffit de dire à un gars que c'est gratuit pour se jeter sur les rails du métro et il le fait. Parce que c'est gratuit. Non, mais regarde-moi cette putain de foule !

Devant le terminal d'Eastern Airlines, un dispatcher appelait les taxis et faisait avancer la file des passagers.

— Vous avez choisi votre jour, soupira-t-il quand Reardon se fut présenté.

— Qu'est-ce que vous savez de l'Arabe qui est arrivé de Washington dimanche dernier avec la navette d'Eastern de 21 heures ? demanda le policier.

— Vous rigolez ? fit l'employé. (Il se tourna vers un couple qui se tenait au bord du trottoir.) Où vous allez, m'sieur ?

— Au Parker Meridien, répondit l'homme.

— Manhattan ?

— Oui.

Le dispatcher fit signe au premier taxi de la file.

— Le mec s'est fait zigouiller, c'était dans tous les journaux — vous lisez pas les journaux ? dit-il à Reardon. Manhattan, lança-t-il au chauffeur de taxi, Parker Meridien. Charge les sacs en vitesse. (Il revint à l'inspecteur.) Et vous parlez pas non plus à vos collègues ? Ceux qui sont venus ici quand le type s'est fait dessouder.

— La ville est grande, expliqua Reardon.

— Vous travailliez, dimanche dernier ? demanda Hoffman.

— Je travaillais, répondit le dispatcher. Pour où, madame ?

— Brooklyn, dit la femme arrivée en tête de la queue.

L'employé appela un autre taxi et dit :

— D'habitude, je bosse de quatre heures à minuit. Aujourd'hui, je fais le matin parce que mon collègue est malade. Je sais pas qui va faire la nuit mais c'est pas moi, je peux vous le dire. Brooklyn, cria-t-il au chauffeur... C'est à vous, les sacs, madame ?

— Oui.

— Avec deux sacs. On charge en vitesse.

— Vous étiez de service quand la navette de 21 heures est arrivée ? demanda Reardon.

— J'ai bossé sans m'arrêter jusqu'à minuit, répondit le dispatcher. Bon, c'est qui le suivant ? On est censé faire la queue, ici.

— Qu'est-ce qui s'est passé, avec l'Arabe ? demanda Hoffman.

— Respectez la queue ! lança l'employé aux passagers. Je peux pas vous aider si vous ne faites pas la queue. Ça sert à rien de pousser parce qu'il n'y a pas de taxi pour le moment. Premier arrivé, premier servi. Vous allez où, monsieur ?

— Manhattan.

— Bon, le prochain taxi, c'est pour vous.

— Vous avez vu l'homme dont nous parlons ? reprit Hoffman.

— Vous plaisantez ? Tout le monde l'a vu. Il sortait du terminal quand on lui a tiré dessus.

— Qui a tiré ?

— Deux bonshommes en costume sombre. On les a toujours pas piqués ? Et l'Arabe, on sait qui c'est, lui, maintenant ?

— Il s'est fait tuer où ? Juste ici, dans la queue ?

— Il est sorti du terminal comme un bateau, voyez, toutes voiles dehors. Il se dirige vers moi, vers *moi,* hein ? Et là, bam-bam-bam, une douzaine de coups de feu, il est mort avant de toucher le trottoir.

— Et ensuite ? dit Reardon.

— Ensuite, les gens se sont mis à cavaler dans tous les sens, et puis les flics sont arrivés, il y en avait partout, et puis l'ambulance s'est amenée et on l'a embarqué.

— Pour où ?

— Hôpital général d'Elmhurst. A vous, m'sieur. Manhattan, vous m'avez dit, hein ?

En première page du *New York Times* du dimanche, un titre sur trois colonnes annonçait :

CRISE CARDIAQUE D'UN GRAND DE LA FINANCE

En dessous, le sous-titre précisait :

Etat grave pour Andrew Kidd

Le journal se trouvait sur le burreau de Phelps, qui ne quitta pas le titre des yeux en composant le numéro de Rothstein. Il laissa le téléphone sonner six, sept, huit fois, bon Dieu, où était-il pas… ?

— Allô !

— Lowell, c'est Joe.

— Oui, Joe.

— Dis donc, tu en as mis un temps pour…

— J'étais sous la douche. Qu'y a-t-il ?

— Tu as lu le *Times* ?

— Non. Que se passe-t-il ?

— Kidd a eu une attaque.

— Quoi ?

— Une attaque, une attaque, qu'est-ce que nous allons faire ?

— Je téléphone à Phoenix immédiatement, répondit Rothstein.

— Tu me rappelles, n'est-ce pas ?

— Oui, Joe, dès que je saurai ce qui…

— Lowell…
— Joe, je m'en occupe, d'accord ?

La salle des urgences de l'hôpital général était inhabituellement bondée pour un dimanche matin. L'un des deux internes de service, un Indien au visage de faucon et au teint jaunâtre, avait l'air totalement épuisé. Hoffman se demandait pourquoi tous les bon Dieu d'internes de cette ville venaient de Calcutta. Le Dr Brajabihari Hemkar — comme l'indiquait sa petite plaque d'identité — déclara aux deux policiers que le coup de feu, à l'hôpital, c'était généralement le samedi soir — chose que les deux hommes savaient déjà. Dans cette ville, c'était le samedi soir que les loups-garous sortaient de leur tanière pour hurler et s'abreuver de sang. Mais on était le dimanche matin, 10 h 5, d'après la pendule murale, et en plus du nombre habituel de gosses qui avaient renversé sur eux une casserole d'eau bouillante ou fourré une fourchette dans le grille-pain, il y avait trois blessés — un par balles, les deux autres à coups de couteau — qui contribuaient beaucoup à accroître la tension et la pagaille dans la salle d'attente ainsi que l'épuisement du Dr Hemkar.
— Que voulez-vous savoir ? demanda-t-il.
Il jeta un coup d'œil nerveux vers la porte d'entrée, qu'un policier en uniforme venait de franchir avec un homme saignant de la tête. Ni Reardon ni Hoffman ne portaient quoi que ce soit qui pût indiquer qu'ils étaient inspecteurs de police — pas de plaque, pas de badge épinglés au col de la veste —, mais le flic en uniforme les reconnut aussitôt pour des collègues et leur lança :

— Sa femme l'a tabassé avec une batte de base-ball.

— Charmant, commenta Hoffman.

L'homme continuait à saigner, l'œil gauche enflé et à demi clos. Hemkar demanda à une infirmière d'aller chercher le Dr Shaffer puis entraîna les inspecteurs à l'écart et leur dit :

— J'espère que cela ne prendra pas trop de temps. Comme vous le voyez...

— Juste quelques petites questions, promit Reardon. Nous enquêtons sur un homme qu'on a amené ici de La Guardia, dimanche dernier, dans la soirée. Il portait le costume arabe traditionnel...

— Oui, que voulez-vous savoir à son sujet ? demanda l'interne.

Il se tourna vers un homme jeune qui venait de sortir d'une pièce voisine du bureau d'accueil. Par la porte ouverte, Reardon vit une femme allongée sur une table, le devant de la blouse couvert de sang.

— Tu peux prendre celui-là, Jake ? lui dit Hemkar.

— C'est la Troisième Guerre mondiale, aujourd'hui, soupira l'autre interne. Par ici, monsieur, s'il vous plaît.

— Sa femme l'a tabassé avec une batte de base-ball, répéta le flic en uniforme. (Il se tourna vers Hemkar.) Vous avez encore besoin de moi, docteur ?

— Non, non. Merci.

— Vous vous souvenez de l'homme dont nous parlons ? reprit Hoffman.

— Je m'en souviens.

— Si j'ai bien compris, il était mort en arrivant ici ? dit Reardon.

— Exact.

— Qui c'était, ce type ? demanda Hoffman.

— Il ne portait rien qui aurait permis de l'identifier, répondit l'interne.

— Pas de portefeuille ?

— Pas de passeport ?

— Rien, je vous dis. Après avoir constaté le décès, j'ai demandé à une infirmière de téléphoner au 114e commissariat. Deux inspecteurs sont venus moins d'une heure plus tard.

— Et ensuite ? interrogea Reardon.

— Ils ont appelé l'hôpital général de Queens, un fourgon est passé prendre le cadavre dans la soirée. Vers onze heures, onze heures et demie, je crois.

— Pour l'autopsie ?

— C'est obligatoire en cas de mort violente, répondit Hemkar avec un hochement de tête.

Le directeur de l'hôpital général de Queens, petit homme ventru portant bouc et lunettes sans monture, jouait avec un coupe-papier en écoutant les deux inspecteurs l'informer de ce qu'ils avaient appris à l'hôpital d'Elmhurst. Sur son bureau, une plaque de section triangulaire indiquait son nom : DR ERNEST PATTERSON. Une tache de moutarde semblait piquée au milieu de sa cravate bleue, comme une épingle.

— Ce que nous aimerions savoir, poursuivit Reardon, c'est si on a retrouvé des balles pendant l'autopsie.

— Nous n'avons pas pratiqué d'autopsie, répondit Patterson.

— Selon le Dr Hemkar, un fourgon de chez vous est venu prendre le cadavre à…

— En effet. Mais il a été attaqué entre Elmhurst et ici.

— Attaqué ?

— Par des hommes armés.
— Des hommes armés ? s'exclama Hoffman.
— Oui. Et le cadavre a été transporté du fourgon à l'automobile qui l'avait contraint à se ranger sur le bas-côté.
— Quel genre de bagnole ? demanda immédiatement Reardon.
— Je crois que notre chauffeur a parlé d'une Mercedes-Benz marron, répondit Patterson.

Il était onze heures moins dix quand Rothstein finit par obtenir la communication avec Phoenix. Ce fut Charles, le maître d'hôtel des Kidd, qui décrocha, et le courtier reconnut aussitôt sa voix haut perchée et nasillarde, au faux accent anglais.
— Charles, ici Lowell Rothstein. Je viens juste de lire…
— Oui, Mr Rothstein, dit le maître d'hôtel. Comment allez-vous, sir ?
— Bien, merci. Comment va le Capitaine, c'est ça la question. Puis-je parler à Miss Kidd, je vous prie ?
— Miss Kidd ne prend aucune communication, déclara Charles, et il raccrocha.

Deux médecins, dont un prenant son pouls, se penchaient au-dessus de lui.
Assise près du lit, Olivia tenait l'autre main de son père. Il avait le teint gris, le visage émacié ; de la salive bouillonnait au coin de ses lèvres quand il parlait.
— Historique, disait-il en hochant la tête. Montée en flèche du pétrole, puis de l'argent et de l'or…
Elle regarda le médecin, ses doigts puissants sur le poignet frêle de son père.

— Alors ? demanda-t-elle.
— Il s'affaiblit, Miss Kidd. Son pouls...
— Donnez-lui quelque chose !
— Je ne puis rien lui donner de plus. Vous devez comprendre que...
— Si vous le laissez mourir..., prévint Olivia.
— Miss Kidd, s'il vous plaît. Nous avons fait tout ce qui était possible. Le mieux qu'on puisse espérer maintenant...
— Je ne veux pas l'entendre !
— Le tempérament et la force des Kidd, dit le vieillard. Rien ne t'arrêtera, Livvie.
Il essaya de s'asseoir, retomba sur les oreillers.
— Livvie ?
— Je suis là, papa.
— Ne t'en va pas.
— Je ne bouge pas.
— Du bruit... il y a tellement de bruit dans ma tête, je... Livvie ?
— Oui, papa.
Il frissonna, elle lui serra la main plus fort.
— Faut que tu le fasses pour moi, Livvie, trop de bruit. Tout régler avant Noël... (Il écarquilla les yeux.) Livvie, où es-tu ?
— Ici, papa.
— Une vraie soufflerie. Du bruit... des voix. (Il secoua la tête.) Autrefois, l'argent était à parité avec l'or, gloussa-t-il. C'est marqué dans la Bible, tu peux vérifier. Ça pourrait revenir, qui sait ? De la gnognote quand même, c'est le pétrole, le gros truc. Termine l'affaire pour moi, Livvie. Règle tout pour Noël... un grand... Noël... un grand...
Sa voix s'éteignit.
— Papa ?

Il avait les yeux toujours grands ouverts.

— Papa ! s'écria Olivia, prise de panique.

L'un des médecins secoua la tête.

— Oh ! mon Dieu, gémit-elle en se jetant contre la poitrine de son père.

Reardon ne devait pas rencontrer Kathy et Liz avant 13 heures, heure à laquelle il pourrait emmener sa fille déjeuner, Kathy le lui avait promis. Au téléphone, elle avait dit exactement : « Tu peux avoir Liz pour le déjeuner », ce qui sonnait comme une invite au cannibalisme, mais il n'avait pas osé rire — pas du langage que la séparation et le divorce imposaient aux gens. Il était content d'avoir un peu de temps devant lui. Il en profiterait pour montrer aux D'Annunzio la photo qu'il avait obtenue de Weissman, au 24e commissariat.

Mark d'Annunzio était sorti, sa mère ignorait où il se trouvait.

Elle avait pleuré, c'était visible.

Elle lui offrit une tasse de café ; il s'assit avec elle devant la table de la cuisine et lui demanda comment ça allait. Elle lui dit qu'elle ne voulait pas ouvrir le restaurant demain, finalement. Jeudi, c'était le jour de Noël, ce serait fermé de toute façon, et s'ils ouvraient demain, ils fermeraient de bonne heure mercredi, non ? Le soir du réveillon ? Alors à quoi bon ouvrir demain ? C'était trop tôt, c'était un manque de respect.

Reardon lui confia que, à la mort de sa mère, son père était allé travailler le lendemain.

Il n'ajouta pas que, à dater de ce jour, il avait haï son père, jusqu'à ce qu'il se fasse écraser par un autobus dans Columbus Avenue, en sortant d'un bistrot, complètement soûl. Il l'avait haï tout ce temps puis avait soudain cessé pour penser à lui comme un pauvre vieil ivrogne. Un pauvre vieil ivrogne qu'il aimait, peut-être.

— Ah, dit Mrs D'Annunzio.

Il supposa qu'elle pensait : « Ah ! ces Irlandais ! »

Il montra la photo de Peter Dodge souriant à l'objectif et demanda :

— Cet homme est venu un jour au restaurant ?

Elle cligna des yeux, prit ses lunettes dans la poche du gilet noir qu'elle portait par-dessus une robe noire, les chaussa, approcha la photo de son visage.

— Vous plaisantez ? dit-elle.

— Vous le connaissez ?

— Naturellement. C'est l'avocat qui a fait le contrat.

— Quel contrat ?

— Pour le restaurant. Pour acheter le restaurant.

— Peter Dodge est votre avocat ?

— Enfin, celui de mon mari. C'est Ralph qui s'arrangeait avec lui. Moi, je l'ai vu seulement une ou deux fois.

— Quand l'avez-vous vu pour la dernière fois ?

— Il n'y a pas très longtemps. Quelques jours, peut-être.

— Quand ?

— Attendez... Ça ne serait quand même pas... ?

— Ça ne serait quand même pas quoi, Mrs D'Annunzio ?

— Je crois qu'il est venu lundi. Au déjeuner, lundi.

— Le jour où votre mari a été tué ?

— Oui. J'ai vu mon mari lui parler, en fait. Oui. C'était lundi. J'en suis sûre.

Leurs yeux se rencontrèrent.

— Ça veut dire quelque chose ? demanda-t-elle.
— Peut-être.

Elles attendaient devant le *Bol de Riz* comme convenu, la mère et la fille, cheveux blonds et yeux bleus sous le soleil, aussi jolies l'une que l'autre, Liz portant un sac à main comme une dame, six ans, le visage s'éclairant d'un grand sourire quand elle le vit. Reardon s'approcha. Il se sentait un peu coupable de prendre le temps d'un *vrai* déjeuner, même si c'était avec sa fille. Généralement, les inspecteurs avalaient un morceau en vitesse. Il se sentait également un peu coupable d'emmener Liz au *Bol de Riz* dans l'espoir d'y choper Benny Wong et de lui demander s'il avait entendu quelque chose dans la communauté chinoise. Il prit la main de sa fille, la garda ; elle leva vers lui des yeux timides, comme une adolescente à un premier rendez-vous.
— Vous êtes en avance, fit-il observer à Kathy.
— Tu avais dit une heure.
— Il est moins dix.
— Je... je pensais... Il faut que je la reconduise à Jersey en voiture et je suis de nuit, aujourd'hui. Alors je me suis dit que si tu étais un peu en avance...
— Bien sûr, pas de problème, répondit Reardon. (Il hésita.) Tu... tu veux venir avec nous ?
— Merci, non. Je... j'ai des courses à faire, je vais en profiter. Je ne viens plus jamais à Chinatown.
— Viens prendre une tasse de thé, au moins.
— Allez, maman, plaida Elizabeth.
— Bry, je ne veux pas transformer ça en retrouvailles, d'accord ?

— Une malheureuse tasse de thé ?

— Rendez-vous dans une heure, trancha-t-elle avant de s'éloigner.

— M'man devient une vraie emmerdeuse, déclara Liz.

Elle commanda des côtelettes, des petits pains et de la soupe au vermicelle. Elle lui avoua que m'man lui avait fait promettre de manger des légumes et lui fit promettre de ne pas dire qu'elle avait mangé toutes ces bonnes choses à la place. Benny Wong s'approcha de leur table au moment où ils cassaient leurs biscuits d'astrologue.

— Rien pour moi ? demanda le policier.

— Je vous l'ai dit, répondit Wong, il y a pas de Chinois dans cette affaire. C'est votre fille ?

— Ouais.

— Comment tu t'appelles, ma mignonne ? dit Wong à la petite fille.

— Liz. Et toi ?

Le Chinois éclata de rire.

— Passe au comptoir avant de partir, je t'offrirai une boîte de lichis. Tu aimes les lichis ?

— Je sais pas ce que c'est.

— C'est très bon, les lichis. N'oublie pas de passer au comptoir, hein ?

Dès que Wong eut quitté la table, Elizabeth tendit à son père le morceau de papier qu'elle avait trouvé dans son biscuit.

— Qu'est-ce qu'il est marqué, p'pa ?

— Que... que tu recevras de bonnes nouvelles.

— Peut-être que tu viendras me voir pour Noël.

— Peut-être.

— Tu crois que oui ?

— Chérie... Franchement, je ne pense pas. Je crois

que ta maman a l'intention de passer Noël dans le New Jersey. Avec grand-mère et grand-père.

— Pourquoi tu viens pas, toi aussi ?

— Eh bien, je ne pense pas que ta maman en ait envie.

— Et toi, tu en as envie ?

— Oui, chérie. De tout mon cœur.

— Je trouve ça idiot, alors, déclara Liz.

— Oui, approuva-t-il, c'est idiot.

La télévision diffusait les informations de 18 heures quand Reardon arriva à Stuyvesant Town. Il avait quitté le boulot à 16 heures, avait téléphoné à l'appartement au cas improbable où Kathy serait déjà rentrée du New Jersey, n'avait pas obtenu de réponse, était entré dans un bar de Canal Street pour prendre quelques verres et bavarder avec la serveuse, une fille avec un postérieur énorme et une bouche immense. Hoffman avait expliqué au Pape Mazzi III que si la serveuse — Jeanine — avait une si grande bouche, c'était parce qu'elle faisait des pompiers dans les toilettes. Mazzi avait répondu qu'elle avait de grosses lèvres parce que c'était une octavonne — ce qui signifiait, d'après lui, qu'elle avait du sang noir. Jeanine était une rousse aux yeux noisette et ne ressemblait à aucune fille noire que Reardon connaissait, mais Mazzi avait peut-être raison. Ou alors c'était Hoffman qui avait raison, peut-être qu'on pouvait choper une grande bouche à force de faire des pipes dans les gogues. Reardon fut tenté de demander à la serveuse si elle faisait des gâteries dans les toilettes, ou si elle était... octogone, comme disait Mazzi. Il rappela l'appartement à 17 h 30, raccrocha aussitôt quand Kathy répondit. Il ne voulait pas prendre le risque d'un refus en lui *demandant* s'il pouvait passer.

Elle ouvrit la porte après qu'il eut appuyé deux fois sur la sonnette.

Elle portait un peignoir bleu. Pieds nus, les cheveux coiffés en queue de cheval. Elle se tenait dans l'encadrement de la porte, bloquant le passage. Reardon pouvait voir le poste de télévision allumé dans la salle de séjour : les informations de 18 heures.

— Qu'est-ce qu'il y a ? lui lança-t-elle.

— Je veux te parler.

— Tu as bu ?

— J'ai pris *un* verre.

— Tu empestes comme un alambic.

— Bon, *deux* verres, concéda-t-il. Tu as ramené Liz à Jersey ?

— Je l'ai ramenée.

— Tu crois que c'est malin, la trimbaler comme ça sans ar...

— Je travaille ce soir. Bon sang, Bry, je n'ai pas à te fournir un rapport détaillé sur ce que je fais avec ma propre fille.

— Je peux entrer, s'il te plaît ?

— Pourquoi ?

— J'aimerais entrer, s'il te plaît.

— Tu n'as jamais eu l'impression...

— Kathy...

— .... d'être sur un manège qui ne s'arrête jamais ?

— Je veux te parler d'Elizabeth.

— Bry...

— Je t'en prie.

— Bon, capitula-t-elle avec un soupir. Entre. *Une* minute.

Dans la salle de séjour, le commentateur de la

télévision annonçait « ... nouvelles négociations en cours. Cela signifierait une augmentation des exportations de céréales vers l'Union soviétique, à la condition que les clauses de l'accord sur la réduction des armements nucléaires soient respectées comme prévu. »

— Elle t'a dit quelque chose, cet après-midi ? demanda Reardon.

— Elle m'a dit beaucoup de choses.

« A Phoenix, Arizona, poursuivit le journaliste, le financier milliardaire Andrew Kidd est mort ce matin des suites de la grave crise cardiaque qu'il avait eue hier. Il laisse trois enfants. Olivia Kidd, que l'on voit ici à Puerto Vallarta, l'hiver dernier... »

Reardon jeta un coup d'œil à l'écran, où une grande blonde en bikini se tenait sur un balcon donnant sur ce qu'il supposa être l'océan Pacifique.

— Elle a six ans, dit Kathy.

« Robert Sargent Kidd, qui se trouve à New York en ce moment... »

— Elle ne comprend pas, continua Kathy.

— Tu pourrais arrêter ce truc ?

Elle éteignit le poste d'un geste brusque ; il y eut un long silence.

— Ecoute, dit Reardon, oublie ce qui me concerne, d'accord ? Oublie ce que je ressens devant cette...

— J'aimerais que tu me le permettes.

— Pense uniquement à *elle,* à ce que cette histoire va lui faire, à *elle.*

— Elle s'en remettra. Ce n'est pas la première fois qu'un couple...

— C'est la première fois que ça lui arrive à *elle,*

Kath. Elle nous aime tous les deux. Nous lui demandons de...

— Personne ne lui demande de cesser de nous aimer, coupa Kathy. (Elle s'approcha à nouveau du poste de télévision, plongea la main dans le sac qui était posé dessus.) Ce n'est pas elle qui divorce, c'est *nous,* ajouta-t-elle en sortant du sac un paquet de cigarettes.

— Je croyais que tu avais arrêté de fumer.

— Moi aussi, répliqua-t-elle. (Elle alluma une cigarette, laissa tomber son briquet dans le sac, souffla un jet de fumée.) Bry, essayons d'être raisonnables. Je sais pourquoi tu es ici, je sais ce que tu vas demander. Pour la centième fois. Mais tu ne comprends pas que ce serait pire pour Liz si nous restions ensemble ?

— Nous pourrions repartir à zé...

— Pas après ce qu'il s'est passé.

— C'était il y a deux ans.

— C'était hier !

— Kathy...

— Ce n'est pas toi qui fais encore des cauchemars ! cria-t-elle. Ecoute, je ne veux pas en parler, c'est déjà assez dur de devoir vivre avec ça.

— Mais tu n'es pas obligée de vivre avec...

— Non ? Et comment j'enlève la saleté ?

— Tu as raison, ne...

— Comment je chasse la puanteur de mes narines ? Comment j'oublie l'humiliation et...

— Kathy, ne parlons pas de ça. Tu sais dans quel état tu te mets quand...

— Tes copains flics ! cracha-t-elle avec colère en écrasant sa cigarette. « Mrs Reardon, nous sommes désolés de ce qui s'est passé, mais vous êtes sûre de ne pas l'avoir provoqué ? Vous marchiez peut-être d'une manière suggestive, en balançant les hanches, en remuant le... »

— Kathy, chérie, je t'en prie. Cela ne sert à rien de...

— A rien, d'accord ! *Lui,* il s'en tire avec quelques égratignures au visage — « Vous lui avez résisté, Mrs Reardon ? Vous avez essayé de l'empêcher ? » — et moi je me retrouve avec son foutu bébé dans le ventre !

Silence.

Vacarme.

Le vacarme du silence.

A nouveau les mêmes mots. Son bébé dans le ventre. Et le silence après les mots.

Elle fouilla à nouveau dans son sac, en sortit à nouveau le paquet de cigarettes.

— Et que fait la gentille Irlandaise catholique ? Education très stricte, bénissez-moi-mon-Père-parce-que-j'ai-péché, qu'est-ce qu'elle fait ? Elle se fait avorter, Bry, et elle passe ensuite le reste de sa vie à vivre dans la terreur.

Elle tira une autre cigarette du paquet, remarqua le tremblement de ses mains.

— Regarde, dit-elle, regarde dans quel état tu me mets. Veux-tu, s'il te plaît, sortir d'ici ?

Il vint derrière elle tandis qu'elle cherchait son briquet dans le sac.

— Kathy, ce qui est fait est fait.

Il lui toucha doucement l'épaule.

— L'important...

Elle se retourna brusquement, les yeux enflammés, un pistolet dans la main droite.

— Où as-tu trouvé ça ?
— Où trouve-t-on des armes, dans cette ville ? Dis-le-moi, c'est toi le flic.
— Pose-le.
— Non, répondit Kathy, le pistolet tremblant dans sa main. Je le porte dans mon sac toute la journée, je le mets sous mon oreiller la nuit, pour dormir. Si n'importe quel homme s'approche encore de moi...
— Je ne suis pas n'importe quel homme, dit Reardon avec douceur.
— Si. Ne me touche plus, Bry, ou je te fais sauter la tête.
Ils se dévisageaient, à moins d'un mètre l'un de l'autre.
— Alors, nous en sommes là, dit-il.
Jamais, jusqu'à présent, cette idée ne lui était venue.
— Nous en sommes *exactement* là, acquiesça Kathy.
Elle tenait l'arme d'une main ferme maintenant et la braquait vers son crâne.
« Elle va tirer, pensa-t-il. Bon Dieu, elle va me tirer dessus. »
Ils continuaient à s'affonter du regard.
« Je suis un étranger pour elle », se dit-il.
— Bon, murmura-t-il enfin, et il se dirigea vers la porte.
— Ne reviens plus, Bry.
— Je ne reviendrai pas.
— Je suis sérieuse.
— Je le sais.
Il tendit la main vers le bouton de la porte, ouvrit.

— Kathy, dit-il, bonne chance.

Il fit un pas dans le couloir et ajouta, d'une voix si basse qu'elle ne put l'entendre :

— Adieu, chérie.

10

Il se rasait quand le téléphone sonna. Dans le miroir, il pouvait voir son visage couvert de mousse et, derrière, la chambre : un lit d'une personne, une commode éraflée, une ampoule nue pendant au centre de la pièce, un store déchiré à la fenêtre, une autre ampoule au-dessus du lavabo. Il posa son rasoir, décrocha.

— Allô ?

— Salut, c'est Sandy.

— Salut, Sandy, dit-il en hochant la tête.

Il avait trop bu la veille après avoir quitté Kathy, beaucoup trop, et il avait une tortue bourbeuse dans la bouche. Les yeux injectés de sang, la déprime du lundi matin, exacerbée par une bouteille presque entière de bourbon. Il n'avait pas envie de parler à Sandy Sanderson, il n'avait envie de parler à personne. C'était son jour de repos. Il avait l'intention de se rendre à la bibliothèque pour consulter les journaux, lire les articles sur l'Arabe inconnu abattu à La Guardia et escamoté Dieu sait où. Il avait l'intention de se rendre au cabinet juridique Lewis et Dodge puis de revenir à l'hôtel finir le reste du bourbon.

Cette affaire s'annonçait sacrément emmerdante.

Il ne savait pas ce que D'Annunzio avait à voir avec l'Arabe qui avait reçu trop de balles dans la poitrine et dont le cadavre avait été volé dans un fourgon l'amenant à la morgue. Il ignorait ce que l'assassinat du restaurateur avait à voir avec le meurtre de son avocat, Peter Dodge, poignardé dans son appartement de Central Park West, le jour même où il avait déjeuné au *Luna Mare*.

— J'ai eu un mal fou à vous joindre, dit Sandy.

— C'est mon jour de repos.

— Qui est ce type, au commissariat, qui n'arrêtait pas de m'appeler « Votre Honneur » ?

— Ça doit être Alex Ruiz.

— Il a refusé de me donner votre numéro personnel jusqu'à ce que je lui raconte que vous enquêtiez sur un cambriolage commis chez moi. Je ne crois pas qu'il m'ait crue, en fait.

— Mais il vous a filé mon numéro.

— Oui. Où est-ce, l'hôtel *Lorimar* ?

— 26e et Broadway.

— Un coin charmant, non ?

— Oh ! ravissant.

Après un long silence, elle dit d'une voix hésitante :

— Je vous appelle pour... Décidément, je passe mon temps à vous présenter des excuses... Je suis navrée, pour l'autre soir.

— J'aurais dû téléphoner avant de venir, mais...

— Je sais, pas de téléphone. Enfin, je suis navrée.

— C'est ma faute, marmonna-t-il.

Pourquoi s'excusait-il, bon Dieu ? C'était *elle* qui avait quelqu'un dans son appartement. Merde, quoi.

— Et c'est reparti pour les excuses, soupira Sandy. Je vous propose un marché, d'accord ! Fini les excuses.

— D'accord.

Nouveau silence. « Bon, et maintenant ? pensa-t-il. Lâchez un peu le téléphone, ma p'tite dame, j'ai de la mousse à raser plein la figure. »

— On prend un verre ensemble ce soir ? proposa-t-elle.

Il hésita, haussa les épaules.

— Bien sûr, répondit-il.

— Chez vous ou chez moi ?

— Vous n'allez plus chez *Ringo* ?

— Je me suis fait poser un lapin, un soir, là-bas. Chez moi à six heures, d'accord ?

Il faillit répondre « Non, laissez tomber », mais dit finalement :

— J'apporterai du vin.

— Ne vous occupez pas du vin, prenez seulement une lampe électrique. À tout à l'heure.

Il entendit un déclic, regarda le téléphone, secoua la tête, raccrocha, retourna au lavabo. Il s'examina longuement dans la glace puis recommença à se raser.

Il ne parvint pas à rencontrer Phillipa Lewis avant 14 heures. Des coups de téléphone répétés au cabinet juridique Lewis et Dodge lui apprirent seulement qu'elle était sortie et ne reviendrait au bureau qu'après le déjeuner. Son heure de déjeuner, Reardon la passa à la bibliothèque de la 42e Rue, où il lut les journaux de la semaine précédente.

L'article du *Times* sur l'Arabe assassiné ne contenait rien qu'il ne sût déjà. Un homme non identifié abattu à l'aéroport de La Guardia, le cadavre « détourné » sur le chemin de l'hôpital. Un article assez long mais relégué en dernière page, dans le journal du lundi précédent. Le *Post* et le *News* consacraient tous deux plus d'importance à l'affaire. MEURTRE D'UN MYSTÉRIEUX ARABE, annonçait le titre du *News* ; VOL DE CADAVRE, claironnait celui du *Post.* Maintenant qu'il les avait devant lui, il se rappelait les avoir vus lundi dernier, mais le procès Jurgens avait commencé ce matin-là et il avait eu trop à faire pour lire l'un ou l'autre journal. Et le soir, bien sûr, il avait écopé de l'affaire D'Annunzio. Dans cette ville, les macchabées vous tombaient dessus comme de la pluie glacée. Suffisait aux flics d'avoir un parapluie.

Reardon s'attendait à ce que le meurtre de l'Arabe fasse la couverture des prochains numéros de *Time* et *Newsweek.* Une histoire pareille, c'était même étonnant qu'elle ne soit pas déjà sur tous les présentoirs. Il se demandait parfois si *Time* et *Newsweek* n'étaient pas secrètement associés. Sinon, comment expliquer que les deux magazines fassent leur couverture sur le même sujet, semaine après semaine, même quand il n'était pas vraiment d'actualité ? Parfois, le monde devenait trop difficile à comprendre pour Reardon ; parfois, il avait l'impression que tout se ramenait à un vaste complot.

Si, par exemple, le sénateur Bailey n'avait effectivement pas dîné avec l'Arabe le soir du meurtre, pourquoi ne s'était-il pas présenté pour l'identifier ?

Ou y avait-il *deux* Arabes dans la navette de 9 heures ? Ou trois ? Ou une douzaine ?

Mais Bailey lui avait demandé : « Comment diable avez-vous fait le rapport ? » Et il avait ajouté : « Entre ce qui s'est passé à La Guardia et moi. »

Maintenant, le cadavre de l'Arabe inconnu se baladait quelque part, et Bailey ne savait rien de rien.

Un foutu complot.

Reardon aurait préféré enquêter sur un cambriolage.

Il attendait à la réception quand Phillipa Lewis entra. C'était une femme séduisante d'une quarantaine d'années portant un manteau gris sur un tailleur gris sévère. Il se présenta, lui exposa les raisons de sa visite, et elle regarda aussitôt sa montre. Poliment, mais sans enthousiasme excessif, elle l'invita à passer dans son bureau. Assise derrière sa table de travail — cheveux blonds tirés en arrière, boucles d'oreilles rouges, yeux bleus —, elle l'écouta expliquer qu'il enquêtait sur un assassinat pouvant être lié au meurtre de Peter Dodge.

— Je ne m'habitue toujours pas au mot « meurtre », dit-elle. Nous avons tous été bouleversés, ici...

Vassar[1], devisa l'inspecteur.

— Il semblait extraordinairement en forme, ce jour-là, poursuivit-elle de la même voix nasale, en parlant par son joli petit nez retroussé. Il avait passé tout le week-end à skier dans le Vermont — à Stratton, je crois. Peter était un skieur insatiable. Lundi marin, à son retour, il était incapable de parler d'autre chose que des conditions merveilleuses qu'il avait eues. Neige poudreuse, soleil... Vous skiez, Mr Reardon ?

— Non.

— Un sport très agréable.

— Qui a réservé sa table pour le déjeuner, ce jour-là — vous en avez une idée ?

— Sa secrétaire, je présume.

— Au *Luna Mare*.

1. Université huppée pour jeunes filles (n.d.t.).

— Il raffolait de cuisine italienne.
— Vers quelle heure est-il revenu au bureau ?
— Deux heures. Et il est ressorti aussitôt.
— Ah ! Pour aller où ?
Elle se montra réticente :
— Je ne sais trop si je dois vous le dire.
— Pourquoi ?
— C'était pour une affaire personnelle.
— Une femme ?
— Non, non, répondit Phillipa Lewis en souriant.
— Pourquoi ? Dodge a été assassiné ce soir-là, Miss Lewis. Tout ce que vous pourriez...
— J'ai déjà dit à l'inspecteur Weissman tout ce qu'il voulait savoir.
— Oui, mais l'inspecteur Weissman ne connaissait pas alors tous les faits.
— Quels faits ?
— Premièrement, dit Reardon, en commençant à compter sur ses doigts, Mr Dodge a déjeuné ce jour-là dans un restaurant appelé le *Luna Mare*. Je crois savoir que votre cabinet a rédigé le contrat pour l'achat de cet établissement.
— Oui, c'est exact. C'est Peter qui s'en est chargé.
— Deuxièmement, il s'est fait tuer le soir même entre six heures et six heures et demie, peut-être par trois hommes roulant dans une Mercedes-Benz marron. Troisièmement, une heure plus tard environ, le propriétaire du *Luna Mare* a été abattu par deux hommes descendus d'une Mercedes-Benz marron. Je cherche un lien, Miss Lewis. Peter Dodge était l'avocat de D'Annunzio, mais quel *autre* rapport y avait-il entre eux ?
— Son rendez-vous de l'après-midi n'a rien à voir avec sa mort.

— Comment le savez-vous ?
— Ni avec le propriétaire du *Luna Mare.*
— Laissez-moi en juger, si vous le voulez bien.
— En tout cas, ce n'est pas le lien que vous cherchez.
— Où est-il allé, Miss Lewis ? Voulez-vous me le dire, s'il vous plaît ?
Elle soupira.
— Il... Il m'en a parlé confidentiellement, et je ne sais si je dois...
— Que vous a-t-il confié ?
Il s'écoula un moment avant que Phillipa Lewis ne réponde :
— Qu'il allait acheter des contrats d'argent-métal.
— Des quoi ?
— Des contrats d'argent-métal. C'est pour cela qu'il est ressorti. Pour acheter des contrats d'argent-métal.
— Je ne sais pas ce que ça veut dire.
— Il a acheté des contrats. Un paquet, position longue.
— Je ne vois toujours...
— Cela veux dire qu'il espérait faire un gros bénéfice.
— Et c'est ce qu'il vous a confié ?
— Oui. Qu'il avait l'intention d'acheter des contrats.
— Des contrats d'argent-métal.
— Oui, acquiesça-t-elle. (Elle marqua une pause.) Il m'a conseillé de faire la même chose.
— Un tuyau, en somme ?
— Si vous voulez.
— Acheter des contrats d'argent-métal.
— Oui. Position longue.

— Qu'est-ce que ça signifie « position longue » ?

— Ce serait un peu long à expliquer, dit Phillipa Lewis en consultant à nouveau sa montre. Navrée, mais j'ai un rendez-vous dans le centre et je suis déjà en retard. On achète des marchandises à terme, voyez-vous. L'argent-métal est une marchandise, comme le soja, les carcasses de porc, les céréales... Vraiment, désolée, mais je dois partir.

— Une dernière question, sollicita le policier. Où a-t-il acheté ces contrats ?

— A la firme de courtage Rothstein-Phelps, répondit Miss Lewis.

Une réceptionniste blonde aux yeux bleus était assise devant le standard de la firme Rothstein-Phelps. Curieux comme toutes les femmes du monde sont blondes et ont les yeux bleus quand on est en train de divorcer d'une blonde aux yeux bleus, pensa Reardon. Non, pas Sandy, corrigea-t-il. Des yeux terre de Sienne, des cheveux un ton plus clair. Mais Sandy a un petit ami qu'elle fourre dans son lit le samedi soir.

— Rothstein-Phelps, bonjour, dit l'employée dans son micro. Un moment, s'il vous plaît. (Elle appuya sur un bouton, leva les yeux vers Reardon.) Je peux vous aider, monsieur ?

— Inspecteur Reardon, 5e brigade, répondit-il en montrant sa plaque. J'aimerais voir Mr Rothstein ou Mr Phelps, s'il vous plaît.

— Mr Rothstein est absent pour le moment. Un instant, je vais voir si Mr Phelps peut vous recevoir. (Elle enfonça un autre bouton.) Alice, il y a un inspecteur qui voudrait parler à Mr Phelps. (Elle écouta.) Il ne me l'a pas dit. (Elle écouta à nouveau.)

Bon… (Elle se tourna vers Reardon.) Au bout du couloir, monsieur. Par cette porte, là.

Reardon ouvrit la porte indiquée, se retrouva dans un corridor aux murs beiges, éclairé par une lumière tamisée. Il alla jusqu'au bureau situé au bout du couloir, montra à nouveau sa plaque à une femme d'âge mûr.

— Inspecteur Reardon. Pour Mr Phelps.

— Certainement, monsieur. Entrez, je vous prie.

Il s'approcha de la porte, frappa et ouvrit. Un petit homme corpulent était assis derrière un bureau, le téléphone contre l'oreille. Costume sombre, cravate desserrée, bouton de col défait.

— Quatre *cents* la livre, dit-il en indiquant un fauteuil à son visiteur. Quatre-vingt-huit dollars la tonne… D'accord, rappelez-moi. (Il raccrocha, se leva, tendit la main à Reardon.) Excusez-moi. (Sa paume était moite.) Que puis-je faire pour vous, Mr Reardon ? Asseyez-vous, je vous en prie.

Reardon s'assit, sortit son calepin.

— Un nommé Peter Dodge a été tué lundi dernier dans la soirée. Vous le connaissiez ?

— Peter Dodge ? Non.

— Son associée, Phillipa Lewis, m'a dit qu'il avait eu affaire avec votre cabinet l'après-midi du meurtre.

Phelps secoua la tête :

— Je ne pense pas qu'il fasse partie de nos clients.

— Il a acheté de l'argent-métal, précisa Reardon.

— Vraiment ? dit Phelps, instantanément sur ses gardes.

— D'après Miss Lewis, dit le policier. Des contrats d'argent. (Il consulta ses notes.) Un paquet, position longue.

— C'est tout à fait possible, déclara Phelps en

décrochant son téléphone. (Il appuya sur un bouton.) Alice ? Voulez-vous vérifier... (Il leva les yeux vers Reardon.) Quel jour était-ce ?

— Lundi dernier. Le 15.

— ... la liste des rendez-vous de lundi dernier, le 15. Et demandez à Jenny de regarder l'agenda de Mr Rothstein pour cette même date. Merci, dit Phelps avant de raccrocher.

— Vous-même n'avez pas vendu de contrats à Dodge, donc ? reprit l'inspecteur.

— Non, mais mon associé l'a peut-être fait. C'est ce que j'essaie de savoir.

— C'est inhabituel d'acheter de l'argent-métal à terme, Mr Phelps ?

— Très fréquent, au contraire, répondit le courtier, le regard à nouveau sur le qui-vive, le ton beaucoup trop détaché.

Le téléphone bourdonna, il décrocha.

— Oui ?... Uh-huh... Uh-huh... D'accord, merci. (Il reposa l'appareil.) Oui, un nommé Peter Dodge est bien venu ici lundi après-midi, dit Phelps à Reardon. C'est Lowell qui l'a reçu. Lowell Rothstein, mon associé.

— Il a acheté des contrats d'argent ?

— Désolé, je l'ignore. S'il a parlé à Lowell personnellement, mon associé est le seul à connaître la réponse.

— Où puis-je le joindre ?

— Il sera absent toute la journée. Vous pouvez repasser demain matin ?

— D'accord, dit Reardon. (Il marqua une pause.) Mr Phelps... un paquet, ça fait beaucoup ?

— Tout dépend de ce que vous avez en poche, non ?

Ils étaient assis dans la salle de séjour de la maison de la 71e Rue Est — Lowell Rothstein et les trois suivants de la famille Kidd.

— J'étais inquiet, avoua l'agent de change. J'ignorais si le décès de votre père ne provoquerait pas un changement de plan.

— Rien de changé, répondit Olivia.

— Alors, parfait. Nous continuons à acheter comme prévu, c'est cela ?

— Oui, dit la jeune femme.

— L'argent est sur notre compte discrétionnaire...

— Bien.

— ... sur lequel Joe ou moi pouvons tirer des chèques selon les besoins. Le cours a un peu monté et nous avons vu quelques sourcils froncés à la Bourse, mais, jusqu'à présent, rien qui indique une ruée.

— Combien reste-t-il sur le compte ?

— Il faudrait que je vérifie. Vendredi, à la clôture, nous avions acheté quelque chose comme trois mille contrats, je crois. Il doit nous rester un peu plus de quatre millions, approximativement.

Olivia Kidd hocha la tête.

— Permettez-moi de vous présenter à nouveau mes condoléances, poursuivit Rothstein. Les obsèques auront lieu à Phoenix, je présume...

— Son corps a déjà été incinéré.

— Oh ! je... je vois. Joe et moi avions l'intention de prendre l'avion pour...

— C'est inutile.

— Eh bien..., fit le courtier.

Dans un silence gêné, il mit son manteau et son chapeau.

— Sarge... Miss Kidd, dit-il en s'inclinant devant Jessica. Ravi d'avoir fait votre connaissance... Olivia.

Il se dirigea vers le vestibule. Dans la salle de séjour, le silence se prolongea jusqu'à ce que la porte se referme derrière lui.

— Qu'est-ce que vous achetez ? demanda Jessica.

— Tu le sauras mercredi soir, promit sa demi-sœur.

— P'pa me l'aurait dit *maintenant*.

— J'en doute sincèrement. En tout cas, il est mort, maintenant, répondit Olivia en enfilant son vison. Et c'est *moi* qui commande. Ne l'oublie jamais. (Elle s'approcha de la porte.) On se retrouve à l'hôtel, Sarge, lança-t-elle avant de sortir.

— Garce, souffla Jessica.

— Elle a des tas de préoccupations, en ce moment, plaida Sarge.

— Explique-moi.

— Non.

— Tu veux boire quelque chose ? Moi, j'ai soif.

— Je veux bien.

— Tu sais faire le Martini-gin ?

— Je crois.

— Arrête de croire, merde ! Ou tu sais ou tu ne sais pas faire...

— Je sais faire un Martini-gin.

— Alors, prépares-en deux.

Elle le regarda aller au bar, prendre la bouteille de Beefeater et celle de vermouth. Il plongea la main dans le seau à glace, fit tomber des glaçons dans le pichet.

— Fais-le bien sec, réclama Jessica.

— D'accord.

— Je connais un type qui a le coup pour le Martini-gin. C'est quelqu'un que j'ai rencontré à Acapulco. Il...

— Je ne veux pas entendre parler de tes petits amis.

— Ce n'est pas un de mes petits amis, c'est juste un type que j'ai rencontré. Pourquoi ? Mes petits amis te rendent jaloux ?

— Certainement pas.

— Je parie que si. En tout cas, voilà ce qu'il fait. Il s'achète un bocal d'olives, il vide l'eau, toute l'eau salée, et il met du vermouth à la place. Et il laisse macérer les olives. Et quand il prépare un Martini-gin, il verse seulement du gin et ajoute une olive. Une olive qui a macéré dans le vermouth, tu vois ?

— Uh-huh.

— Ça fait un Martini-gin terriblement sec.

— Uh-huh.

— Je devrais avoir un bocal d'olives comme ça à la maison.

— Et si on préfère un zeste de citron ? demanda Sarge.

— Pas de question ardues, s'il te plaît.

Il remplit deux verres, en apporta un à Jessica.

— Merci, dit-elle. Je bois à la grosse affaire, quelle qu'elle soit. (Elle avala une gorgée.) Mmm, c'est bon. Tu sais vraiment faire le Martini-gin.

— Je te l'avais dit.

— Tu sais aussi faire du feu ?

— Il faut que je parte bientôt.

— Personne ne t'a demandé de rester, je t'ai seulement demandé si tu sais faire du feu.

— Bien sûr, que je sais. *Tout le monde* sait.

— Moi pas. Allume le feu pour moi, Sarge.

Il soupira, alla à la cheminée.

— Pauvre frangin malmené, chantonna Jessica. Allez, dis-moi le grand secret.

— Non.

— Faut mettre du papier sous le bois.

— Je sais.

— Mais tu n'en mets pas.

— Je le mets toujours en dernier.

Elle le regarda placer soigneusement les bûches par-dessus le petit bois.

— Tu t'appliques, commenta-t-elle.

— Si tu veux un bon feu, il faut bien placer tes bûches.

— Oh ! quel formidable placeur de bûches tu fais. Et le papier, tu le mets quand ?

— Maintenant.

Il prit une page du *Times,* en fit de longues bandes.

— C'est l'article sur papa que tu déchires, fit observer sa sœur. Et puis on chiffonne le papier au lieu de faire des bandes.

— Je préfère les bandes.

Il craqua une allumette, la tint sous la grille.

— J'espère que tu as un bon conduit.

— Jusqu'ici, personne ne s'est plaint, dit Jessica.

Le papier s'enflamma.

— Fahrenheit 451, murmura Sarge.

— Quoi ?

— C'est la température d'ignition du papier. Et le titre d'un roman de Ray Bradbury.

— Qui est-ce, Ray Bradbury ?

— Laisse tomber.

— Parle-moi de l'affaire, alors.

— Tu sauras tout mercredi.

Le petit bois prit feu.

— Viens t'asseoir ici, à côté de moi, Sarge.

— Il faut que je parte. Olivia m'attend.

— Qu'elle aille se faire foutre. Viens te chauffer les orteils.

Jessica ôta ses chaussures, étira ses jambes vers le feu.

— Mmm, fit-elle.

Sarge alla la rejoindre.

— Allez, raconte.

— Je ne peux pas. Arrête de me demander ça, Jess.

— Pourquoi tu ne peux pas ?

— Il y a trop de fric en jeu.

— Combien ? Mm, quel bon feu !

— Des milliards, répondit-il. Des billions. Une fois que ce sera lancé.

— Une fois que *quoi* sera lancé ?

— T'occupe pas.

— Tu sais vraiment faire du feu, Sarge, murmura Jessica (Elle émit un gloussement.) Tu m'embrases.

Il hocha la tête.

— T'as pas compris, hein ?

— Compris quoi ?

— Ce que je viens de dire... Il reste quelque chose dans le pichet ?

— Un peu.

— Sers-moi un autre verre, tu veux ?

— Ensuite, je m'en vais, prévint-il en se levant.

— Parle-moi de cette affaire.

— Peux pas.

— Petit cachottier, fit-elle en souriant.

Il prit le verre de Jessica, alla au bar, le remplit et revint le donner à sa sœur.

— Merci, dit-elle en tapotant le canapé à côté

d'elle. Assieds-toi près de ta petite sœur, Sarge, et dis-lui le gros secret.

— Je te répète que je ne peux pas.

— Assieds-toi donc.

Elle ramena ses jambes sous elle, ses genoux lisses brillèrent à la lueur du feu. Il s'assit.

— Dis-moi tout, insista-t-elle.

— Non, répondit-il, et il regarda sa montre. Je ferais mieux de partir.

— Pas avant de m'avoir confié le grand secret.

— Tu n'arriveras pas à me convaincre de...

— Mais si. Bouge, je veux m'allonger.

— Tu peux avoir tout le canapé, je m'en vais.

— Non, Sarge. Pas tout de suite.

— Ecoute...

Elle se souleva, allongea les jambes, posa la tête sur le giron de son frère.

— Dis-le-moi, murmura-t-elle.

— Olivia me tuerait.

— On t'a déjà tué. Pour avoir partagé des secrets avec moi.

— Qu'est-ce que tu veux dire ?

— La fois dans la salle de bains. Tu te rappelles ?

— Oui.

— Moi dans la baignoire, à poil. Toi assis sur la cuvette.

— Je m'en souviens.

— P'pa t'a mis une raclée.

Sarge hocha la tête.

— Ça en valait la peine ? minauda Jessica.

— Non, répondit Sarge, et il sourit.

— Menteur, fit-elle. (Elle remua la tête contre son bas-ventre.) Et tu te rappelles l'autre fois ?

— Quelle autre fois ? demanda-t-il, bien qu'il se rappelât.

— Quand on était gosses encore ? Toujours dans la salle de bains ? Tu te souviens pas ?

— Il faut que j'y aille.

— Je t'ai demandé si tu les trouvais trop petits.

— Je crois me souvenir.

— Tu m'étonnes ! C'est vrai qu'ils étaient trop petits, j'avais seulement treize ans. (Elle souleva la tête pour le regarder.) Tu bandais, Sarge.

— Non.

— Tu bandais, je l'ai vu.

— Tu te trompes.

— Ils étaient petits, mais maintenant…

Jessica reposa la tête sur le giron de Sarge.

— Oh ! la la ! dit-elle.

— Quoi ?

— Tu le sais bien.

— Jessie…

— Mmm.

— Jessie…

— Ne bouge pas, Sarge. Ne bouge pas… et dis-moi le grand secret.

De l'appartement de Joseph Phelps, à Sutton Place, on découvrait la fontaine Delacorte, au milieu de l'East River. Phelps trouvait que ça dépréciait le quartier, ce fichu truc qui crachait en l'air toutes les heures, comme une bouche d'incendie ouverte au milieu d'une rue de Sheepshead Bay. Sa femme trouvait la fontaine « excitante », comme des tas d'autres choses que Phelps jugeait ennuyeuses ou stupides. « Excitant », c'était le mot préféré de Kitty. Même la moutarde de Dijon, elle trouvait ça « excitant ». La seule chose que l'un et l'autre trouvaient excitante tous les deux, c'étaient les seins de Kitty. Elle avait une poitrine formidable et ne se privait pas de lui demander : « Tu as déjà vu des seins aussi excitants ? » Il reconnaissait qu'ils l'étaient. Mais Kitty utilisait le mot dans le sens de « beau », d'« extraordinaire » ou d'« attirant », comme elle aurait qualifié d'« excitant » un coucher de soleil, un restaurant, une sonate de Beethoven ou même cette foutue fontaine Delacorte. *Lui* pensait qu'ils étaient excitants parce qu'ils l'excitaient. Lourds, ronds et fermes, d'une blancheur de nacre, avec de gros mamelons roses. Excitants.

Ce soir-là, à l'heure de l'apéritif, Kitty portait une robe décolletée qui mettait ses seins en valeur. Les Phelps étaient seuls dans leur salle de séjour donnant sur l'East River où cette bon Dieu de fontaine crachait en l'air. Kitty avait des cheveux bruns à la Louise Brooks, des yeux marron, des seins excitants et un nez qu'elle avait choisi dans l'éventail de nez possibles proposé par le Dr Gerardi.

— Tu t'es choisi un nouveau nez ? lui avait demandé Phelps, trois ans plus tôt, quand elle était rentrée de chez le médecin.

— Très drôle, avait répliqué Kitty. Je regrette que tu ne trouves pas cette expérience aussi excitante que moi.

La robe noire au décolleté profond dévoilait le dessus des seins crémeux de Kitty, qui se penchait vers les brochures touristiques ouvertes sur la table basse.

— Trois jours en Guadeloupe, disait-elle, la main droite, doigts écartés, posée sur son sein gauche. Ensuite, la Martinique — très excitant, paraît-il. Si nous partons le jour de l'an...

Le téléphone sonna.

— Merde, ronchonna Kitty.

— Excuse-moi, dit Phelps en se levant du canapé.

— Fais vite, s'il te plaît, Joe. Il faut vraiment que je règle cette question avec toi.

Il passa dans le bureau, décrocha.

— Allô ?

— Joe ? C'est Lowell. Je viens d'avoir la C.C.M.T. au téléphone.

— Quoi ? Où es-tu ?

— Encore au bureau.

— Qu'est-ce qu'ils veulent ?

— Nous voir.

— Quand ?

— Demain.

— Pour quelle raison ?

— Ils ne l'ont pas précisé, Joe.

Comme Phelps gardait le silence, Rothstein répéta :

— Joe ?

— Ils ont reçu nos rapports, dit Phelps. Ils vont demander des noms, tu ne crois pas ?

— Même s'ils le font, il n'y a pas de quoi s'inquiéter, assura Rothstein. Ne te tracasse pas, nous verrons bien demain, d'accord ?

— D'accord. Merci de m'avoir prévenu.

Phelps raccrocha, essuya sa paume moite à sa jambe de pantalon et retourna à la salle de séjour.

— Qui était-ce ? demanda Kitty.

— Lowell.

— Qu'est-ce qu'il voulait ?

— Rien qui n'aurait pu attendre demain.

Kitty leva les yeux vers son mari, qui évita son regard. Il prit son verre de Martini d'une main tremblante.

— Joe ?

— Mmm.

— Tu as des soucis ?

— Non. Qu'est-ce qui te fait dire ça ?

— Rien, répondit-elle, mais elle continua à le dévisager.

— Allez, parle-moi de ce voyage.

Un feu de charbon brûlait dans la cheminée du séjour, éclairé à la bougie, comme la première fois. Assis sur des coussins, ils buvaient le vin blanc que Reardon avait apporté. Sandy portait une sorte de pyjama ou d'ensemble décontracté, Bryan un pull sur une chemisette. Dehors le vent soufflait violemment : l'hiver repartait de plus belle.

— Je ne comprends rien au fric, alors essayez d'être simple, sollicita-t-il.

— Bon, vous voulez savoir ce qu'est une position longue.

— Oui.

— Par opposition à une position courte.

— Il y a aussi des positions courtes ?

— Bien sûr. Mais vous voulez une explication simple, non ?

— Oui, oui.

Elle but une gorgée de vin avant de reprendre :

— Bon, disons qu'il va y avoir une grande foire en mai…

— Une quoi ?

— Une foire. Avec des vaches, des poulets, des cochons… C'est juste un exemple, pour simplifier.

— D'accord. Une foire, en mai.

— Nous sommes maintenant en décembre et j'ai déjà retenu un stand où je vendrai... des baisers, disons. Un dollar pièce.

— Ça me paraît bon marché, fit observer Reardon avec un sourire.

— Merci. Donc, en mai, je vendrai des baisers à un dollar pièce. Mais je me renseigne et j'apprends qu'il y aura trois autres vendeuses de baisers et je me dis que je n'aurai peut-être aucun client à un dollar pièce. Ils n'accepteront peut-être de payer que cinquante *cents*, ou même dix.

— Les radins.

— En effet. Je prévois donc que, en mai, mes baisers ne vaudront peut-être plus que dix *cents*. Mais je les vends *maintenant* par contrat, au prix actuel d'un dollar pièce, et c'est ce qu'on devra me payer en mai, à la livraison. En d'autres termes, j'aurai fait un bénéfice de quatre-vingt-dix *cents* par baiser. Vous avez compris ?

— Non.

— Non ? fit Sandy, surprise. Bon, je recommence. Je vends, je prends ce qu'on appelle une position *courte*, quand je passe un contrat *maintenant* pour vendre quelque chose à un prix actuel plus élevé que celui de la date de livraison — du moins je l'espère. Vous, vous vous engagez à acheter mes baisers à un dollar pièce en mai, vous saisissez ? Vous passez le contrat *maintenant*. Les baisers ne vaudront plus que dix *cents* en mai mais vous devrez quand même me les payer un dollar, parce que vous avez accepté ce prix. Je vends, je prends une position courte.

— D'accord, et qu'est-ce que c'est qu'une position *longue* ?

— Là, on se place de l'autre côté du stand. Comme vous me trouvez belle, désirable, experte en baisers, vous estimez que le prix de mes bisous aura grimpé en mai… disons à deux dollars pièce.

— L'inflation, dit Reardon.

— Ou ce que vous voudrez. L'essentiel, c'est que si vous achetez le contrat *maintenant*, à un dollar pièce, vous gagnez un dollar pour chaque baiser dont vous prendrez livraison en mai. A condition que le prix grimpe effectivement. C'est une position longue.

— Autrement dit, nous parions tous les deux sur ce que sera le prix de ces baisers en mai, dans cinq mois.

— C'est ce qu'on appelle le marché à terme.

— Vous, vous pariez que le prix baissera…

— Et je prends une sorte d'assurance en vendant *maintenant*, à un prix plus élevé…

— Moi, je parie qu'il grimpera.

— Ce qui sur un marché réel — oublions les baisers — pourrait vous faire gagner beaucoup d'argent en cinq mois.

Reardon demeura un moment silencieux puis reprit :

— Donc, acheter un paquet, position longue…

— Cela signifie que vous passez contrat pour un *tas* de baisers, dans l'espoir que le prix montera. Et si, en plus, vous dominez le marché…

— Qu'est-ce que ça veut dire ?

— Dominer le marché ? Que vous avez acheté des contrats à *toutes* les filles qui vendront des baisers. Tous les contrats, tous les baisers — livrables en mai. Si d'autres, à la foire, veulent acheter un baiser ou deux, ils devront s'adresser à vous.

— Parce que je possède tous les contrats.

— Tous les *baisers*, en fait. Et vous pouvez demander le prix que vous voulez. Un dollar, deux dollars, cinq dollars — il n'y a pas de limite. Cela s'appelle tenir le monde par les baisers.

— Ça s'est déjà fait ?

— Pas avec des baisers.

— Et avec de l'argent-métal ?

— La dernière fois, l'opération a été faite par la Banque d'Angleterre... En 1717. Les Hunt ont essayé en... 1979 ? 1980 ? Peu importe. C'est quasiment impossible, de nos jours. Trop de réglementations, trop de dispositions obligeant à déclarer les transactions et à révéler les noms des opérateurs. C'est plus sûr de spéculer sur les baisers. Et beaucoup moins cher.

Sandy leva son verre, but une gorgée en regardant Reardon par-dessus le bord.

— Vous... euh... vous pensez que vous pourriez être intéressé ? demanda-t-elle. Vous aimeriez dominer le marché des baisers ?

Elle reposa son verre et ajouta, presque timidement :

— De *mes* baisers ?

— Je... euh...

— Voici un échantillon, dit-elle. (Elle se pencha vers lui, l'embrassa sur la bouche.) Qu'est ce que vous en pensez ?

— Je crois que je pourrais être intéressé, répondit Reardon.

11

Du bureau de Nelson Hyde, à l'angle du World Trade Center, le regard plongeait vers le chantier de construction de Battery Park City et, au-delà, vers l'Hudson River et la côte du New Jersey. C'était le matin du jeudi 23 décembre, deux jours avant Noël, et les ouvriers avaient planté un sapin sur le chantier. Il n'y avait pas d'arbre de Noël dans le bureau de Nelson Hyde, à la Commission de contrôle des marchés à terme, où la moquette était un modèle laine-nylon garanti contre l'usure, le mobilier métallique mais la vue splendide. Rothstein et Phelps étaient assis face à la baie vitrée, Hyde lui tournait le dos. C'était un homme frisant la soixantaine, grisonnant, au parler doucereux. Phelps soupçonnait que ses manières mielleuses dissimulaient une nature méfiante et un esprit retors.

— La circulation est plutôt difficile, non ? demanda Hyde en feuilletant nonchalamment la pile de papiers posée sur son bureau.

— Nous sommes venus à pied, répondit Rothstein. Nos locaux sont juste au coin de la rue.

— Je vous suis réellement reconnaissant d'avoir pris le temps de passer me voir, dit Hyde. (Il leva la tête, sourit.) Alors, comment vont les affaires ?

— *Comme ci comme ça,* répondit Phelps en français.

— Ça doit bouillonner d'activité, en cette période de l'année, je suppose, reprit Hyde, toujours souriant. Avec tous les clients qui font la chasse aux déductions fiscales, hein ?

— Beaucoup d'achats et de ventes, c'est certain, reconnut Rothstein.

— La raison pour laquelle je vous ai priés de passer..., commença Hyde en se remettant à feuilleter sa paperasse. J'ai reçu un coup de téléphone de la Comex, ici à New York, la semaine dernière — cette fille ne range jamais rien... Ah, voilà. 19 décembre, vendredi dernier, donc.

Un remorqueur fit mugir sa sirène.

— Oui, vendredi dernier, continua Hyde. Il semble que vous ayez rapporté pas mal de transactions sur l'argent-métal, cette semaine-là... Trois comptes différents se sont portés acheteurs... Où est passée la... Ah ! nous y sommes. La General Business Ventures a acheté... neuf cents lots, c'est ça ? Entre le mardi 16 et le vendredi 19. Au cours de la même période, Quandax Corporation a acquis neuf cent quarante lots et Vandam Investment neuf cent vingt-cinq. Ce qui fait au total... (Il griffonna des chiffres sur son bloc, fit l'addition.) ... deux mille sept cent soixante-cinq lots. A cinq mille onces le lot, cela fait... (Une multiplication, cette fois.) ... treize millions... huit cent... vingt-cinq mille onces. C'est beaucoup.

— Nous avons un faible pour l'argent-métal, expliqua Rothstein, tout sourire.

— Au cours actuel..., dit Hyde.

— Il fluctue, fit observer Phelps.

— Oui, mais vendredi, à la clôture...

— Pardonnez-moi, Mr Hyde, intervint Rothstein en se penchant en avant, mais ce n'est certainement pas un nombre anormalement élevé de contrats à terme pour une firme de notre importance. En fait, je prévois même que nos achats d'argent-métal augmenteront encore d'ici la fin de l'année. Pour une raison quelconque, l'argent-métal a *toujours*...

— Comex a jugé bon de m'avertir, coupa Hyde.

— Ce qui signifie ? répliqua Rothstein. Si vous insinuez que notre firme a commis quelque chose d'illégal...

— L'insinuation n'est pas mon style.

— ... ou même d'immoral...

— Bien sûr que non, déclara Hyde.

— Mais alors, pardonnez-moi, de quoi s'agit-il ?

— Il vaudrait peut-être mieux porter à ma connaissance les noms des membres du conseil d'administration de ces trois sociétés. Je suis persuadé que vous possédez les formulaires de divulgation requis...

— Naturellement.

— Pensez-vous que quelqu'un de votre bureau pourrait les remplir et me les faire parvenir ? Avec la signature des intéressés ? Je vous en saurais gré.

— Nous ferons le nécessaire immédiatement, promit Phelps.

— Rien ne presse. Noël approche, vous devez être très occupés. Disons, après les fêtes.

— Certainement, dit Rothstein.

— Alors, c'est parfait, conclut Hyde, et il regarda sa montre.

Dehors, sur le trottoir, Phelps poussa un long soupir et dit :

— Maintenant, on prévient les Kidd.

— Pas de problème, fit Rothstein. Nous sommes encore en dessous des six mille lots autorisés pour un seul donneur d'ordre.

— Oui, mais ça me rend nerveux.

— Simple vérification de routine. Où vas-tu, maintenant ?

— Je dois rejoindre Kitty dans une agence de voyages pour ces foutues vacances aux Caraïbes. Je serai au bureau dans une heure environ.

L'ennui, avec Lowell Rothstein, c'est qu'il donnait l'impression de mentir. Beau parleur, un sourire charmant sur son joli visage — mais débitant des mensonges.

— Vous êtes sûr de ne pas le connaître, alors ? insista Reardon.

— Je crains que non.

Reardon lui jeta un long regard appuyé. Parfois, ça suffisait à faire changer d'avis les personnes qui lui racontaient des bobards. Pas Rothstein. Le sourire charmant demeura sur ses lèvres, son regard soutint celui du policier.

— Votre associé pense pourtant que cet homme est venu ici lundi dernier.

— Il se trompe.

— Peter Dodge n'est pas venu ici acheter des contrats d'argent-métal ?

— Non.

— Alors, d'où il sort cette idée, votre associé ?

Rothstein haussa les épaules :

— Nous sommes une firme importante, nous avons de nombreux clients.

— Mr Rothstein, pourrais-je voir votre agenda à la page du lundi 15 décembre ?

— Pourquoi ?

— Parce que votre associé semblait certain que le nom de Peter Dodge y figurait.

— Mon agenda est une chose personnelle, répondit Rothstein. Le métier de courtier est aussi confidentiel que celui de médecin ou d'avocat. Si j'étais docteur, par exemple, et si vous souhaitiez consulter mon carnet de rendez-vous pour établir si une jeune fille de dix-sept ans est venue dans mon cabinet pour un avortement, vous vous attendriez à ce que je vous donne satisfaction ? Naturellement pas. Compte tenu du caractère confidentiel de mes...

— Peter Dodge n'est pas venu ici se faire avorter. Il est venu...

— Il n'est *pas* venu.

— Il est venu acheter des contrats d'argent-métal.

— Désolé, je ne m'en souviens pas.

— Vous savez qu'il est mort ?

— Mort ? s'exclama Rothstein, l'air sincèrement surpris. Non. Comment l'aurais-je su ?

Reardon soupira.

— Je peux me procurer une injonction, pour cet agenda, dit-il. Vous voulez qu'on en arrive là ?

— Faites ce que bon vous semble, Mr Reardon. Je ne connais pas Peter Dodge et je ne l'ai pas vu le 15 décembre. Vous faites erreur. Maintenant, avec votre permission...

— Merci, grommela l'inspecteur.

Il descendit au rez-de-chaussée par l'ascenseur, sortit du bâtiment et se dirigeait vers la voiture où Ruiz l'attendait quand Phelps arriva, un journal sous le bras, une serviette à la main droite. Le policier obliqua aussitôt vers lui.

— Mr Phelps ?

Un moment effrayé, le courtier reconnut Reardon.

— Ah, inspecteur, comment allez-vous ? Vous êtes de retour, je vois.

— Je viens de parler à votre associé.

— Ah ! bon. Il a pu vous aider ?

— Il ne se rappelle pas avoir rencontré Peter Dodge.

— Ah ? dit Phelps.

Son regard prit la même expression sur ses gardes que la veille, quand Reardon l'avait interrogé sur les contrats d'argent-métal.

— C'est étrange, murmura-t-il.

— Sa secrétaire avait pourtant confirmé la visite de Dodge, non ?

— Oui, mais... nous sommes une firme importante, voyez-vous.

— Avec de nombreux clients, je sais.

— Oui. Alors peut-être que...

— Et sa secrétaire avait confirmé après avoir vérifié son agenda, non ?

— Ben, je ne sais pas trop si...

— Vous avez prié Alice, je crois, de demander à Jenny — c'est bien son nom ? — de vérifier sur l'agenda de Mr Rothstein. Vous vous souvenez de ça ?

— Oui mais...

— Et vous avez eu confirmation que Peter Dodge était bien venu voir Mr Rothstein lundi après-midi... pour acheter des contrats d'argent-métal.

— Je n'ai aucune idée du motif de sa visite, Mr Reardon. *Si* visite il y a eu. Lowell est mieux placé que moi pour le savoir. Peut-être que sa secrétaire a mal lu l'agenda, peut-être que Lowell lui-même...

— Demandez-lui, voulez-vous ?

— Lui demander quoi ?

— Si lui-même se trompe au sujet de la visite d'un certain Peter Dodge, venu acheter des contrats d'argent-métal.

— Volontiers, mais s'il vous a déjà répondu que...

— Demandez-lui quand même, d'accord ? Et tenez-moi au courant.

Reardon tira son portefeuille de sa poche-revolver, en sortit une carte qu'il remit au courtier. Celui-ci la regarda.

— Une partie est en chinois, hein ? dit-il avec un pâle sourire.

— Parfois, *tout* est en chinois, déclara Reardon.

Phelps lui lança un regard perplexe.

— Je vous rappellerai, promit l'inspecteur, et il se dirigea vers la voiture.

En montant à côté de Ruiz, il vit Phelps pénétrer dans le bâtiment par la porte à tourniquet.

— On va où, Votre Honneur ? demanda le Portoricain.

— On traîne un peu dans le coin, répondit Reardon.

Il avait travaillé Phelps comme il l'aurait fait avec le complice d'un hold-up ou d'un meurtre. Le séparer de son pote, semer quelques graines, attendre pour voir si elles germent. Si le nom de Dodge figurait bien dans l'agenda de Rothstein, Phelps avait maintenant une raison de croire que son associé avait menti au sujet d'un homme venu acheter de l'argent-métal. Restait à savoir si ça signifiait quelque chose. Parfois, les graines donnaient une vraie forêt, parfois elles mouraient dans la terre desséchée.

Sans même saluer la réceptionniste de la firme, Phelps passa devant le bureau, ouvrit la porte qui se trouvait derrière, descendit d'un pas vif le couloir menant au bureau de Rothstein. Il ne frappa pas. Rothstein dictait une lettre à sa secrétaire quand Phelps fit irruption dans la pièce.

— Jenny, j'aimerais parler à Mr Rothstein seul à seul.

La secrétaire se tourna vers Rothstein, qui hocha la tête. Dès qu'elle fut sortie, Phelps attaqua :

— Pourquoi as-tu menti à la police au sujet de ce Dodge ?

— Quoi ? Quel Dodge ?

— Peter Dodge. Pourquoi as-tu dit qu'il n'est pas venu ?

— Parce qu'il n'est *pas* venu. Qu'est-ce qui te prend, Joe ?

— Ce qui me prend... Lowell, le nom de ce type est sur ton agenda, Jenny l'a confirmé. Maintenant, explique-moi pourquoi tu as déclaré à cet inspecteur que...

— Si ce Dodge est venu ici, je l'ai oublié, tout simplement.

— Tu n'oublies presque jamais rien, Lowell.

— *Cette fois* j'ai oublié.

— Une transaction d'argent-métal ? Un homme venu acheter des contrats d'*argent* ? Position *longue* ? Alors que nous sommes impliqués avec les Kidd dans une grosse...

— Je ne vois vraiment pas l'importance de cette visite...

— Parce qu'il y a bien eu visite ?

— Si le nom de cette personne figure sur mon agenda, je suppose que, effectivement...

— Allons vérifier, Lowell. Allons voir si son nom y figure.

— Supposons qu'il y soit. Supposons que cette personne soit venue ici et que je l'aie oublié. Qu'est-ce que cela peut bien faire ?

— Pourquoi as-tu menti à un inspecteur enquêtant sur un meurtre ?

— Je ne lui ai pas menti. J'ai réellement oublié la visite de Dodge.

— Mais *maintenant,* tu t'en souviens, hein ?

— Je crois bien qu'il est venu. Si tu y tiens absolument, il est venu, là.

Les deux hommes s'affrontèrent longuement du regard.

— Alors *pourquoi* as-tu menti à Reardon ?

— Je n'ai pas menti. Nous recevons beaucoup de clients, j'ai oublié, c'est tout.

— Non, répliqua Phelps.

— Qu'est-ce que tu veux que je te dise ? fit Rothstein en haussant les épaules.

— Je veux que tu me dises pourquoi tu as menti.

Rothstein garda le silence.

— Comment Olivia savait-elle qu'il était venu ici ? continua Phelps.

— Reardon ? Olivia sait que Reardon... ?

— Non, pas Reardon. Dodge. Elle a mentionné son nom, en parlant des contrats. Comment le savait-elle, Lowell ?

Rothstein ne répondit pas.

— Et tant que tu y es, tu pourrais éclaircir un autre point qui me chiffonne, poursuivit Phelps. (Il hocha la tête, comme pour approuver d'avance ce qu'il allait dire.) Lorsque Olivia est venue ici, la semaine dernière, elle a aussi mentionné que tu avais déjà vu le programme d'achats. Tu l'avais vu et moi pas, Lowell. Comment ça se fait ?

— Joe...

— Arrête, avec tes « Joe ». Qu'est-ce qui se passe ? Tu avais *vraiment* déjà vu ce programme ?

— Non.

— Alors pourquoi Olivia le croit-elle ?

— Je te l'ai dit. Elle a des tas de choses en tête, elle...

— Ça, je ne l'avale pas non plus, rétorqua Phelps. (Il secoua la tête.) Je nous croyais associés...

— Mais nous le sommes.

— Je suis mouillé dans cette affaire...

— Moi aussi.

— La C.C.M.T. pose des questions.

— Ne t'inquiète pas pour ça.

— Ce qui m'inquiète, c'est que mon associé me *ment* ! explosa Phelps.

— Joe, fais-moi confiance.

Phelps regarda Rothstein, hocha la tête plusieurs fois de suite et répliqua :

— Lowell, quand quelqu'un me demande de lui faire confiance, tu sais comment je réagis ?

— Comment ?

— Je planque l'argenterie.

Les deux hommes se dévisagèrent un moment puis Rothstein soupira.

— Bon, d'accord.

— Bon, quoi ?

— Voici ce qu'il s'est passé, dit l'associé de Phelps.

Ils attendaient devant l'immeuble depuis une vingtaine de minutes quand le courtier en sortit, une serviette à la main.

— Le voilà, murmura Reardon.

Phelps s'avança au bord du trottoir, héla un taxi.

— Suis-le, dit Reardon à Ruiz.

Lorsque le taxi repartit, Ruiz prit son sillage.

— Ne le perds pas, Alex, grommela Reardon.

La circulation ralentit quand ils arrivèrent au cœur de la ville : il ne restait que deux jours avant Noël et le centre grouillait de gens venus faire leurs achats. Le taxi remonta lentement vers le nord le long de rues où des pères Noël agitaient leur cloche, où les dames de l'Armée du salut jouaient du trombone et lançaient un « Dieu vous bénisse » à tout passant jetant une pièce dans leur marmite. Au carrefour de la 57e Rue, le taxi tourna à droite ; le feu passa au rouge juste devant la Phymouth des policiers.

— On le grille, décida Reardon.

Ruiz tourna à droite, le flic du coin de la rue se mit à hurler. Sans se préoccuper de lui, l'inspecteur portoricain supputa :

— Il prend la direction du pont, on dirait.

— Sais pas, marmonna Reardon

A proximité de Sutton Place, le taxi prit la file de droite et commença à ralentir.

— Doucement, dit Reardon.

Ruiz ralentit lui aussi. Le taxi s'arrêta devant un immeuble de rapport, Phelps descendit, salua le portier d'un signe de tête et s'engouffra dans le bâtiment.

— Et maintenant ? demanda Ruiz.

— On attend.

Il était 11 h 20 quand Rothstein découvrit que son associé avait quitté le bureau. Il avait appelé Alice pour lui demander si Mr Phelps était pris pour le déjeuner, dans l'intention d'emmener Joe dans un bon restaurant afin de lui lisser les plumes. La secrétaire avait répondu que Mr Phelps n'avait pas de rendez-vous inscrit sur son agenda, mais qu'elle ne pouvait pas vérifier avec lui parce qu'il se trouvait actuellement dans la chambre forte.

— Comment ça ? fit Rothstein. Dans notre chambre forte ?

— Oui, monsieur. En portant des papiers au bureau de Mr Donahue, j'ai vu Mr Phelps entrer dans la chambre forte.

— Quand était-ce ?

— Oh ! il y a vingt minutes environ.

— Et il y est encore ?

— Ça, je ne sais pas. En tout cas, il n'est pas dans son bureau.

— Merci, dit Rothstein, et il composa aussitôt le numéro de la chambre forte.

— Allô ? fit une voix d'homme.

— Qui est à l'appareil ?

— Donahue.

— Mike, c'est Lowell. Joe est dans la chambre forte ?

— Y a personne ici à part moi, répondit Donahue.

— Tu en es sûr ?

A moins qu'il se cache dans un des coffres...

— Merci, dit Rothstein.

Il raccrocha. Les sourcils froncés, il se leva, sortit de son bureau, passa devant sa secrétaire, descendit le couloir sans s'arrêter devant la porte du bureau de Phelps, tourna à droite au fond du corridor, en direction de la chambre forte. Donahue, qui venait d'en sortir, refermait la lourde porte d'acier.

— C'est bon, laisse ouvert, lui dit Rothstein.

Donahue hocha la tête, s'éloigna.

La chambre forte était tapissée de coffres de dimensions diverses contenant les valeurs des clients de la firme. Deux clés étaient nécessaires pour ouvrir n'importe lequel de ces coffres : celle du client et le passe-partout de la firme. Les courtiers conservaient les clés des clients — afin qu'il soit plus facile de détacher les coupons, chaque trimestre — et possédaient également un passe-partout chacun. A la différence de ce qui se passe dans une banque, il n'y avait pas de registre à signer chaque fois qu'on désirait avoir accès à un coffre. Les seules personnes utilisant la chambre forte étaient des employés de Rothstein-Phelps, tous soigneusement sélectionnés avant d'être embauchés, tous présumés honnêtes.

Un seul coffre préoccupait Rothstein pour le moment.

Si son associé n'avait pas parlé de « planquer l'argenterie »...

Si son associé n'était pas devenu livide quand lui-même avait parlé de la visite de Dodge...

Si son associé n'avait pas semblé au bord de la panique lorsque lui-même avait mentionné le coup de téléphone qu'il avait donné *après* la visite de Dodge...

Si son associé n'était pas mort de frayeur...

Alors Rothstein n'aurait pas été si préoccupé par le coffre en question.

Le coffre appartenait à une veuve nommée Phyllis Katzman ; il contenait près de trois millions et demi de dollars en bons au porteur.

Rothstein s'en approcha, tira un trousseau de sa poche, chercha la clé de Katzman, le passe-partout, ouvrit le coffre.

Il était vide.

Trois millions quatre cent quatre-vingt mille dollars en bons du Trésor, payables au porteur, avaient disparu.

Rothstein eut une sueur froide. Il décrocha aussitôt le téléphone mural, appela le *Park Lane Hotel.*

Dans la Plymouth arrêtée devant l'immeuble de Sutton Place, Ruiz demanda :

— Qu'est-ce que t'en penses ?

— Je ne sais pas, répondit Reardon.

— Il crèche ici ou il rend visite à quelqu'un ?

— Les deux sont possibles.

Ruiz regarda sa montre et déclara :

— Je commence à avoir les crocs.

Reardon consulta sa montre lui aussi.

— Ouais, grogna-t-il.

— Tu veux que je demande au portier s'il a un Phelps parmi ses locataires ?

— Il pourrait téléphoner là-haut, bousiller le coup.

— Alors, on monte, proposa Ruiz.

— Sans mandat ?

— Qu'est-ce qu'on lui veut, à ce mec, de toute façon ?

— Je sais pas trop.

— On reste ici, alors ?

— On attend. Pour voir ce qu'il va faire.

— Tu penses qu'il va faire quoi, toi ?

— Aucune idée.

— Votre Honneur, je vous demande pardon, mais j'ai jamais fait une planque aussi conne de ma vie. Vous savez pas ce que vous voulez à votre bonhomme, vous savez pas pourquoi on attend...

— Il est sorti en quatrième vitesse, Alex. Je lui dis

que son associé lui ment et hop ! il monte sur son vélo de course. Tu ne trouves pas ça intéressant, Alex ?

— Ouais, très intéressant, marmonna Ruiz.

Les deux policiers se remirent à surveiller l'entrée de l'immeuble. Au bout d'un moment, le Portoricain regarda à nouveau sa montre et dit :

— Je connais un resto italien super, dans le coin.

Reardon garda le silence. Des gens passèrent devant la voiture ; une dame en vison sortit de l'immeuble, examina le ciel. Le portier consulta sa montre, Ruiz fit de même.

— T'es content de voir arriver Noël, toi ? demanda-t-il.

— Non, répondit Reardon.

— Moi non plus. J'ai *horreur* de Noël.

Un gosse traversa le trottoir sur ses patins à roulettes ; le portier ôta son gant droit pour se curer le nez.

— Tu m'en mettras une livre, dit Ruiz en le regardant.

— Hé ! s'écria Reardon, qui se redressa sur son siège. Ruiz suivit son regard.

— Tiens, tiens, fit-il.

Une conduite intérieure Mercedes-Benz marron se garait devant l'immeuble.

Les portières s'ouvrirent, trois hommes à la peau basanée descendirent, marchèrent vers la porte d'un pas pressé. Reardon jaillit de la Plymouth côté passager, pistolet à la main.

— Police ! cria-t-il. Arrêtez ou je tire !

Au même moment, Ruiz sortit de l'autre côté, jambes fléchies, arme dégainée.

Les trois hommes se figèrent sur le trottoir, à moins d'un mètre cinquante du portier. Un regard suffit à

Ruiz pour apprendre qu'ils n'étaient pas *latinos*. Il ne savait pas ce qu'ils étaient exactement, mais on pouvait déjà rayer portoricains, colombiens, cubains, mexicains, etc. Reardon n'avait aucune idée non plus de leur origine. Mais Sadie les avait qualifiés de portoricains et il était disposé à accepter cette affirmation, d'autant que deux d'entre eux arboraient de fines moustaches de danseur de flamenco. En fait, il se moquait de leur origine. Ils étaient arrivés dans une Mercedes-Benz marron, ils s'étaient dirigés vers un immeuble où Joseph Phelps était entré moins de trois quarts d'heure auparavant. Phelps, dont la firme avait vendu de l'argent-métal à un nommé Peter Dodge, assassiné par trois hommes qu'on avait vus dans une Mercedes-Benz marron. Et qui étaient là maintenant. C'était ça, l'important, ils étaient là. Sauf que…

Ils avaient déguerpi.

Pendant les trois secondes que les considérations embrouillées de Reardon avaient mises pour lui traverser l'esprit, les types avaient détalé. Zip, zap, un coup je te vois, un coup je te vois plus.

Les deux moustachus avaient jeté un bref coup d'œil au pistolet de Reardon, un autre plus rapide encore à l'arme de Ruiz puis avaient filé vers le coin de la 55e Rue. L'homme sans moustaches n'avait rien regardé du tout. Il avait baissé la tête et foncé comme un taureau vers le pont de Queensboro.

Reardon se lança à sa poursuite, Ruiz courut derrière les moustachus.

Ce n'était pas un bon jour pour courser des suspects.

En fait, c'est rarement le bon jour parce que, cinéma mis à part, les inspecteurs de police ne sont généralement pas en grande forme physique, tandis que les suspects sont parfois des types qui viennent juste de sortir de prison, où ils ont passé leur temps à soulever des haltères quand ils ne pelotaient pas leurs compagnons de cellule. Ruiz, un peu plus jeune que Reardon, était en meilleure condition, mais la Première Avenue était littéralement noire de monde et les deux moustachus avaient une certaine avance sur lui. L'idée le traversa soudain que c'étaient peut-être des Arabes. Déduction brillante, compte tenu du fait qu'il cavalait sur le bitume en essayant de ne pas perdre les fuyards de vue, et les déductions brillantes ne nous viennent pas facilement en pleine poursuite de cinéma. Mais le type de l'avion était un Arabe, non ? Apparemment, ça collait. Et Ruiz faisait tout ce qu'il pouvait pour ne pas se faire semer.

Dans la 59e Rue Est, Reardon déployait des efforts comparables mais avait beaucoup moins de souffle que son collègue. Reardon n'aimait pas les poursuites. Il n'aimait pas non plus les films policiers parce qu'ils faisaient croire aux citoyens moyens que les flics passent leur temps à courser les suspects dans les ruelles, par-dessus les clôtures, dans les couloirs du métro ou Dieu sait où, alors que les flics préfèrent de loin siroter une bière en regardant la télé. Des jours comme celui-là, Reardon regrettait de ne pas avoir arrêter de fumer ; des jours comme celui-là, il regrettait de ne plus avoir dix-neuf ans. Ah ! il savait courir, à dix-neuf ans ! Le type, là, devant, qui filait maintenant dans l'ombre du pont, devait avoir un peu plus de vingt ans. Haletant, Reardon courait lourdement derrière lui.

Dans la Première Avenue, Ruiz fut bloqué par un feu rouge — ou plutôt par la foule attendant au bord du trottoir que le feu passe au vert. Par la foule et le père Noël.

— Un p'tit quèque chose pour les nécessiteux, m'sieur ? sollicita le père Noël.

— Barre-toi ! lui cria le Portoricain. (Il essaya de se frayer un chemin dans la foule.) Police ! Poussez-vous, poussez-vous !

Un camion de bière s'arrêta au croisement et Ruiz jura qu'il ne boirait plus jamais de Budweisser. Le camion repartit.

De l'autre côté de la rue, les deux Arabes se trouvaient déjà au milieu du pâté de maisons.

— Merde, grommela Ruiz en se remettant à courir.

C'est maintenant ou jamais, pensa Reardon. Rattrape-le, plaque-le aux jambes ou descends-le, mais gaule-le d'une manière ou d'une autre. Parce qu'il va te filer entre les doigts, si tu risques pas le coup maintenant.

Il risqua le coup.

Il fonça de toutes ses forces, au point d'en avoir envie de vomir. Il ne pouvait tirer à cause des piétons qui encombraient le trottoir et s'écartaient comme la mer Rouge pour Moïse lorsqu'ils le voyaient surgir, pistolet au poing. Le petit homme à la peau bistre tourna le coin de la rue. « Mets le paquet, pensa Reardon, il va disparaître, mets le paquet. » Il tourna lui aussi, plongea en avant comme un rugbyman et, vlam ! chopa le petit fumier au milieu du dos, l'étendit à plat ventre sur le trottoir, braqua son arme vers lui quand l'homme roula sur lui-même et commença à se relever, les bras raidis derrière lui pour prendre appui sur le bitume, les jambes déjà prêtes à repartir.

— Non, dit Reardon, pantelant.

L'homme regarda le pistolet.

— Non, répéta le policier.

L'homme n'essaya pas de s'enfuir.

Dans la première Avenue, les Arabes étaient pris dans un groupe de jeunes gens frappant sur leur tambourin en chantant *Hare Krishna*. Ils essayèrent de se dégager en poussant un crâne rasé par-ci, une tunique safran par-là, mais Ruiz les rattrapa, agrippa le plus proche par les revers de sa veste, le projeta contre le mur de brique d'un immeuble et se retourna au moment où l'autre se jetait sur lui. Ruiz n'avait pas achevé sa rotation et ne pouvait utiliser la main qui tenait l'arme, la droite. Il leva le bras gauche, doigts tendus, et frappa l'Arabe à la tête du tranchant de la main.

Le type avait un crâne en granit.

— Aaouh ! s'écria Ruiz en ramenant son bras en arrière.

Mais l'Arabe s'effondra tout de même et le policier revint à celui qu'il avait catapulté contre le mur et qui s'apprêtait maintenant à filer.

Ruiz pointa son arme vers lui.

— M'oblige pas à te descendre juste avant Noël, dit-il.

Les trois Arabes parlaient entre eux en arabe — si c'étaient bien des Arabes. Les flics ne savaient toujours pas ce qu'ils étaient au juste parce qu'aucun d'eux n'acceptait de répondre aux questions, en anglais ou en n'importe quelle langue. Ce fut le lieutenant Farmer qui trancha le nœud gordien.

— Qu'est-ce qu'on s'emmerde ? dit-il. Bouclez-les pour meurtre.

Les trois Arabes se regardèrent.

— Qui avez-vous envoyé pour surveiller l'immeuble de Phelps ? demanda Farmer à Reardon.

— Le Pape.

— Tout seul ? Il va réciter son chapelet au lieu de faire gaffe.

— Samuels est avec lui.

— Bon, emmenez-moi ces cocos au central et incupez-les de meurtre, dit le lieutenant. (Il regarda les trois hommes comme s'il venait juste de découvrir leur présence.) A moins que vous ne consentiez à nous dire ce que vous faisiez à Sutton Place.

— Nous avons des amis dans cet immeuble, répondit l'Arabe au visage glabre.

Il s'adressait à Reardon, comme s'il appartenait à l'inspecteur qui lui avait mis le grappin dessus.

— Quels amis ? demanda Reardon.

— Un ami.

— Nommé Joseph Phelps ?

— Nous ne connaissons pas de Joseph Phelps.

— Vous connaissez un Ralph D'Annunzio ?

Pas de réponse.

— Et un nommé Peter Dodge ?

Pas de réponse.

— On a reconnu la voiture que vous conduisiez, intervint Farmer. Elle a été repérée devant le *Luna Mare* lundi dernier. Qu'est-ce que vous faisiez là-bas ?

— Nous ne connaissons pas ce restaurant.

— Qui a dit que c'est un restaurant ? répliqua Hoffman.

— Téléphonez, ordonna Farmer à Ruiz. Je veux qu'on ramasse Sadie et qu'on l'amène ici.

— Nous avons un témoin qui vous a vus entrer dans ce restaurant avec des flingues, reprit Hoffman. Alors, tu parles ou tu veux nous compliquer l'existence ?

— Sergent ? fit Ruiz dans le combiné. Vous pouvez envoyer un des gars chercher Sadie, la clodo ?

— Si tu nous compliques la vie, on compliquera la tienne, prévint Gianelli en haussant philosophiquement les épaules.

— Tout de suite, poursuivit Ruiz. Et, à l'intention des Arabes, il ajouta : On a les trois enflés qui ont refroidi D'Annunzio.

Il raccrocha, se tourna vers Farmer :

— Ils nous l'amènent dès qu'ils l'auront chopée.

— Alors, qu'est-ce que t'en dis ? demanda Farmer à l'Arabe sans moustache.

A la grande surprise du lieutenant, un des moustachus répondit :

— Ce n'était pas *notre* idée...

Mais aussitôt l'autre moustachu se mit à crier en arabe — si c'était de l'arabe —, probablement pour ordonner à son copain de fermer sa grande gueule, et les deux hommes vociférèrent dans une langue qui, en tout cas, n'était pas de l'anglais, jusqu'à ce que Reardon leur ordonne de la fermer, *tous les deux*. La salle de permanence redevint silencieuse.

— Ton nom ? demanda-t-il au premier moustachu.

— Anwar Biswas.

— Qu'est-ce que tu allais dire quand ton copain t'a interrompu, Anwar ?

L'autre moustachu se remit à brailler en langue étrangère mais Anwar cria lui aussi :

— Non, Zahir, je ne me tairai pas ! (Il se tourna vers Reardon.) Ce n'était pas notre idée de faire ça.

— C'était pour notre pays, intervint l'homme au visage glabre.

— Tu t'appelles ? demanda Reardon.

— Fazal Omara.

— Et tu as fait ça pour ton pays ? intervint Farmer.

— Pour notre chef.

— Quel chef ? dit Hoffman.

Le troisième Arabe entra à nouveau en éruption, en gestes et en paroles. Déversant un torrent de mots probablement arabes, il bondit de sa chaise et saisit Fazal à la gorge, dans l'intention évidente de l'étrangler, ce dont Hoffman le dissuada en lui balançant son genou dans les couilles.

— Assieds-toi, marmonna le vieil inspecteur. Si t'as quelque chose à dire, dis-le en anglais. Sinon tu la boucles et tu laisses tes potes expliquer la situation. T'as compris ou t'en veux un autre dans les noix ?

— Vous aurez la tête tranchée, menaça l'Arabe en lançant à ses compatriotes un regard noir.

— Si c'est tout ce que t'as à dire, ferme-la, lui ordonna Hoffman.

— Vous êtes des imbéciles !

— C'est toi l'imbécile, Zahir ! répliqua Fazal. Ces types sont de la *police* !

— Allez, on vous écoute, dit Farmer.

Il y eut un nouveau silence et Reardon crut la partie perdue. Puis Fazal déclara :

— Un messager de notre prince a été tué dimanche dernier.

— Où ? demanda Reardon.

— A l'aéroport. En descendant de l'avion de Washington.

— Comment s'appelait-il, ce messager ?
— Amin Abbas.
— Le téléphone, Gianelli, dit le lieutenant. Comment ça s'écrit ? demanda-t-il à Fazal.
— A-M-I-N, A-B-B-A-S.
— C'est noté, Gianelli ? Amin Abbas, vérifiez auprès des compagnies aériennes.
— Qui l'a tué ? demanda Reardon.
— Des ennemis infiltrés dans notre gouvernement, répondit Anwar.
— Qui ? Des noms.
— Je n'ai pas de noms de personne à vous donner. C'est un groupe appelé l'Ordre de la guerre sainte.
— Et vous, qu'est-ce que vous fichiez à l'aéroport ? dit Hoffman.
— Nous étions venus l'accueillir, répondit Fazal.
— Nous l'avons vu s'écrouler..., ajouta Anwar.
Zahir secoua la tête. En se massant le bas-ventre.
— Inspecteur Gianelli, 5e brigade, annonça Gianelli au téléphone. J'ai un truc à faire passer dans votre ordinateur...
— Il y avait tellement de policiers, poursuivit Fazal.
— Impossible d'approcher.
— Un nommé Amin Abbas, reprit Gianelli. D'où il venait, où il allait, tout... Oui, j'attends.
— Nous avons suivi l'ambulance...
— Jusqu'à l'hôpital...
— Et nous avons récupéré le corps.
— Pour quoi faire ? voulut savoir Farmer.
— Amin avait le calendrier sur lui, répondit Fazal.
— Quel calendrier ? demanda Reardon.
— Enfin, il *aurait dû* l'avoir. Mais il n'y était pas. Il n'y avait rien dans ses poches.

— Quel calendrier ? répéta Reardon.

Zahir explosa à nouveau. Cette fois, il ne se leva pas mais débita les mots lentement, d'une voix menaçante, vraisemblablement pour inviter ses compagnons à se taire une fois pour toutes. Il assortit sa mise en garde d'un regard destiné à faire tourner leur sang en eau de boudin, mais ni ses lèvres ni ses yeux n'obtinrent de résultat.

— Un calendrier tombé dans de mauvaises mains, expliqua Fazal.

— Quelles mains ?

— Celles d'un nommé Peter Dodge.

— Vas-y, dis-leur tout ! beugla soudain Zahir en anglais.

— La ferme, lui intima Hoffman. Alors, ce Dodge ?

— Je viens de vous le dire, répondit Fazal. Il était entré en possession du calendrier.

— Quel calendrier, bon sang ? demanda Reardon.

— Un calendrier important, répondit Anwar.

— Important pour quoi faire ? intervint Farmer.

— Je ne sais pas, avoua Fazal. On nous avait seulement ordonné de le reprendre.

— A Dodge ?

— Oui.

— Qui vous l'avait ordonné ?

— Lui, dit Fazal en désignant Zahir du menton.

— C'est toi le chef ? demanda Reardon à Zahir.

Pas de réponse.

Gianelli raccrocha le téléphone et annonça :

— Abbas avait un billet Phoenix-Washington-New York, plus une correspondance le lendemain pour Rabat, avec le Concorde.

— C'est où Rabat ? fit Hoffman.

— Au Maroc, dit Ruiz.

— Qu'est-ce qu'il était allé faire à Phoenix ? demanda Reardon à Zahir.

Pas de réponse.

— Vous êtes de là-bas ? dit Farmer. Du Maroc ?

Pas de réponse. Les deux Arabes qui s'étaient montrés coopératifs devaient avoir réfléchi, pensait Reardon. Dans un commissariat, les gens finissent toujours par réfléchir et changer d'attitude. D'abord ils se mettent à table et puis ils se demandent s'ils n'en ont pas trop dit. L'obstination du chef n'aidait pas non plus. Il continuait à donner le mauvais exemple : la bouche fermée en une mince ligne, les sourcils froncés, les yeux sombres flamboyant de toutes les malédictions auxquelles il pouvait penser.

— Mon gars, c'est toi qui vas écoper, tu le sais ? lui dit Reardon.

— Bien sûr, enchaîna aussitôt Gianelli, les autres rigolos sont juste des complices.

— On sait déjà que c'est lui qui leur a ordonné de récupérer ce foutu calendrier, renchérit Hoffman.

— Moi aussi j'obéissais aux ordres, se défendit Zahir.

— Quels ordres ?

— Reprendre le calendrier.

— Comment tu les as reçus, ces ordres ?

— Un coup de téléphone.

— De qui ?

— Je ne sais pas.

— Un moment, dit Farmer. Recommençons depuis le début, d'accord ? Tu dis que quelqu'un t'a *envoyé* chez Dodge pour reprendre ce truc, là, le calendrier, mais tu ne sais pas qui c'était ?

— Je connais la personne qui m'a téléphoné,

répondit Zahir. Mais elle ne faisait que transmettre les ordres de quelqu'un d'autre.

— Bon, qui t'a téléphoné, pour commencer ?

— Un de mes compatriotes.

— Un Marocain ?

— Nous ne sommes pas marocains.

— Marocain ou ce que tu voudras, gronda Hoffman, comment il s'appelle, ce type ?

— Je ne connais pas son nom, seulement sa voix.

Les inspecteurs échangèrent des regards exaspérés ; Farmer soupira.

— Bon, reprit-il, cet homme dont tu connais la voix et pas le nom, qu'est-ce qu'il a dit ?

— Qu'un nommé Peter Dodge était en possession d'un calendrier important et que nous devions le lui reprendre.

— Et c'est tout ?

— C'est tout.

Ce fut au tour des deux autres Arabes de se mettre à crier dans leur langue. Les inspecteurs écoutèrent sans comprendre un mot. Ruiz se grattait le crâne, Farmer se demandait s'il n'y avait pas, parmi les flics en uniforme, un gars d'origine syrienne ou irakienne. De temps en temps, des mots anglais se glissaient dans le reste.

— Nos ordres...

De l'arabe.

— Tu le sais...

A nouveau de l'arabe.

Et finalement, Anwar lâcha dans un anglais furieux, l'index sous le nez de Zahir, comme s'il voulait l'embrocher :

— Nos ordres étaient de le *tuer* !

Zahir explosa à son tour. Hoffman se demanda s'il

devait lui filer un autre coup de genou dans les valseuses, Reardon lui fit signe de les laisser s'expliquer.

— Ainsi que *tous ceux* qui avaient vu le calendrier ! ajouta Fazal.

Silence.

Les trois Arabes se regardèrent ; Gianelli se demanda s'ils allaient s'embrasser et faire la paix.

— Vous avez bien fait de parler, dit Reardon à Anwar et à Fazal, en s'interrogeant sur leur connaissance de la loi américaine. Si vous obéissiez aux ordres, ce n'est pas à vous de payer les pots cassés.

— Nous obéissions ! s'écria Anwar.

— C'est vrai ? demanda Reardon à Zahir.

L'Arabe acquiesça de la tête.

— Vous aviez l'ordre de tuer Dodge ?

— De récupérer le calendrier, dit Zahir.

— Et de le *tuer,* enchaîna Fazal. Pourquoi fais-tu l'imbécile ? Tu veux être pendu ?

— L'ordre de le tuer, oui, reconnut Zahir à voix basse, et il soupira.

— Parce qu'il avait vu ce calendrier, c'est ça ?

— Oui.

« Excellente raison pour descendre un type, pensa Reardon. »

— Soyons clair, intervint le lieutenant. J'ai du mal à comprendre. Votre lascar, Abbas...

— Messager du Prince Eternel, souligna Zahir d'un ton digne.

— ... trimbale un calendrier avec lui quand il descend d'avion à La Guardia. Mais il se fait buter, le calendrier disparaît, et on le retrouve dans l'appartement de Dodge ? (Il se tourna vers ses inspecteurs.) C'est bien ça que vous avez compris, vous ? (Il revint à Zahir.) Comment ce calendrier a-t-il atterri dans les mains de Dodge ?

— Un nommé Ralph D'Annunzio le lui avait donné, répondit Zahir.

— Quoi ? s'exclama Hoffman.

Reardon hocha la tête : les morceaux du puzzle commençaient à se mettre en place.

— D'Annunzio le lui avait remis ce jour-là, pendant le déjeuner, au *Luna Mare.* C'est ce que Dodge nous a dit.

Reardon continuait à assembler le puzzle. Ou du moins il essayait.

— Alors vous avez été obligés de tuer aussi D'Annunzio, conclut le policier.

— Oui, acquiesça Zahir.

— Parce qu'il avait vu le calendrier.

— Oui.

— Salement important, ce calendrier, commenta Hoffman.

— Et qu'est-ce que vous faisiez à Sutton Place ? demanda Ruiz. Il y avait aussi quelqu'un qui avait vu le calendrier, là-bas ?

— On nous y avait envoyés.

— Mais *qui* n'arrête pas de vous envoyer quelque part, bordel ? s'énerva Hoffman.

— Nous avons reçu un coup de téléphone.

— Encore votre type ? dit Farmer. Celui dont vous connaissez la voix mais pas le nom, et dont vous ne savez pas qui l'appelle et le charge de vous donner ces putains de messages ? C'est celui-là ?

— Oui, répondit Zahir, comme si le lieutenant avait formulé une phrase à la syntaxe correcte.

— Et puis ?

— Il m'a simplement informé qu'un homme appelé

Joseph Phelps avait volé des valeurs négociables et que je devais mettre la main sur lui avant la police.

— Quelle sorte de valeurs négociables ? demanda Reardon.

— Aucune idée.

— Ce bonhomme, au téléphone, vous file juste les ordres, hein ? dit le lieutenant. Et vous, vous vous dépêchez d'obéir, quel que soit le truc qu'on...

— Ça ressemble assez à la police de New York, fit remarquer Gianelli.

— Nous le faisons pour notre pays, déclara Zahir.

Reardon, qui avait gardé un moment le silence, demanda soudain :

— Vous ne saviez pas ce qu'il y avait sur ce calendrier ?

L'Arabe secoua la tête négativement.

— Alors, comment saviez-vous ce que vous cherchiez ?

Silence.

— Vous avez mis l'appartement de Dodge sens dessus dessous. Qu'est-ce que vous cherchiez ?

Silence.

Zahir se tourna vers ses compagnons ; aucun d'eux ne prononça un mot.

— Qu'est-ce qu'il y a sur ce calendrier ? insista Reardon.

Pas de réponse.

— Qu'est-ce qui va nous dire ce qu'il y a sur ce foutu calendrier ? grommela Farmer.

Visages de pierre.

Terminus.

— Bon, embarquez-les, ordonna le lieutenant.

12

Le bureau de Sandy, au magazine *Forbes,* avait à peu près les dimensions de la salle d'interrogatoire du 5e. La jeune femme était assise derrière un bureau encombré de coupures de journaux, de photocopies, de pages de livres, d'un pot de colle, d'une paire de ciseaux, d'un rouleau de ruban adhésif transparent, de crayons de diverses tailles et couleurs, et d'un cendrier débordant de mégots. La pièce empestait la fumée de cigarette froide.

— J'ai arrêté il y a deux semaines, dit-elle. Le cendrier, c'est pour me rappeler que c'était une sale habitude.

Reardon hocha la tête.

— Je connais un type qui a mis une cinquantaine de clops à macérer dans une jarre d'eau, continua Sandy. Chaque fois que l'envie de fumer le reprend, il soulève le couvercle de la jarre, respire une bonne bouffée. Ça suffit pour lui faire passer son envie.

Le policier se demanda si elle parlait du type avec qui elle avait couché samedi dernier.

— J'ai déjà arrêté trois ou quatre fois, au moins, dit-il.

— Jamais tenu, hein ?

— C'est la dernière fois que j'ai tenu le plus longtemps.

— Combien de temps ?

— Trois ans.

— Et tu as recommencé ? s'étonna Sandy.

— M'ouais.

— Quand était-ce ?

— En juillet.

— Pourquoi ?

— Ma femme m'a annoncé qu'elle demandait le divorce.

— Oh, fit Sandy. C'est le genre de truc qui vous fait retomber à tous les coups.

— Ouais.

— Ça ne te fait rien si j'en grille une maintenant ?

— Non, non, vas-y.

Il chercha son paquet de cigarettes dans sa poche, regarda Sandy et changea d'avis.

— Vas-y, insista-t-elle.

— Non, non.

— Allez, tu me culpabilises.

— Non, je peux attendre, vraiment, assura-t-il.

— Bon, dit Sandy, et elle sourit.

Reardon en avait réellement envie, de cette cigarette. Il ne savait pas quoi faire de ses mains.

— La raison pour laquelle je suis passé te voir..., commença-t-il en se grattant la mâchoire. Je me sens idiot, vraiment, mais tu es la seule qui puisses me renseigner...

— A quel sujet ?

— La victime du meurtre.

— Le restaurateur dont tu m'as parlé ? De Mulberry Street ?

— Non — enfin, si, les deux affaires sont liées mais

je ne sais pas comment. Ou plutôt je sais *comment* mais j'ignore *pourquoi.* Non, je sais *pourquoi* mais ce pourquoi n'a aucun sens... Dis, ça te dérangerait vraiment si je fumais ?

— Je t'en prie, dit la jeune femme en poussant vers Reardon le cendrier plein de mégots.

Il sortit aussitôt son paquet, alluma une cigarette.

— Merci. Je suis désolé, s'excusa-t-il en rejetant un jet de fumée.

— Pas de problème.

— L'autre victime, celui de l'affaire liée à celle du restaurateur, était un avocat, tu vois...

— Mmm.

— Il s'est rendu chez un courtier...

— Ah ! dit Sandy.

— Ouais, c'est pour ça que je suis ici. Du moins, en partie.

— Pourquoi ne me dis-tu pas simplement ce que tu cherches ? suggéra la journaliste, les yeux fixés sur la cigarette du policier.

— D'accord. Voilà : un avocat nommé Peter Dodge prend connaissance d'un calendrier important...

— Quel genre de calendrier ?

— Justement, c'est la question. Attends un peu, tu veux ? Il voit donc ce calendrier et fonce aussitôt acheter des contrats d'argent-métal par l'intermédiaire de la firme de courtage Rothstein-Phelps.

— Uh-huh.

— Tu la connais ?

— C'est la plus importante de la ville pour les marchandises à terme.

— Bon. Ce soir-là, Dodge est tué par des Arabes et on lui prend le calendrier. On le lui *reprend,* plus exactement, parce qu'il n'en était pas le détenteur légitime. Mais un nommé Ralph D'Annunzio — le restaurateur dont je t'ai parlé — a vu lui aussi le calendrier, et il se fait descendre une heure plus tard, environ.

— Pff, siffla Sandy. Important, ce calendrier, hein ?

— Il semblerait.

— Je me répète mais… Quel genre de calendrier ?

— C'est ce que je voudrais que tu me dises.

— Moi ? Les calendriers, c'est plutôt le rayon des facteurs… Tu dis que Dodge a acheté des contrats d'argent-métal après l'avoir vu ?

— Un paquet, position longue.

— C'est une coïncidence, cet achat précipité, ou une conséquence directe du fait qu'il avait vu le calendrier ?

— Je n'en ai aucune idée, avoua Reardon.

— Mmm.

— Ça veut dire quoi, « Mmm » ?

— Ecoute, c'est juste une supposition…

— Bien sûr.

— Le mot calendrier a plusieurs sens, ça peut désigner aussi une liste de dates auxquelles certaines choses doivent être faites, non ? Une sorte de plan…

— Oui ? fit Reardon, l'intérêt éveillé.

— Ton Dodge a vu ce document et… Bon, ça n'a peut-être aucun rapport mais c'est ce qu'il a fait… il a couru acheter de l'argent-métal.

— Exact.

— Suppose que ce calendrier donnait des dates d'opérations pouvant affecter le cours de l'argent-métal.

— L'affecter ?

— Le faire grimper.

— Quoi, par exemple ?

— Je ne sais pas.

Sandy réfléchit un moment en silence, regarda Reardon écraser sa cigarette dans le cendrier.

— Par exemple, reprit-elle, si le prix du pétrole monte, l'or et l'argent suivent, en général. Il y a des Arabes dans le coup, tu dis ? Bon, supposons que l'O.P.E.P. prévoie une série d'augmentations du prix du baril, supposons que ton Dodge tombe sur un calendrier donnant les *dates* et le *montant* de ces augmentations. Si les mécanismes du marché lui sont familiers, il comprendra aussitôt les conséquences que ces augmentations du prix du pétrole peuvent avoir et s'empressera d'investir dans des contrats d'or ou d'argent. Comme l'or est plus cher, il se rabattra peut-être sur l'argent — ça demande moins de liquide, tu saisis ? C'est peut-être l'explication.

— Un calendrier d'augmentation du prix du pétrole, hein ?

— Peut-être, répondit Sandy en haussant les épaules.

— Qui l'a conduit à penser que le prix de l'argent-métal grimperait, hein ?

— C'est généralement comme cela que ça se passe, oui.

— Alors il s'est précipité pour avoir sa part, acheter son propre petit paquet de contrats d'argent-métal...

— Si tu le dis.

— C'est son associée qui le dit. Il a foncé chez Rothstein-Phelps.

— Laisse-moi vérifier comment s'est comporté le marché de l'argent-métal la semaine dernière, d'accord ? proposa Sandy. (Elle regarda sa montre.) Tu me retrouves chez moi vers 5 heures ? J'aurai sûrement quelque chose pour toi. On en discutera en prenant un verre.

— Bon.

— Attends, je te donne la clef, dit-elle. (Elle plongea la main dans son sac, en ressortit un paquet de cigarettes entamé.) Merde, je croyais les avoir toutes balancées. Tiens, prends-les, enfume-toi l'esprit. (Elle lui tendit les cigarettes puis la clef.) Rendez-vous à 5 heures.

— Merci.

— Tu as l'air préoccupé. Qu'est-ce qu'il y a ?

— Je réfléchis. Tu penses qu'un calendrier de l'O.P.E.P. a vraiment pu être à l'origine de deux assassinats — trois si on compte celui de l'aéroport ?

— C'est toi le flic, répondit Sandy. Dis-le-moi.

L'homme assis sur la chaise en bois à dossier droit ne disait rien à personne.

Il s'appelait Joseph Phelps.

Mazzi et Samuels l'avaient vu sortir de l'immeuble de Sutton Place un peu après 1 heure. Avant qu'ils aient eu le temps de descendre de voiture, le courtier avait fait signe à un taxi et y était monté. Les deux policiers l'avaient arrêté à l'aéroport Kennedy alors qu'il achetait un aller simple pour Rio.

Il portait dans sa serviette près de trois millions et demi de dollars en bons du Trésor.

— Je croyais qu'il y avait que les nazis qui se débinaient au Brésil, dit Gianelli.

Phelps garda le silence.

— *L'Homme de Rio,* ça, c'était un bon film, fit observer Mazzi.

— Ils appartiennent à qui, ces bons ? demanda Farmer.

Phelps continua à se taire.

— Qu'est-ce que vous savez d'un calendrier sur lequel Peter Dodge serait tombé ?

Silence.

— Vous voulez une tasse de café ? proposa Ruiz.

Pas de réponse.

Le Portoricain haussa les épaules. Reardon, qui explorait la serviette du courtier, trouva une feuille de papier dans une des poches à fermeture à glissière.

— Tiens, tiens, fit-il.

Il déplia la feuille, lut en haut de la page :

PROGRAMME D'ACHATS À TERME DE KIDD ;
CMX VIA ROTHSTEIN-PHELPS, N.Y.C.

— Un programme, c'est une sorte de calendrier, dit-il en tendant le document à Farmer.

Le lieutenant le parcourut rapidement des yeux et marmonna :

— Oui, mais est-ce que c'est le bon ?

— Kidd, c'est qui, c'est quoi ? demanda Reardon à Phelps.

Le courtier demeura muet.

— Passe-moi l'annuaire, Chick.

Hoffman tendit à son collègue l'annuaire de Manhattan, Reardon l'ouvrit, tourna les pages.

— K..., Kidd — il y en a au moins une dizaine. (Il mit la page sous les yeux du courtier.) Vous en connaissez un ?

Phelps ne dit rien.

— Qu'est-ce que vous en pensez, lieutenant ? demanda Reardon.

Farmer réfléchit un moment puis répondit :

— Hoffman, vous restez avec moi, au cas où Mr Phelps aurait d'un seul coup envie de parler. Vous trois, vous vous partagez les noms de la liste. Allez, au boulot.

La femme qui ouvrit la porte ne portait qu'un peignoir et des sandales à hauts talons. Elle devait mesurer un mètre quatre-vingts, estima Reardon. Une grande nana, même sans les sandales, qui ajoutaient au moins cinq centimètres à sa taille. C'était la troisième Kidd chez qui il sonnait en une heure. Il lui montra sa plaque, sa carte d'identité, précisa qu'il était de la 5e brigade et lui demanda si elle était Jessica Kidd.

— C'est moi, répondit-elle.

— Je peux entrer une minute ?

— Je vous en prie, dit-elle avec un sourire.

Il la suivit dans la salle de séjour. Longue chevelure noire tombant sur le dos, peignoir bleu pâle sur les tons rose pâle de la peau, fesses fermes tressautant tandis qu'elle se dirigeait vers la cheminée, se campait devant les flammes dansant derrière elle, dessinant la silhouette de ses longues jambes.

— Miss Kidd, connaîtriez-vous un nommé Joseph Phelps ?

C'était la question que l'inspecteur avait posée aux deux autres Kidd.

— Phelps ? Non, qui est-ce ?

Il tira de sa poche la feuille trouvée dans la serviette du courtier, la montra à la jeune femme.

— Programme d'achats à terme de Kidd, lut-elle.

— Oui. Avez-vous une idée de ce que cela signifie ?

— Absolument pas.

— Et ces en-tête ? insista le policier en désignant la ligne suivante :

DATE ACH. AC. LOTS TOTAL ONC. MOIS LIV.

« Ça, ça veut sûrement dire « date d'achat », poursuivit-il. Et ça, « acompte », bien sûr...

— Vraiment, je ne...

— Ensuite, il s'agit probablement de « lots d'argent-métal » et d' « onces ». Et du « mois de livraison ».

— Je n'y connais rien.

— Les noms inscrits dans la colonne « Acompte » ne vous disent rien ? demanda Reardon en montrant à nouveau la feuille à la jeune femme :

DATE ACH.	AC.	LOTS	TOTAL ONC.	MOIS LIVR.
16-12-86	GenBusVent	250	1 000 000	09-87
16-12-86	Quandax	235	940 000	08-87
16-12-86	Vabdam	230	920 000	10-87
17-12-86	GenBus...			

— Il faut que je lise tout ça ? protesta Jessica. Franchement, Mr Reardon, je suis trop bête pour comprendre quoi que ce soit aux affaires. J'ai des actions un peu partout — des actions ou des obligations ? Je confonds tout le temps, ajouta-t-elle en plissant le nez. Vous voulez boire quelque chose ?

— Non, merci... Alors, ce calendrier ne vous dit rien ?

— Vraiment rien.

— Et vous êtes sûre de ne pas connaître un nommé Joseph Phelps ?

— Tout à fait sûre. Qui est-ce ?

— Un courrier. Il ne s'est jamais occupé de vos intérêts ?

— Jamais.

— Ni de ceux d'un membre de votre famille ?

— Pas que je sache.

Reardon regarda la jeune femme.

— Désolée, dit-elle.

— Eh bien... merci quand même, Miss Kid.

En se tournant vers la porte, le policier poursuivit :

— Si par hasard quelqu'un vous demande des nouvelles de Phelps, il est au 5e commissariat.

— Je ne vois pas qui pourrait me poser cette question, déclara Jessica. (Elle raccompagna l'inspecteur dans l'entrée.) Au revoir, Mr Reardon.

Dès qu'il fut sorti, elle referma à clef derrière lui, retourna dans la salle de séjour, entrouvrit la porte de la bibliothèque.

— Il est parti, murmura-t-elle, avant d'aller prendre son verre de cognac sur la table basse, devant la cheminée.

Sarge sortit de la pièce, l'air profondément perturbé.

— Il sait, fit-il.

— En tout cas, pas grâce à ce que je lui ai dit.

— Non, tu as été très bien, assura Sarge en allant prendre son pardessus dans l'entrée. Mais il sait — ou il est sur le point de savoir... Appelle Olivia au *Park Lane,* dis-lui qu'un con de flic risque de tout faire péter. Je peux compter sur toi, Jess ?

— Tu peux. Mais pourquoi tu te sauves si vite ?

— Je ne veux pas le paumer, répondit-il. (Il embrassa sa sœur sur la joue.) A tout à l'heure.

Comme il avait promis à Sandy de la retrouver un peu après 5 heures, Reardon se rendit directement chez elle après avoir vu le dernier Kidd de sa liste. Il se demandait si Ruiz et Gianelli avaient été plus heureux que lui, si Phelps avait fini par dire quelque chose à Farmer et à Hoffman. Dans l'appartement, il alluma quelques bougies, accrocha sa veste et son étui de revolver au dossier d'une chaise du salon, entreprit de faire du feu. Puis il se versa un scotch, retourna à sa veste, prit son calepin et se laissa tomber sur le fauteuil-sac-de-haricots. En sirotant son whisky, il essaya de faire le point.

Dimanche 14 décembre, 22 heures environ, Amin Abbas descendu à l'aéroport…

Il but une gorgée d'alcool.

Dimanche 14 décembre, 23 heures environ, ses copains « piratent » le cadavre, cherchent le calendrier, découvrent qu'il a disparu.

Reardon hocha la tête, les yeux fixés sur son calepin.

Lundi 15, disons vers midi, D'Annunzio montre le calendrier à Dodge. Ou lui donne peut-être la serviette qu'Abbas a oubliée dans l'avion. D'une manière ou d'une autre, Dodge entre en possession du calendrier.

Lundi soir, vers 18 heures, les Arabes tuent Peter Dodge, récupèrent le calendrier. 19 heures, ils liquident D'Annunzio parce qu'il a *vu* le…

Il y eut du bruit à la porte.

— Sandy ? appela Reardon en se retournant. C'est ouvert.

La porte était effectivement ouverte mais la personne qui se tenait dans l'encadrement n'était pas Sandy. C'était un homme qui devait mesurer deux mètres et peser plus de cent dix kilos. Quelqu'un dont le visage semblait vaguement familier au policier, sans qu'il sût pourquoi. L'homme pénétra dans la pièce, passa devant la chaise où étaient accrochés la veste et le holster de Reardon, s'approcha du policier, qui essayait de s'extraire du fauteuil-sac. L'inspecteur avait réussi à décoller son postérieur du siège quand l'homme le frappa au visage de son énorme poing.

Quand Reardon fit une nouvelle tentative pour se lever, l'homme lui expédia un genou dans la mâchoire, abattit à nouveau son poing sur l'arête du nez, *vlan.* Des petites flèches de lumière aveuglantes éclatèrent dans la tête du policier. *Vlan,* troisième coup de marteau. « Il va me tuer avant que j'arrive à me tirer de ce putain de fauteuil ! » pensa Reardon. L'homme était plus grand, plus costaud que lui et l'avait coincé dans cette saloperie de fauteuil-amibe qui essayait de l'avaler. Reardon se rendait compte que s'il ne faisait pas quelque chose rapidement — pourquoi le boulot de flic se ramenait-il toujours à devoir faire quelque chose rapidement ? —, le balèze l'aplatirait sur le plancher et le balancerait dans le four ou par la fenêtre, parce que c'était pas pour du beurre, ce coup-ci.

Renonçant à tenter de se lever du fauteuil, le policier roula sur le côté, échappa au coup de pied que le costaud lui décochait, continua à rouler jusqu'au mur. Le grand type se pencha vers lui, l'agrippa par la chemise, le releva. Aussitôt, Reardon le frappa du genou au bas-ventre. Le type poussa un cri, lâcha la chemise. Reardon avait conscience qu'il devait absolument réussir à prendre son arme : l'homme était trop fort pour lui. Mais le revolver était accroché au dossier de la chaise, et le colosse se trouvait entre la chaise et Reardon. Le coup dans les joyeuses le faisait beugler de rage et il semblait prêt maintenant à déchiqueter le policier pour assouvir sa colère.

Auparavant, il s'était contenté de lui porter des coups méthodiquement, avec la certitude que la force brutale triompherait, mais à présent il était furieux, et Reardon se disait que cette colère le servirait peut-être. La colère décuple les forces mais elle rend idiot.

— Approche, connard, lança l'inspecteur, jouant sur la fureur de l'autre, les bras ballant le long du corps, le menton tendu en avant.

Soudain, il sauta sur la gauche pour éviter le coup que le costaud venait de lui porter.

— Manqué, trouduc, ricana Reardon.

Il s'exposa à nouveau, se balançant sur la demi-pointe des pieds, prêt à bondir vers la droite ou la gauche, selon la provenance du prochain coup furieux — voilà, un puissant jab du gauche. Il esquiva d'un mouvement de tête vers la droite, s'éloigna en dansant, saisit le bougeoir le plus proche par le pied.

La chandelle tomba de la bobèche, heurta le sol ; la cire se brisa, découvrant la mèche à laquelle des débris adhéraient comme à une colonne vertébrale ; la flamme s'éteignit aussitôt. Reardon abattit le chandelier vers la tête du balèze, le pied dirigé vers la tempe gauche. Un gros bras pesant se leva, détourna le coup ; le bougeoir heurta l'homme à la joue gauche, qu'elle taillada — rien de grave, rien qui pût l'empêcher de riposter par un jab de la droite dans les tripes de Reardon.

— Ooof ! fit le policier, et le malabar lui tomba dessus pour de bon.

« C'est maintenant que je meurs, pensa Reardon ; c'est maintenant qu'il m'achève, ce fils de pute. » Les coups étaient furieux, plus puissants à cause de la colère qui les soutenait. L'homme pourchassait le policier comme un tueur aguerri — Bon Dieu, c'est un pro ? se demanda Reardon —, le rouant de coups, renversant tables et chaises pour l'attraper, le projetant contre le mur et le cueillant d'une droite quand le mur le renvoyait, furibard, furibard — et puis ce fut l'erreur provoquée par la rogne. Le costaud acculait l'inspecteur, se rapprochait de lui, les poings serrés pour le coup de grâce, mais il le faisait reculer en direction de la chaise à laquelle l'arme était accrochée, laissant sa colère se glisser entre lui-même et son bon sens, laissant en même temps Reardon se glisser entre le revolver et lui.

Une seconde, c'est tout ce dont le policier avait besoin.

Il connaissait son étui, son revolver, c'étaient de vieux amis, des intimes. La main gauche saisit le cuir familier, la droite se referma sur la crosse de noyer et tira. Le revolver jaillit de l'étui, se logea dans sa main ; Reardon le braqua immédiatement sur le taureau furieux qui se trouvait maintenant à un mètre de lui.

— Arrête, ducon ! cria-t-il.

Le grand type continua un moment sur sa lancée, comme s'il n'avait rien entendu, et Reardon pensa : « Il est bon pour la morgue. » Mais il cria à nouveau, plus fort cette fois, et le balèze se figea soudain, le regard hébété.

La colère s'écoulait de ses yeux, la raison revenait.

Fuir.

Sortir d'ici.

— Non, dit Reardon en agitant l'arme dans sa direction. Tourne-toi. *Tout de suite !*

L'homme obéit.

— Les mains derrière le dos, ordonna le policier. Vite !

Le malabar mit ses mains derrière le dos, Reardon lui passa aussitôt les menottes.

— Bon, qui es-tu ?

— Je saigne ? gémit le costaud. Ma joue ?

— J'espère que tu vas saigner à *mort,* fumier ! Qui es-tu ?

— Faites venir une ambulance ! Je vous attaquerai en justice, Reardon, j'attaquerai toute la ville...

— Ah ! tu connais mon nom, hein ? Bon, voyons le tien. Assis !

Il poussa le balèze vers la chaise où sa veste et son étui vide étaient toujours accrochés.

— Les menottes me serrent trop, protesta le grand type.

— Oh ! le pauvre, dit Reardon. (Il le fouilla jusqu'à ce qu'il trouve la poche contenant le portefeuille.) Tu sais ce que ça coûte d'agresser un officier de police ? Une tentative de meurtre ? Tu le sais, hein ? (Il ouvrit le portefeuille, examina les papiers.) Permis de cond... Robert Sargent Kidd ! s'exclama-t-il, les yeux agrandis de surprise. Tiens, tiens. (Du canon de son arme, il releva le menton de Sarge.) Vous êtes qui, Mr Kidd ? Son mari ? Son frère ? Où étiez-vous planqué pendant que je lui parlais ?

— Donnez-moi quelque chose pour ma joue, réclama Sarge. Je saigne, vous ne voyez pas que je *saigne* ?

— Je le vois. C'est malheureux, ça. Pourquoi avez-vous essayé de me tuer ?

— Je n'ai pas essayé de vous tuer.

— Non ? C'était à s'y méprendre, répliqua Reardon. (Il souleva de nouveau le menton du type avec le canon du revolver.) Comment m'avez-vous trouvé ici ?

Pas de réponse.

— Vous m'avez suivi ?

Pas de réponse.

— Quand je suis sorti de chez votre sœur ? C'est bien votre sœur ?

— Oui.

— Où étiez-vous planqué ?

Pas de réponse.

— Bon, Mr Kidd, soupira Reardon, je crois que je vais vous descendre.

— Sûrement pas.

— Mais si. Et puis je vous enlèverai les menottes, et je raconterai à tous les flics compréhensifs qui se pointeront ici que vous m'avez sauté dessus, que vous avez essayé de me tuer et que j'ai dû vous abattre, en légitime défense. Les flics n'aiment pas les gens qui essaient de tuer d'autres flics. Les juges non plus, ajouta Reardon avec un charmant sourire. Qu'en dites-vous, Mr Kidd ?

— Allez-y, tirez.

— Ravi de vous obliger, fit l'inspecteur, et il arma le revolver.

— Il vaut mieux que je crève, murmura Sarge.

— Ah ? Pourquoi ? Quelqu'un risque d'être ennuyé par votre petite sottise — l'agression d'un officier de police ?

Reardon mit l'arme sous le nez de Sarge, juste au-dessus de la lèvre supérieure, l'y appuya.

— Qui vous a envoyé ? demanda-t-il.

— Je suis venu de moi-même, c'était mon idée. Allez-y, descendez-moi.

— Ne me bousculez pas. Pourquoi votre visage m'est-il familier ?

Sarge garda le silence.

Robert Sargent Kidd, je connais ce nom... Vous êtes peintre, ou quelque chose comme ça ? Non, attendez... vous avez *vendu* des tableaux, je vous ai vu à la télé. Vous et votre sœur. Pas Jessica, l'autre. Comment s'appelle-t-elle ?

— Olivia.

— Olivia, c'est ça. Et je l'ai revue à la télévision dimanche soir. Votre père vient de mourir, n'est-ce pas ? Crise cardiaque. Décidément, vous en avez vu de toutes les couleurs, ces temps-ci... Pourquoi tu m'as sauté dessus, crapule ? De quoi t'as peur ? Tu m'as entendu parler de Phelps ? C'est ça qui t'a amené ici ? Le calendrier ?

Sarge secoua la tête.

— D'accord, mon pote, salut, dit Reardon en baissant les yeux vers le canon de l'arme. Un coup devrait suffire. Propre et sans bav...

— Attendez.

— Je te croyais pressé.

— Je n'ai rien à voir dans tout ça.

— Tout quoi, Mr Kidd ?

— Dans aucun des deux meurtres.

— Vous parlez de D'Annunzio ? demanda Reardon. (Sarge hocha la tête.) Et de Dodge ? (Nouveau hochement.) Ce n'est pas vous qui avez ordonné leur mort, c'est ce que vous voulez dire ?

Troisième hochement de tête.

Suivi d'un quatrième, émanant cette fois de Reardon.

— Alors qui l'a fait ?

Dans la rue, Reardon entra dans la première cabine téléphonique qu'il trouva et composa le numéro de la brigade. Ce fut Hoffman qui décrocha.

— Chick, c'est Bry. J'ai un gars attaché par des menottes au radiateur d'un appartement de la Première Avenue. Voici l'adresse, dit Reardon, avant de communiquer l'information. C'est noté ? Le type s'appelle Robert Sargent Kidd. Tu l'embarques, d'accord ?

— Quel motif ?

— Disons tentative de meurtre. L'inculpation ne tiendra peut-être pas mais il m'a filé une sacrée rouste et j'ai failli y rester, tu peux me croire.

— J'arrive tout de suite, promit Hoffman.

— Toujours rien tiré de Phelps ?

— Il arrête plus, une vraie diarrhée. Quand on a commencé à parler des trois meurtres, il était prêt à nous balancer sa mère. Il nous a appris des choses intéressantes, Bry.

— Par exemple ? demanda Reardon.

Il écouta.

— Uh-huh.

Il continua à écouter.

— Uh-huh... Uh-huh... Uh-huh... Beau boulot, Chick... Joli, très joli. Moi aussi j'ai entendu des choses intéressantes, on va pouvoir confronter tout ça dans un petit moment. Bon, je file au *Park Lane Hotel.* Je serai dans la suite de Miss Olivia Kidd, si tu as besoin de moi. T'as noté ? Olivia Kidd. Je pense pas avoir de problème mais donne-moi une demi-heure, et après, envoie les marines. Surtout, n'oublie pas le lascar enchaîné au radiateur, hein ? Et fais gaffe quand tu lui enlèveras les menottes. C'est un vrai taureau, ce mec. Salut, Chick.

Reardon raccrocha, vérifia du doigt si sa pièce était retombée, haussa les épaules et se dirigea vers l'endroit où il avait garé sa voiture.

13

— Le voilà, dit Olivia quand on frappa à la porte.

— Vous êtes sûre que je devrais être ici ? demanda Rothstein.

— Pourquoi pas ? Vous êtes une relation d'affaires.

— Mais c'est pour *Joe* qu'il vient. Votre sœur a dit...

— Raison de plus pour que vous soyez là. Votre associé a décampé avec trois millions et demi en...

On frappa à nouveau.

— Un moment, s'il vous plaît, fit Olivia en haussant la voix.

Elle lança au courtier un regard d'avertissement avant d'aller ouvrir. L'homme qui se tenait sur le seuil avait trente-six, trente-sept ans, des cheveux roux et des yeux bleus, le visage rougi par le froid. Il souriait de manière avenante.

— Miss Kidd ?

— Oui ?

Un insigne fixé sur une plaque de cuir apparut dans sa main droite.

— Inspecteur Reardon, 5e brigade. Je peux... ?

— Ah ! oui. Ma sœur m'a téléphoné que vous étiez passé la voir. Que puis-je faire pour vous ?

— Je peux entrer ?

— Certainement. Quel est le problème, inspecteur ?

— Il n'y a pas de problème. Juste quelques questions que j'aimerais vous poser. J'espère que je ne vous dérange pas.

— Je vous en prie.

Elle le précéda sous l'arcade menant à la salle de séjour, où Lowell Rothstein était assis sur un sofa, près des fenêtres. Les rideaux étaient ouverts et le ciel, au-dessus de Central Park, était semé d'étoiles.

— Tiens, bonsoir Mr Rothstein, lança le policier d'un ton cordial.

— Bonsoir, comment allez-vous ? Quelle surprise !

— Vous vous connaissez ? s'étonna Olivia.

— A peine, répondit Reardon. (Il se tourna vers le courtier, lui sourit.) Je ne m'attendais pas à vous trouver ici.

— Je... J'étais allé acheter des jouets chez F.A.O. Schwartz.

— Juste au coin de la rue, dit Reardon avec un sourire plein de compréhension.

— Lowell et moi sommes de vieux amis, déclara Olivia.

— Dommage que Phelps ne soit pas là, hein ? fit remarquer le policier sans cesser de sourire. Mais il est retenu au 5e commissariat — votre sœur a dû vous en informer.

— Vous l'avez retrouvé ? dit Rothstein. Bien !

Retors, le lascar, pensa Reardon. Mais il y avait de l'appréhension dans les yeux du courtier.

— Nous l'avons piqué à Kennedy, au moment où il achetait un billet pour Rio — pourquoi toujours Rio ?

Il trimbalait une serviette pleine de bons du Trésor. Trois millions quatre cent quatre-vingt mille dollars. Beaucoup d'argent. En bons au porteur : aussi bien que du liquide. Je suppose que vous le savez, Mr Rothstein, étant de la partie...

— Oui. Ces bons appartiennent à une cliente nommée Phyllis Katzman. J'ai découvert leur disparition ce matin, un peu après onze heures. Je ne sais pas ce qui lui a pris, vraiment...

— Mais vous n'avez pas prévenu la police.

— Je vous demande pardon ?

— Quand vous avez découvert le vol. Vous n'avez pas prévenu la police, n'est-ce pas ? répéta Reardon. Mon collègue a vérifié avec le 1er commissariat : personne n'a signalé le vol.

— Eh bien, non, je...

— Vous êtes parti acheter des jouets chez F.A.O. Schwartz.

— A vrai dire, je, euh..., je ne savais pas *quoi* faire. J'espérais que Joe avait peut-être une bonne raison de...

— Par exemple ?

— Je ne sais pas. Des instructions de Mrs Katzman le priant de lui rapporter les bons, par exemple. Une explication sensée de son comportement...

— Vous voulez dire qu'il avait une bonne raison de lever le pied ?

— Ils ont toujours de bonnes raisons, non ? fit Rothstein en souriant. Les voleurs, j'entends. En tout cas, merci d'être passé nous prévenir. Et merci également pour le brio avec lequel, j'en suis sûr, vous avez mené cette affaire.

— Tout ce que nos gars ont fait, c'est l'attendre en bas de chez lui et le suivre à Kennedy, répondit Reardon en haussant les épaules.

— Quoi qu'il en soit, vous l'avez coffré, conclut Olivia. Pardon, je ne vous ai pas offert à boire.

— Merci, mais ce n'est pas une visite de politesse. Je veux dire que je ne suis pas passé vous prévenir de l'arrestation de Phelps, déclara le policier. (Il regarda Rothstein, revint à Olivia.) Je suis venu vous parler d'argent.

— Ah ! le fric ! s'exclama la jeune femme.

— Très drôle, Miss Kidd. Non, je veux parler d'argent-*métal*.

— Je ne vous suis pas.

— Eh bien... selon les déclarations de Phelps à mon collègue, votre famille a acheté des contrats d'argent-métal, Miss Kidd, beaucoup de contr...

— Il n'y a rien d'illégal à cela. Nous n'avons rien commis qui soit contraire à la loi.

— Et le meurtre, c'est légal ? répliqua Reardon.

— Quelqu'un a été assassiné ?

— *Deux* « quelqu'un » — trois si on compte l'Arabe, mais on ne peut vous tenir pour responsable de ce qu'une bande de fanatiques...

— Je ne comprends absolument pas...

— Une des victimes est venue vous voir le 15, Mr Rothstein. Vous vous en souvenez? Je vous ai interrogé à son sujet ce matin et vous m'avez répondu que vous ne le connaissiez pas.

— Je... De qui parlez-vous ?

— D'un nommé Peter Dodge.

— Je ne le connais toujours pas.

— Laissez-moi vous aider, proposa l'inspecteur. Il a acheté pas mal de contrats d'argent-métal. Position *longue,* celle que quelqu'un adopterait s'il savait que le prix grimperait... (Il se tourna vers Olivia.) S'il avait vu le calendrier, n'est-ce pas, Miss Kidd ?

— Mr Reardon, l'achat tout à fait *légal* d'argent...

— Oh ! bien sûr, dit le policier. Mr Rothstein, arrêtez-moi si vous la connaissez. Phelps nous a raconté ce qu'il s'est passé — plus exactement ce que *vous* lui aviez raconté, juste avant qu'il n'aille vider le coffre de Mrs Katzman.

— Si vous êtes disposé à croire un voleur ! protesta le courtier.

— Je le suis. D'après Phelps, voici ce que vous lui avez raconté : Dodge est venu vous voir cet après-midi-là et vous a montré une feuille de papier couverte de dates. Des dates d'achat de contrats d'argent-métal. Un programme complet, détaillé. Un manuel pour faire fortune. Il vous a montré également...

— Non, il ne m'a rien montré.

— Ah ! vous vous souvenez de lui, maintenant.

— Vaguement, répondit Rothstein.

— Alors pourquoi m'avoir dit que vous ne l'aviez pas vu ?

— Parce que...

— Parce que vous saviez qu'on l'avait tué et *pourquoi* !

— Non, je...

— Si. Et c'est aussi pourquoi Phelps a tenté de déguerpir. Dès qu'il a su que vous étiez mêlé à un *meurtre*...

— Je n'ai rien à voir avec le meurtre de Dodge !

— Mais il est bien venu vous voir, hein ?

— Oui.

— Lowell, avertit Olivia.

— Il m'accuse de *meurtre*, bon sang ! répliqua le

courtier à la jeune femme avant de se tourner à nouveau vers Reardon. Il est venu me voir, oui, et il m'a montré le programme d'achats.

— Vous venez de me dire qu'il ne vous avait rien montré.

— Il me l'a montré.

— D'où le tenait-il ?

— D'un petit restaurateur italien de Mulberry Street.

— Ralph D'Annunzio ?

— Dodge ne m'a pas dit son nom.

— C'était D'Annunzio. L'homme assis à côté d'un Arabe nommé Amin Abbas...

Olivia regardait Reardon fixement.

— ... dans l'avion de Washington, acheva-t-il. Continuez, Mr Rothstein.

— Accusez-vous Lowell de quelque chose ! attaqua Olivia. Parce que, si c'est le cas, j'estime qu'un avocat...

— Du calme, Miss Kidd. Vous aurez tout le temps de faire appel à un avocat. Continuez, Mr Rothstein.

— Apparemment, ils ont engagé la conversation dans l'avion, reprit le courtier. Abbas et l'Italien. A l'arrivée, Abbas a oublié sa serviette...

— Je sais tout ça, coupa l'inspecteur, le fils de D'Annunzio me l'a raconté. Parlez-moi plutôt de ce que Dodge vous a dit quand il est venu vous voir.

— Il m'a dit qu'un de ses clients était entré par hasard en possession d'une serviette et qu'il avait peur de la rapporter à la police parce que son propriétaire avait été abattu à La Guardia. C'est exactement ce qu'il m'a dit.

— Et, se fondant sur ce qu'il avait trouvé dans la serviette, il voulait acheter de l'argent-métal.

— En se fondant sur le programme d'achats, oui.
— Et sur le calendrier.
— Quel calendrier ? Je ne comprends pas ce que vous dites. Un homme s'est adressé à moi pour acheter de l'argent-métal. Je suis courtier, je travaille beaucoup sur le marché à terme.
— D'après votre associé, Dodge aurait demandé un crédit illimité. C'est exact ?
— Eh bien... oui, je crois...
— Il vous aurait demandé de le soutenir à fond pour acheter de l'argent-métal. Exact ?
— Oui, il... oui.
— Et il a signé du même coup son arrêt de mort, conclut Reardon.
— Je n'ai rien à voir avec la mort de Peter Dodge, rétorqua Rothstein.
— Non ? Vous saviez qu'il était en possession du calendrier, la seule chose qui pouvait faire foirer...
— Il vous a déjà répondu qu'il ignore tout de ce calendrier, intervint Olivia. Ne dites plus rien avant que nous n'ayons fait venir un avocat, Lowell.
Elle s'approcha aussitôt du bureau, décrocha le téléphone.
— A propos, reprit Reardon, Abbas avait un billet d'avion Phoenix-Washington-New York-Rabat. A Phoenix, il est allé voir votre père, Miss Kidd. Pour parler argent.
Olivia le regarda sans rien dire.
— Et à Washington, poursuivit-il, il a rencontré le sénateur Thomas Bailey. Pour parler bombardiers.
La jeune femme reposa le combiné.
— Vous n'avez pas perdu votre temps, lança-t-elle au policier.
— Vous non plus. D'après votre frère...

— Mon frère. Qu'est-ce… ?

— J'ai oublié de parler de lui ? feignit de s'étonner Reardon. (Il jeta un coup d'œil à sa montre.) Il devrait être au commissariat, maintenant. Un costaud, votre frère — il a failli me tuer. Mais ensuite, nous avons gentiment bavardé, et il m'a tout dit sur le calendrier.

Olivia continuait à regarder Reardon fixement. Rothstein était assis au bord du sofa, comme s'il allait filer en direction de la porte d'une seconde à l'autre.

— Abbas s'est rendu à Washington pour demander au sénateur Bailey de lui obtenir plus d'avions pour son pays, continua l'inspecteur. Parce qu'une fois l'opération lancée… (Il consulta à nouveau sa montre.) Quelle heure est-il en Arabie Saoudite, à votre avis ?

Rothstein coula un regard nerveux à Olivia.

— Combien y a-t-il de décalage avec New York ? poursuivit Reardon. Huit, neuf heures ? Disons qu'il est trois heures du matin, là-bas. Ça laisse un peu de temps jusqu'à six heures, le jour de Noël. C'est bien à cette heure-là qu'on doit commencer à bombarder les gisements de pétrole, non ? Six heures du matin, le jour de Noël ?

Ni Olivia ni Rothstein ne répondirent.

— La première vague de bombardiers doit passer au-dessus du Rub' al-Kali à six heures, c'est bien ça ?

Silence.

— La société Kidd fera une belle opération, n'est-ce pas ? Une guerre en Arabie Saoudite, pour des gens qui possèdent des intérêts pétroliers dans tout le Moyen-Orient… Votre frère estime que ça pourrait vous rapporter des milliards de dollars.

— Des milliers de milliards, rectifia Olivia en souriant.

Reardon ne put s'empêcher de l'admirer pour ce sourire.

— Encore une fois, inspecteur, nous n'avons rien fait d'illégal, continua-t-elle. Acheter de l'argent-métal...

— Et financer une petite guerre. D'après votre frère, c'est la raison pour laquelle Abbas s'est rendu à Phoenix. Pour obtenir une aide accrue de votre père. Et ensuite Washington. D'abord plus de fric, ensuite plus de bombardiers. Exact, Miss Kidd ?

— C'est peut-être immoral, mais illégal ? dit-elle, en souriant à nouveau. Vraiment, inspecteur...

— Désolé de devoir vous l'apprendre, mais l'assassinat est illégal. D'après votre frère, dès l'instant où Dodge est sorti du bureau de Rothstein...

— Je n'ai rien à voir avec les meurtres ! s'écria le courtier.

— Vous saviez ce que le calendrier signifiait, lui répondit Reardon. Aussitôt après l'avoir vu...

— Oui, mais...

— Aussitôt après avoir fait le rapport avec le programme d'achats d'argent-métal...

— Ce n'est pas moi qui ai...

— Taisez-vous, Lowell ! ordonna Olivia.

— Tout ce que j'ai fait, c'est téléphoner à Phoenix !

— Imbécile ! Je...

— C'est *elle* qui a lancé les Arabes aux trousses de Dodge ! C'est elle qui leur a ordonné de...

— Vous êtes vraiment stupide, jeta la jeune femme au courtier.

Reardon les regarda tour à tour et dit :

— Je crois que vous feriez bien de m'accompagner.

Nous continuerons à discuter de tout ça au commissariat.

— Pourquoi ? demanda Olivia.

— Miss Kidd, j'ai l'impression que vous ne comprenez pas la situation.

— Je la comprends parfaitement, Mr Reardon. Vous êtes tombé sur ce que vous imaginez être une vaste magouille...

— Je n'*imagine* rien, Miss Kidd.

— D'accord, vous *savez,* ou du moins vous *croyez* savoir, parce que Joseph Phelps a raconté à vos collègues — s'il faut se mettre à croire les voleurs... — une belle histoire apparemment corroborée par mon frère...

— Qui n'est pas un voleur.

— Non, c'est simplement un imbécile. Mais admettons, Mr Reardon, qu'une guerre éclatera effectivement le jour de Noël, et que les intérêts pétroliers des Kidd au Moyen-Orient grimperont. Admettons aussi que la cupidité — il n'y a pas d'autre mot — a conduit les Kidd à investir fortement dans l'argent-métal, en partant du principe que le cours de l'argent monterait en même temps que celui du pétrole. Supposons enfin qu'un spéculateur avisé, un type comme votre Mr Dodge, par exemple...

— Qui s'est fait assassiner.

— Incident regrettable. Un spéculateur avisé, donc, qui connaîtrait toute cette affaire... et qui pourrait fort bien s'intéresser lui aussi au marché, non ?

Reardon la regarda.

— Cela vous dirait d'acheter de l'argent-métal, inspecteur ?

— Si je vous comprends bien...

— Je crois que vous me comprenez parfaitement bien. Pourquoi n'achèteriez-vous pas des contrats, Mr Reardon ? Le prix de l'argent-métal va doubler, au moins, dans les semaines qui viennent. Vous pourriez vous faire une petite fortune.

— Uh-huh.

— Combien gagnez-vous, Mr Reardon, si je puis me permettre ?

— Un inspecteur de 2e classe se fait un peu plus de trente-sept mille par an.

— Vous vous rendez compte de ce que vous pourriez gagner en *deux semaines,* Mr Reardon ? En investissant maintenant sur le marché de l'argent-métal ? En investissant, disons, un demi-million de dollars avant la clôture, demain soir ? En vous achetant, oh, cinquante lots, quelque chose comme ça ?

— Un demi-million, hein ? dit Reardon. (Il secoua la tête.) Dommage que je n'aie que trois mille et quelque à la banque.

— Il y a des gens qui pourraient vous avancer volontiers une telle somme... plus, peut-être, s'ils étaient sûrs de miser sur un gagnant.

— Olivia a raison, vous savez, intervint Rothstein. Cette affaire pourrait faire de vous un homme très riche. Pas avec un investissement aussi faible, naturellement. Pas avec trois mille dollars.

— Un demi-million, vous disiez ? demanda le policier à Olivia Kidd.

— Ou même davantage, répondit-elle. Selon vos besoins.

— Et vous croyez vraiment qu'il y a des gens qui m'avanceraient une telle somme ?

— Je suis certain que nous pourrions trouver ces

personnes, déclara Rothstein en glissant un coup d'œil à la jeune femme.

— Des bailleurs de fonds, expliqua-t-elle en souriant.

— Un homme très riche, répéta le courtier.

— Et moi qui me croyais riche avec mes trois mille dollars à la banque, soupira Reardon.

Souriant toujours, Olivia s'approcha de lui, lui posa la main sur le bras et dit, presque dans un murmure :

— Installez-vous dans notre quartier, Mr Reardon. C'est une autre ville, ici.

Il la regarda dans les yeux.

— Vous vous y plairez, assura-t-elle.

Il hocha la tête.

— Lowell, commandez donc un verre pour Mr Reardon. Qu'aimeriez-vous boire, Mr Rear...

— Je pense qu'on ferait mieux d'aller tous les trois dans *mon* quartier.

Le policier sourit et ajouta :

— Vous vous y plairez.

On n'aurait pu deviner qu'une bagarre plutôt soignée s'était déroulée dans la pièce quelques heures plus tôt. Tout avait repris sa place, un feu brûlait dans la cheminée.

— Tu aurais dû voir le capharnaüm quand je suis entrée, dit Sandy. J'ai pensé que j'avais eu la visite d'un cambrioleur ou quelque chose de ce genre.

— Non, c'était moi, déclara Reardon.

— Tu en as fait du dégât !

— Tu devrais voir la tête de l'autre.

— Veux-tu boire un verre ?

— Ce n'est pas de refus.

Elle lui servit du scotch sur de la glace et ils

s'assirent devant le feu, elle lovée dans le sac-de-haricots, lui installé par terre à ses pieds, lui contant avec flamme comment il était remonté jusqu'à Olivia Kidd.

— Le proc estime que l'affaire a plus de trous qu'une passoire, reconnut-il. En fait, il m'a engueulé pour l'avoir traîné trop tôt au commissariat. D'après lui, on tient les Arabes non parce qu'ils ont avoué les meurtres mais parce que l'un d'eux portait une arme dont on est à peu près sûr qu'elle est celle du crime. Un pistolet rare, fabriqué en Suisse, sur lequel les services de la balistique sont au boulot en ce moment. Mais il voulait savoir comment nous pouvons prouver qu'Olivia a *ordonné* les meurtres. Je lui ai répondu qu'il fallait cuisiner un peu plus les Arabes, peut-être leur proposer un marché, tout en cherchant à retrouver qui était leur contact, pour remonter jusqu'à Olivia. Il a répliqué que j'aurais dû cuisiner les Arabes *d'abord* et le faire venir *ensuite,* quand j'aurais été sûr que l'inculpation tiendrait le coup.

Reardon poussa un long soupir avant de conclure :

— Alors, elle va s'en tirer.

— Peut-être pas, dit Sandy.

— Bien sûr que si. Avec son fric ? Même si nous réussissons à la faire passer en jugement, elle s'en tirera. (Il secoua la tête.) Quel métier !

Après quelques instants de silence, il reprit :

— Qu'est-ce que je vais dire aux d'Annunzio ? Ils m'ont invité à passer les voir le jour de Noël. Qu'est-ce que je pourrai raconter à Mrs D'Annunzio ? Que ces trois crétins de gorilles arabes ont bien descendu son mari mais que la personne qui leur a *ordonné* de le faire a une bonne chance de s'en tirer ? Tu me vois me pointer chez eux pour leur dire ça ? Je ne peux même pas raconter que je suis pris, ce serait mentir : ma fille sera dans le New Jersey avec sa mère, je n'ai aucune excuse valable.

— Alors vas-y. Et dis-leur la vérité.

— Ouais, c'est encore la meilleure solution… Ça te dirait de m'accompagner ? Si tu es libre…

— Je suis libre.

— Alors… ça te dit ?

— Si tu y tiens.

— Oui, j'y tiens. Parce que ça ne va pas être facile de leur dire la vérité, je t'assure. J'aurai peut-être besoin d'aide. Quelqu'un pour me tenir la main.

— Je te tiendrai la main, promit Sandy avec douceur.

— Parce que, tu vois, si elle a raison, ça ne rime plus à rien du tout d'être flic.

— Qui ça, elle ? demanda la jeune femme, intriguée. De qui parles-tu ?

— De cette bonne femme, Olivia Kidd. Je répugne à croire qu'elle pourrait avoir raison. Je balancerais ma plaque dans l'East River si je pensais qu'elle a raison.

— Je ne comprends toujours pas.

— Elle m'a dit que c'était une autre ville, là-bas, où elle habite. Si c'est vrai… si là où vivent les riches, les puissants… si c'est réellement une autre ville, là-bas… alors, à quoi bon ? Ça ne vaut même pas la peine d'essayer, tu ne crois pas ?

— Si, cela en vaut la peine.

— Je l'espère, murmura le policier en hochant la tête. Je l'espère.

— C'est une question de principe, dit Sandy.

— Ouais, de principe, répéta-t-il avant de soupirer à nouveau. Bon, alors tu m'accompagneras chez les

D'Annunzio ? On restera un moment chez eux et puis... je sais pas... on trouvera bien quelque chose d'autre à faire. Chanter des cantiques, peut-être, ou autre chose.

— Ou autre chose, répéta Sandy, et elle lui prit les mains.

Achevé d'imprimer
le 31-8-1988
par Mohndruck Gütersloh
pour France Loisirs

N° d'éditeur 14060
Dépôt légal : Août 1988
Imprimé en R.F.A.